21世纪高职高专经济管理类基础课程“十二五”规划教材

财经应用文写作

主　编◎罗永妃　周金业
副主编◎刘　洋
参　编◎关秋萍

天津大学出版社
TIANJIN UNIVERSITY PRESS

内容提要

本书根据日益发展变化的财经形势，选取了与当前财经工作密切相关且在实际工作中经常使用的应用文体作为主要的编写内容，并且结合“学习目标”、“本章小结”、“基础与提高”等栏目，使本书的编写内容更符合当前财经专业对财经应用文体教学的要求。本书主要介绍了财经应用文基础知识、常用事务文书、经济事务文书、经济类专业文书、常用公务文书五方面的内容。

本书可读性、规范性强，可作为高职高专财经类专业教材，也可作为其他专业的公共课教材。

图书在版编目(CIP)数据

财经应用文写作/罗永妃，周金业主编.—天津：天津大学出版社，2011.8

21世纪高职高专经济管理类基础课程“十二五”规划教材

ISBN 978-7-5618-4008-5

Ⅰ.①财… Ⅱ.①罗… ②周… Ⅲ.①经济-应用文-写作-高等职业教育-教材 Ⅳ.①H152.3

中国版本图书馆CIP数据核字(2011)第164191号

出版发行 天津大学出版社
出 版 人 杨欢
地　　址 天津市卫津路92号天津大学内（邮编：300072）
电　　话 发行部：022-27403647　　邮购部：022-27402742
网　　址 www.tjup.com
印　　刷 北京紫瑞利印刷有限公司
经　　销 全国各地新华书店
开　　本 185mm×260mm
印　　张 13
字　　数 300千
版　　次 2011年8月第1版
印　　次 2011年8月第1次
定　　价 25.00元

21世纪高职高专经济管理类基础课程“十二五”规划教材

编审委员会

出版说明

我国的高等职业教育按照“以服务为宗旨，以就业为导向，以能力培养为主线”的高职教育理念，已经走出一条产学结合、有中国特色的高职教育发展之路。高等职业教育已成为我国培养高技能型人才的主要形式。高等职业教育的全面深化改革，急需高质量、彰显高职特色、真正实现高职人才培养目标的新型系列优秀教材。

天津大学出版社为适应社会对高技能型经济管理类人才的迫切需求，贯彻落实《教育规划纲要》（2010—2020年）的精神，按照教育部要求，组织一批知名专家学者编写了21世纪高职高专经济管理类“十二五”规划教材，覆盖财务会计、市场营销、电子商务、物流管理、连锁经营、财政金融、经济贸易、旅游管理、餐饮管理与服务等专业。

为确保高质量教材进课堂，天津大学出版社积极践行先进的高职教育理念，努力提升教材开发的科学性、针对性和实效性，重在学生专业技能及职业素质的培养，提升学生的职场竞争力。本套教材有以下特点：

1. 定位准确，理念先进

根据高职教育培养目标准确进行教材定位，以学生为中心，体现“够用为度、注重实践”的原则，秉承围绕工作过程、以就业为导向、以能力本位为核心、注重校企合作的高职教材开发理念，以“突出实用性”作为本套教材的编写宗旨。

2. 内容实用，课证融合

以职业能力需求主导教材内容的选择，最大限度地创设职场环境，实现教学和专业工作的近距离对接；与时俱进，吸收专业领域的最新知识、技术和方法，注重学生的可持续发展；紧密结合国家职业资格考试和职业技能等级认定对知识、技能的要求，与学生顺利获得相应的专业等级技能证书有效衔接。

3. 体例新颖，形式活泼

以目标、任务、问题为驱动，以流程图、实际案例、实训及活动设计相结合的方式组织教材的编写，图文并茂、版式灵活，集实用性、科学性、易学性为一体。

4. 校企合作，打造精品

院校专业带头人及骨干教师基于对实际工作岗位的调研分析，与企业一线专家共同研编教材。重点支持品牌专业、特色专业以及国家示范院校教材的建设，争创精品教材。

本套教材适用于高职高专院校经济管理类相关专业。我们竭诚希望广大读者给予支持和指导，以使其日臻完善，共同为繁荣我国的高职教育事业尽绵薄之力。

天津大学出版社

前言

PREFACE

随着社会主义市场经济体制的日益完善、经济的迅速发展，人们对解决经济实际问题的财经应用文 (又称经济文书或财经文书) 的需求数量和种类也与日俱增。

为了适应市场经济的迅猛发展和多种需要，使学生掌握基本的财经应用文写作知识，我们编写了本书。本书根据财经活动的实际需要，抓住最实用、最常用和最有代表性的文种，分门别类，逐一介绍。希望读者通过对某一文种的确切掌握，达到“举一反三”的目的。

应用文同一般文章的显著区别就在于：它有写作者必须共同遵守的固定格式，这种格式就是其写作基本规律的一种表现。财经应用文写作属于应用写作的重要组成部分，它是以经济活动为基础，以规范的经济制度为依据，记录、反映和研究经济活动中的财务管理并解决财务实际问题的写作。因此，本书谈到写作方法、规律时，都尽量以实际情况为依据，以编写必需的、实用的基础知识为原则，以保持全书的系统性、完整性，同时突出重点为原则，以力求做到有针对性为原则。

本书由罗永妃、周金业担任主编，由刘洋担任副主编，由关秋萍担任参编，最后由罗永妃、周金业对全书统稿。全书共 5 章，具体编写分工如下：第 1 章由河南商业高等专科学校刘洋编写；第 2 章、第 5 章由江西环境工程职业技术学院罗永妃编写；第 3 章由江西工业职业技术学院周金业编写；第 4 章由伊春职业技术学院关秋萍编写。

由于编者水平有限，加之时间仓促，书中难免存在错误及不妥之处，恳请使用本书的广大师生和读者批评指正。

编　者

目 录

CONTENTS

CONTENTS

第1章 财经应用文基础知识

学习目标

1. 了解应用文的语言特点和语体特点。

2. 掌握财经应用文的概念、特点和作用。

3. 掌握财经应用文的构成要素及其各自的特点，并能在实际工作中加以运用。

4. 了解财经应用文写作的基本要求和特殊要求。

1.1 应用文概述

应用写作，作为一种社会现象，其出现和发展有着悠久的历史；作为信息传递的一种工具，它在国家管理、公务往来、人们日常信息交流中有着极其重要的作用。应用写作有其特定的研究对象、内容和范围。在本书的开端，有必要对应用写作的一些相关知识做些介绍，了解有关学习对象、范围、性质等，以利于今后在工作中的具体运用和进一步的深入研究。

1.1.1 应用文的语言特点

1. 恰当准确

应用文语言的准确性主要是指不会使人产生歧义或误解，语言能够恰如其分地表达所要阐述的内容。因为应用文写作是一种实用写作，是为了解决社会生活中的各种实际问题而写的，所以其对语言准确性的要求特别高。具体来说，应用文写作中所涉及的人与事，一定要确有其人、其事，有关情节、细节、数字都不能虚构。

另外，应用文写作语言所下的判断十分讲究分寸感。比如在写总结时，一个单位在某段时间内取得的成绩，是“很大”、“较大”还是“一些”，都要再三斟酌，力求准确反映实际情况。词语的信息容量与信息的确定性成反比例，如果一个词语的信息容量太大，就会使人们对词语所含内容的认识模糊，从而影响对文章的准确理解，甚至因为主观因素的不同而发生歧解。比如一篇简报说："王××竟然在会上公开批评领导，造成很坏影响。"领导为什么不能被公开批评？怎么批评一下就造成很坏影响？如批评得对，就应支持，即使批评错了，也在所难免，但说"造成很坏影响"是不妥的。一查事实，原来是"公开地无理顶撞"被写成"批评"，将事实歪曲了。

2. 简洁生动

所谓简洁，就是要简明扼要，没有多余的话。为了加快阅文办事的节奏，应用文用语必须简明精练，即用尽可能少的文字，浓缩大量的信息，毫不可惜地删去那些可有可无的字、词、句、段，做到言简意赅。

如果是面对听众的报告、解说词，语言就需要生动一些，以增强文章的感染力。如解说词是供群众听的，读起来要上口，听起来要顺耳；又因为解说词是对实物和画面进行解说的，所以要用形象的文学语言，描绘所解说的事物和形象，感情要充沛，还可综合使用记叙、描写、说明、议论、抒情等多种表达方式。如在一篇关于纠正党内不正之风的汇报提纲中，谈到一些党员领导干部以权谋私，利用他们手中的职权为自己晋级、提薪、增加津贴，收入比职工高十几倍时，引了这样一段话："群众给这些干部写了一副对联，上联是领导奖金上不封顶，下联是群众奖金下不保底，横批是当官先富。"概括得非常深刻，入木三分。

3. 朴实得体

应用文既是处理、办理事务的工具，又是沟通信息的基本方式，因此须强调用语朴实和得体。朴实，即文风要朴实无华、语言实在，强调直接叙述，不追求华丽辞藻，也不做形象描写，更不运用含蓄、虚构的写作技巧。如："国务院关于修改《全国年节及纪念日放假办法》(以下简称《办法》)的决定，2007年12月21日在广泛征求各界意见和社情民意的基础上，修改后的《全国年节及纪念日放假办法》经国务院通过并于2007年12月16日对外公布，2008年1月1日起施行。根据《办法》，从2008年起，全体公民放假的节日从之前的10天增加到11天。其中五一劳动节从放假3天减为1天，新增清明节、端午节、中秋节各放假1天，春节放假3天不变，但调整为从农历除夕开始计假，新年（元旦）仍放假1天，国庆节仍放假3天。"全文条理清晰，看不到一个带有修饰色彩的词语，给人感觉完全是"有一说一"，非常平实。

得体，即指应用文语言应适应不同文体的需要，说话讲究分寸、适度。应用文的语言是为特定的需要服务的，要受明确的写作目的、专门的读者对象、一定的实用场合等条件的制约，因此语言使用一定要得体。说什么，不说什么，说到什么程度，用什么语气，选择什么词汇，都要考虑最后的效果。过去曾有一段时期，在我们党和国家领导人接待外宾的通讯报道中，常常使用"接见"两个字，周恩来总理看后，指示记者改成"会见"，即双方会见。这就避免了使外宾认为我们有居高临下的姿态而造成的不愉快感，体现了大小国家一律平等的精神，改得非常得体。

4. 严谨庄重

应用文一般都有特定的读者对象，其语言要讲究得体。比如给上级的公文，用词要谦恭诚挚；给下级的公文，用词要肯定平和。以公文语言为例，公文一旦出现错漏、误解，轻则损害机关的名誉，重则带来不可弥补的损失。因此，公文写作多采用书面语言，不仅精确严密，而且郑重其事。具体要求如下。

(1) 使用规范化的书面语言。规范化的书面语言词义严谨周密，正确使用它可使读者准确理解公文、不产生歧义，从而能认真执行。首先，不要使用口语。如：在文件用语中，使用“商榷”、“面洽”、“诞辰”、“不日”、“业经”、“拟”等书面语言，而不使用“商量”、“生日”、“不几天”、“早已经过”、“打算”等口语，以示庄重。其次，不使用生造的晦涩难懂的词语和不规范的行话、方言或简称。如称“少女”为“小”，称“计划生育办公室”为“计生办”，将“爱国卫生运动”简称为“爱卫运动”等。这不仅会使读者费解，影响公文传递信息的功能，而且也影响公文制发机关的尊严与文件的权威性。

(2) 使用专用词语。长期以来，人们在公文中沿用一些使用频率较高的专用词语。这些词语虽非法定，但已约定俗成。尤其是公文中的专用词语，虽然与旧文书中的套语有一定的联系，但经过历次公文改革的筛选提炼，已去其糟粕，保留了至今仍具积极作用的部分。掌握这些词语，有助于文章表述得简练。常见的有以下几种。

①起首语模式。常见的起首语有“近几年来……”、“近段时间来……”、“由于……”、“因为……”、“鉴于……”、“在……下”、“为了……”、“根据……”、“据查……”、“经调查……”、“兹定于……”、“关于……”等。这些起首语有时用来阐明写作目的，有时用来引出写作缘由。

②衔接语模式。所谓衔接语，即对应用文中相邻的、相对独立的两层意思或两个片段的组合具有桥梁、黏合剂的词语。常用的衔接语有“因此”、“为此”、“对比”、“总之”、“有鉴于此”、“总而言之”、“由此可见”、“以上各点”、“据上所诉”、“综上所述”、“所以”等。

③结束语模式。结束语在应用文中一般带有表示期望、请示、概括的意思。比如：“为盼”、“即请查照”、“当否，请批示”、“此复”、“特此通知”、“特此证明”、“希遵照执行”、“恭请光临”等。

这些模式语，在使用时要根据不同文种和语境进行选择。以报告为例，属于例行情况报告的，可用“以上报告，请审阅”；属于内容比较重要的，采用“特此报告”；属于专题性报告的，采用“以上报告，请审视”。以上这些专门用语如果使用得恰到好处，就能增强语言表达效果，提高办事效率。

1.1.2 应用文的语体特点

所谓语体，指的是行文中所体现的语言风格特色和不同的语言运用体式。

不同的文体，要求使用与本文体相适应的语体。我们可以粗略地将语体分成文艺语体与事物语体两种。两者无论是在思维方式、社会功能、信息特点，还是在遣词造句、篇章结构、修辞特色等方面都有明显的差异。文艺语体的思维方式是形象思维，事物语体是抽象思维；文艺语体的社会功能在于艺术感染，事物语体在于实践指导；文艺语体的信息特点是感情性、主观性，事物语体是理智性和客观性；文艺语体遣词造句讲究形象性、情感性、生动性，事物语体讲究抽象性、程式性、常规性；文艺语体的布局谋篇要求曲折起伏、波澜壮阔，事物语体则要求平直规矩、波澜不惊；文艺语体进行的是积极修辞，事物语体进行的是消极修辞。

应用写作主要是单位和个人在公务活动中所使用的书面行文。它以实用为目的，其语体显然属于事物语体。

词语是语言的基本构成单位，只有选词恰当，才能组织好语句，从而写出规范的文章。因此，应用写作中选用词语要求做到以下几方面。

1. 规范使用书面词语，使阅文者正确理解和执行

商量—商洽　生日—诞辰　不几天—不日　私自—擅自

见面—会见　告诉—宣布　掂量—研究　当面商量—面洽

以上各组词语尽管都是同义词，但由于语体色彩不同而适用于不同的场合。前者自然、亲切、活泼，后者庄重、严肃、平实，应用写作只能选择后者。

2. 应用写作的特定用语

在应用写作的长期实践中，形成了一些特定用语，这些特定用语绝大多数是沿袭历代文言中的定型词语形成的，少数是来自现代汉语中相沿成习的说法，它是应用写作特有的语言现象，是专业用语。它言简意赅，表意准确，简洁明快，典雅庄重，其特定含义是人们所公认的。不同的特定用语，分别服务于不同的行文对象与行文目的的需要，恰当地使用这些特定用语，对显示应用写作的严肃性与权威性具有一定的作用。这些特定用语主要有以下几种。

（1）开端用语。开端用语是用于表示行文的目的、依据与原因的。如：为、为了、关于、由于、遵照、依照、根据、依据、兹有、兹因、兹定于、兹将、兹介绍等。

（2）引叙用语。引叙用语是在引叙来文（电）时使用的。如：现接、近接、前接、欣悉、近悉、敬悉、据报、据查、据了解等。

（3）经办用语。经办用语是用于表示工作办理的时间及过程的。如：业经、已经、复经、一经、迭经、前经、兹经、经过、通过等。

（4）称谓用语。称谓用语是用以表示不同人称的。如：我局（公司、厂、处……），你局（公司、厂、处……），本局（公司、厂、处……）。

（5）祈请用语。如：拟请、函请、务请、恳请、希、希望、望、希即等。

（6）表态用语。表态用语是用来对来文表明态度的。如：同意、照办、可行、拟同意、不同意、不可、不妥、请核查等。

（7）综合用语。综合用语是对所叙述的情况进行综合时使用的。如：如上所述、综上所述、上述、总之等。

（8）过渡用语。过渡用语是在公文的段落之间使用，承上启下，起过渡作用。如：为此、据此、因此、现函复如下、现通告如下等。

（9）谦敬用语。如：恭请、敬请、谨请、惠于、惠赠、惠示、承蒙、承蒙协助、承蒙惠允、不胜、不胜荣幸、不胜感激等。

（10）结尾用语。如：此令、此布、此告、为要、为盼、请批示、请批复、特此函告、特此函达、特此通知、特此通告、特此批复、请遵照办理、请认真贯彻执行、以上意见如无不妥请批转各地区执行等。

3. 缩略语

缩略语是由较长的词语缩短省略而成的。在公务文书中使用缩略语，主要是对一些内容特定的长句或专用名词进行简缩。如将实现我国和平统一的“一个国家、两种制度”的方针简缩为“一国两制”；将我国目前着重要抓的农业、农村、农民问题简缩为“三农”问题；将“中国共产党第十六届中央委员会第一次全体会议”简缩为“中共十六届一中全会”；将中国共产党“代表中国先进生产力的发展要求，代表中国先进文化的前进方向，代表中国最广大人民的根本利益”简缩为“三个代表”；将“中国人民政治协商会议”和地方各级政治协商会议简缩为“政协”；等等。这种高度的简缩，既节约了文字，便于使用，又准确表达了原意，易读易记。但缩略语的使用一定要约定俗成，讲求规范，不能滥用，要使人们一看就明白，避免出现歧义或闹出笑话。

4. 成语

成语是一种相沿习用的具有书面语言色彩的定型词组或短语。神话寓言、历史故事、诗文语句和口头俗语是它的主要来源。成语是一种凝固的板块结构，多由四字组成，所表达的意义通常不是字面义，而是字面以外所隐含的实际含义（或称特定含义），因而具有极强的表现力与说服力。如“凤毛麟角”，字面义是凤凰的毛、麒麟的角，实际含义则是比喻稀少而宝贵的人才或事物；又如“废寝忘食”，字面义是顾不上睡觉，忘记了吃饭，实际含义则是埋头苦干，忘我工作。

在应用写作中，成语的使用很广泛。如具有褒义的“雷厉风行、意气风发，光明磊落、克己奉公，孜孜不倦、兢兢业业，老骥伏枥、中流砥柱”；具有贬义的“为所欲为、逍遥法外，口是心非、阳奉阴违，朝三暮四、朝令夕改，欺上瞒下、弄虚作假”。再如司法文书中经常使用的“罪行累累、怙恶不悛，执迷不悟、屡教不改，不堪入目、不择手段，凶相毕露、无恶不作”等。这些成语的含义深刻、语言精练；结构凝固、典雅庄重；节奏匀称、音调铿锵。在应用写作中恰当地使用成语，不仅增添文采，而且大大提高了公文的语言表达效果。

5. 引用语

引用语是指在应用写作中引用前人的现成语句来论证或说明文章中所要论述的问题，以增强文章的语言表现力。这些现成的语句，或综合某一原理，或揭示某一规律，或警示某一现象，含意深刻，有很强的生命力。在文章或讲话中酌加引用，对提高表达效果往往能起到意想不到的作用。

1.1.3　应用文的种类

应用文种类繁多，分类方法也多种多样。比如：按使用主体分，应用文可粗略地分为公务文书和私人文书两大类型；按应用领域分，应用文可分为行政应用文、财经应用文、科技应用文、司法应用文、军事应用文、宣传应用文、涉外应用文等类别；按表达方式分，应用文可分为说明类应用文、议论类应用文、描述类应用文等类型；按功能特征分，应用文可分为指挥性文书、报请性文书、知照性文书、调研性文书、计划性文书、公关性文书、法规性文书、记录性文书等种类。

以上分类，各有优劣。下面主要按照文体功能及应用范围，将应用文分为四大类别。

1. 法定公文

法定公文是党和国家法定的各级党政机关或组织处理公务的文书。法定公文有两类，一类是行政公文，这是国家正式规定的行政机关处理公务的文书。根据国务院 2000 年 8 月 24 日发布的《国家行政机关公文处理办法》的规定，这类公文一共有 13 种，即命令（令）、决定、公告、通告、通知、通报、议案、报告、请示、批复、意见、函、会议纪要。另一类是党务公文，这是党内正式规定的各级党组织处理公务的文书。根据 1996 年 5 月 3 日中共中央办公厅发布的《中国共产党机关公文处理条例》的规定，这类公文有 14 种，即决议、决定、指示、意见、通知、通报、公报、报告、请示、批复、条例、规定、函、会议纪要。

2. 专用文书

专用文书是指专门用于某一特定领域、行业或部门的应用文。如司法文书（起诉状、答辩状、代理词、判决书、布告等）、财经文书（合同、广告、市场预测、财务分析、审计报告等）、外交文书（国书、照会、通牒、护照等）、新闻文书（消息、通讯、述评、专访等）、科技文书（科研报告、科技情报、学术论文等）、公关文书（欢迎词、祝请辞、贺词、报讲辞等）、军事文书（战时动员、战斗令、战况通报、军事情报）等。

3. 通用文书

通用文书是指通用于各行各业的公务文书。如计划、总结、调查报告、规章制度、简报、述职报告等。这类应用文不受行业限制，使用范围非常广泛。

4. 日用文书

日用文书是人们在日常生活和工作中使用的一般应用文，如书信、日记、电报、条据、海报、声明、启事、申请、讣告、悼词、对联、笔记等。日用文书多为私人文书，大都用来处理个人或家庭事务，有时也可用于公务活动。

1.2 财经应用文概述

1.2.1 财经应用文的概念和特点

在应用文中，财经应用文属于专用文书一类。因此，严格来说，财经应用文就是指的财经专用文书（狭义）。但是，在实际应用当中，财经工作者所使用的应用文远不止财经专用文一类。财经工作部门也要处理行政事务，因而也要使用行政公文。其他如通用文、日用文，有的在财经工作和活动中也经常用到。所以，财经应用文的概念不局限于财经专用文书（广义）。

财经应用文，是人们在财经工作和活动中使用的具有一定格式的实用文体。

财经应用文作为应用文的一个分支，具有一般应用文的共同特征，即实用性、真实性、惯用性、平实性、时限性、定向性、广泛性等。与一般应用文相比，财经应用文自身还有三个显著特点。

1. 专业性

财经应用文是反映财经工作情况，解决财经活动中的实际问题的，因而带有鲜明的财经专业性。从内容上看，财经应用文是反映财经部门的工作和业务活动的；从表达形式上看，财经应用文往往运用大量的数据和专业术语。反映财经活动，需要运用大量的数据来做定量分析，没有这种定量分析，就解决不了问题，揭示不了财经活动的内在规律。专业术语的运用，使这种文体在语言上体现出很强的专业性，如价格、成本、资金、费用、贷款、税收、利润、预算、效益等。

2. 政策性

我国的财政、经济是社会主义性质的，其活动是在党和国家的方针、政策指导下进行的。反映和指导社会主义财经活动的财经应用文，必然具有鲜明的政策性。比如签订合同，就必须符合国家的有关政策和法令，否则合同无效。

3. 准确性

财经应用文的写作不仅要做到事实上的真实可靠，而且还要保证语言表达和数据运用的准确。数据指标在财经业务活动中具有特别重要的意义，从某种意义上讲，财经活动就是一种数字游戏，数字不准确，就会出现差错，甚至造成巨大的损失。因此，在财经应用文的写作中，对所引数据必须反复核实、一丝不苟，做到准确无误。

1.2.2 财经应用文的作用

在现代社会，生产、经济、科学技术迅速发展，高效率、快节奏、信息爆炸、多向综合的大时代特征，使财经应用文成了人们处理社会经济关系，开展财经业务活动的重要工具。在社会主义现代化建设中，财经应用文发挥着越来越大的作用。它的作用，主要表现在以下四个方面。

1. 指导财经工作

财经应用文具有很强的政策性，党和政府常常通过公文传达和贯彻党和国家的有关路线、方针、政策，指导各地的财经工作。如命令、指示、决定、纪要、条例、批复等，往往直接传达党和国家的经济政策，对各地区、各部门的财经工作具有领导或指导作用。

2. 加强财经管理

财政、经济部门通过制订计划，拟定规章制度和总结、调查、审计等手段，能督促检查各部门单位的工作，加强财经管理。比如，财经部门要保证收支平衡，就必须进行预算，制订计划；银行要发放贷款，提高效益，就必须进行经济活动分析和预测，并且与对方签订合同；税务部门要广辟财源、增加税收，就必须有一整套严格的规章制度，来管理税务工作和市场。

3. 沟通经济信息

经济的发展以及经济活动的开展主要靠信息，这是现代社会的一个重要特征。信息灵通，经济发展快；信息闭塞，经济发展就会受到很大的影响。财经应用文在这样的情势下，能充当沟通社会经济信息的重要角色，如简报、动态、综合反映、广告、公函等尤其能大显身手，沟通业务往来的渠道，最便于加强内外交流，发展横向联系。

4. 促进经济活动

财经应用文既是各种经济活动的反映，又能促进各项经济活动的开展，通过发挥指导功能、管理功能、沟通功能来推进经济工作，提高经济效益。有些文体，如合同、协议等，能直接促成和保证经济活动的顺利实现。

1.2.3 财经应用文的构成要素

1. 主旨

主旨是财经应用文中表现出来的基本观点和意见。主旨是文章的中心和灵魂，古人称之为“意”。“文以意为主”，“意犹帅也”（王夫之）。文章的主旨就好比军队的统帅。军队没有统帅，即成乌合之众；文章没有主旨，就会杂乱无章。主旨对于应用文具有举足轻重的作用，决定文章的质量和价值。

任何应用文，不论篇幅长短，总要表达一定的意图和目的，主旨就是这一意图和目的在文章中的体现。主旨是文章的核心，文章所有的内容、形式因素诸如观点、办法、意见、材料、结构、语言等，皆受其支配而和谐地统一在一起。离开主旨，就不能形成一个有机的整体。财经应用文写作的主旨与其他文体的主题、中心思想、中心论点有相同之处，也有不同之处。其特点如下。

（1）单一性。所谓单一性，就是主旨要单纯明确。这是由财经写作的特殊性所决定的。一篇文章只能表达一个主旨，“意”要“约”，不能有多个中心。如公文，一文一事。在一文中写很多的事，想解决很多问题，其结果是一个问题也说不充分，说不清楚，造成“意多乱文”，妨碍了读者对中心的准确把握。主旨单一，笔墨集中，能把问题说透，增强主旨的表达效果；同时还可以防止行文关系错乱，也便于立卷、归档工作的进行。对于工作总结、经济调查报告、经济论文来说，尽管内容复杂，涉及面广，但也只能有一个中心、一个主旨贯串始终，每一部分的材料都必须紧扣主旨，为突出主旨服务。即使像纪实性很强的经济通讯，也只能有一个中心、一个主旨，很少有复合性主旨。我们在写作时，容易犯主旨不单一的毛病，其主要原因首先是对要解决一个什么问题，达到一个什么目的，心中无数；其次就是对材料舍不得割爱，不进行提炼、筛选。动笔时，一定要贴紧主旨，明确写作目的，把握材料的“重心”，使材料蕴涵的力量能全部靠拢主旨，以防主旨的转移。

（2）鲜明性。所谓鲜明性，是指主旨的倾向性，即提出问题、分析问题、解决问题都必须做到观点鲜明，态度明朗，是非分明，反映客观真实。财经应用文写作是针对现实财经工作中需要解决的问题而写的，因此，反对什么，提倡什么，要解决什么问题，用什么办法来解决，达到什么目的等，都必须有针对性地直接在文中表达出来，决不可似是而非，含糊笼统，也决不能说一些不着边际的套话、空话。文学作品的主题，往往是通过故事情节、人物形象，以曲折、婉转的方式，含蓄地、间接地流露出来。这是二者不同之处。财经写作中的公文，其主旨的实质是国家的方针政策以及上级精神的具体体现。在拟写公文时，如果对有关的方针政策认识不清，态度不明朗、用词不准确，主旨就会像是雾中看花，不可能得到鲜明的表达。主旨不鲜明，对一些根本的问题，就不敢表示明确的态度。这不仅使人无所适从，而且会给工作带来损失。如写经济评论，如果主旨不鲜明，不但会使人难以理解，而且会把人引入误区。要使主旨鲜明，除了要善于了解形势、掌握信息，善于掌握客观现实的特点之外，还要求写作者在构思时思想明确。

（3）效用性。所谓效用性，是指主旨注意效用，必须有针对性地对财经工作、财经理论等方面需要解决的问题做出有的放矢的回答，对今后的工作起积极的指导作用。财经应用文写作的独特之处，在于“应用”二字上。一般来说，读者读了之后，可以超越感染的过程，获得直接应用的认识，即获得应用于客观现实的某种价值。财经应用文写作主旨的效用性，主要是直接体现的（当然也有间接体现的），具体表现在经济效益以及社会效益方面。一条主旨鲜明的经济信息，可以救活一个工厂；一篇主旨鲜明的公文，可以解决现实生活中一个具体的问题。这就是主旨效用性的体现。主旨的效用性，实际上是作者写作目的的体现；离开了效用性，文章就失去了存在的意义。主旨的确定，必须结合本单位、本部门、本地区的具体情况，抓住主要矛盾，从客观实际出发，分清哪些可以确立为主旨，可以收到好的效果；哪些不可以确立为主旨，不可能收到好的效用。这样，在主旨统帅下所做的指示、所提出的意见和办法、所传递的信息、所总结的经验、所提出的理论，才能有的放矢，切实可行，才能收到好的效果，产生经济效益和社会效益。

2. 材料

材料是写作的基础。财经应用文写作是缘事而发，如实记述，离不开真实、准确的材料，因此必须搜集、占有大量、丰富的材料，并对材料进行分析、综合、整理、鉴别和筛选。

有了材料后，不可能把它都写进文章中去。选用的材料不足，内容不充实；材料过多，文章松散繁杂；材料不当，不能把主旨表达得正确、鲜明，难以达到写作的意图，不能收到预期的效果。因此，只能根据主旨的需要，选取必要的材料写进文章中去。财经应用文写作选用材料的原则如下。

（1）准确性原则。材料的准确性，是财经应用文写作的基础，也是文章具有说服力的保证。这一点与文学作品是有区别的。财经应用文写作不是通过艺术形象反映社会生活，而是通过摆事实、讲道理，提意见、办法，以理服人，要求“生活”的真实。因此文章的好坏、效果的有无，只能靠生动、典型、新颖、有说服力的材料。文学作品是通过塑造艺术典型反映社会生活，靠生动的画面、曲折的情节去吸引人，以情动人，要求“艺术”的真实。因此，它可以对作为生活素材的事件、环境、细节、人物性格进行组合、改造，进行艺术加工。财经应用文写作中材料的准确，就是说事实、材料必须严格地符合客观事物的实际情况，实有其事，实有其人。事例、问题、数据、情节、人物、时间、地点等，不是随意编造的，不能夸大和缩小，不能添枝加叶，而是如实地反映客观事物的本来面貌。同时，材料能从本质上反映生活的真实面貌，事实、数据确凿无疑，人名、地名、引文准确无误，经得起核实；不是个别的、偶然的“表象”，而是反映了事物的本质，用它能准确地、充分地回答问题。如一个数字的错误，往往会造成很大的损失。通讯、调查报告、经济活动分析报告等，写的是真人真事，离开了事实、数字的准确性，就会对工作的开展带来危害，得出错误的结论，造成很坏的影响。因此，材料的准确性是财经应用文写作的生命。

（2）服从性原则。所谓服从性原则，是指材料要服从主旨的需要，为主旨服务，能有力地支持主旨，这实际上是要求材料和主旨能够有机地联系在一起。主旨在文章中居“统帅”地位，材料都要受它的支配。如果材料的性质与主旨不符，不能支撑主旨，文章的内容就难以使人相信，也就很难达到写作的目的。因此，有什么样的主旨，就应选择什么样的材料，两者要息息相关。主旨确立之后，只有选择那些典型的、新颖的、最能说明和表达主旨的材料，才能有利于突出主旨，使主旨得到鲜明有力的体现。与主旨有关的内涵意义深刻的、必不可少的材料，一定要选用；无关的，与主旨相游离的材料，要坚决舍弃。有些材料虽然与主旨沾边，但是缺少典型性和新鲜感，使人感到平淡、肤浅，也应当删去，舍得割爱。如写经济论文，罗列材料多，反而无法说明问题，会带来冗杂的毛病。只有根据主旨的需要，严格筛选材料，选用那些有着实际论证价值的材料，才能使材料本身价值得到提高，同时也使论题更加明确，更加具有说服力和理论性。又如写一篇市场调查报告，搜集、记录、整理、分析、鉴别了市场对某一产品需求的有关材料，写作中能够选用几个最能表达主旨的典型事例、数据，给人的印象就会清晰、深刻；如果罗列材料多，反而会使文章内容杂乱无中心，掩盖了事实的本质。同时，要恰当地定好运用材料的角度。同一材料，从不同的角度看，就会有不同的意义，因此必须分析材料的内涵意义，根据主旨的需要，选好运用材料的角度。

（3）价值性原则。这里所讲的价值性原则，是指材料典型、新颖、对表达主旨起支撑作用，能够深刻地反映事物的本质，即材料对表达主旨、充实文章内容能起有效用途。财经应用文写作中的众多材料，并不是都能深刻地反映事物的本质、都具有符合写作意图的价值。有的材料对主旨的表达是有用的，能够揭示事物的本质、说明问题；有的材料则不能说明问题，对表达主旨无用。辨别材料的价值，首先是要看它对一定的写作意图是否有价值。一般说来，材料的价值，一是自身的价值，二是对一定写作意图的价值。有的材料从它本身孤立看是真实的，也生动感人，本身比较有价值，但根据需要在写作中使用时，却没有使用价值。透过现象看本质，它是个别的，不能反映经济活动的特定规律，对表达主旨无多大作用。有的材料虽然“小”，但对表达主旨很有价值，像这样能“小中见大”的材料，必须选用。材料的使用价值如何，要根据主旨、写作意图来考虑，还要善于对材料进行鉴别和筛选。其次是看它是否典型、新颖。所谓新颖材料，是指新产生的、新发现的、别人未曾用过的，又比较生动的材料，如新人、新事、新见解、新数据、新经验、新问题、新矛盾等。这些典型、新颖的材料，能使主旨得到有力的表现，也能反映时代精神。

3. 结构

结构是财经应用文的形式要素，是对文章内容的组织和安排。结构的作用在于根据主旨表达的要求，将材料组合成文章。有了正确、鲜明的主旨，可以“言之有理”；有了充分可靠的材料，可以“言之有物”；而有了完整严密的结构，可以“言之有序”。结构被誉为文章的骨骼，它将文章的“灵魂”和“血肉”支撑起来。

财经应用文写作中有的文体在内容上有固定项目，书写形式上有惯用的格式要求，且有的文体结构已形成固定模式，故而其结构有自己的特点。

(1) 井然有序。财经应用文写作的结构比较强调井然有序，一般以清楚、明白为前提。这里讲的井然有序，一是要把思想内容有秩序、有层次地表达得纲目清楚，不自相矛盾，不顾此失彼，不杂乱无章；二是结构安排得当，客观事物逻辑顺序与文章展开的顺序统一，各个环节俱全，各部分在内容脉络上互相贯通，在语言形式上有紧密的衔接与合理的过渡。这实际上是一个逻辑思维有条理性的问题。如写一份请示，首先是请示缘由，其次是请示事项，最后是请求语。这样安排结构，既反映了客观事物的发展规律和内在联系，又体现了人们认识客观事物和处理问题的规律，条理清楚，内容也得到了充分的表述。

(2) 完整严谨。所谓完整严谨，是指构成文章的各个部分要能够结合成为一个有机的整体，做到上下文前后连贯，首尾圆合，段落、层次清楚，详略得当，不少头缺尾，不虎头蛇尾。同时，各个部分之间有严密的逻辑性，不互相矛盾；各部分之间，或是步步深入，或是条分项列，或是因果必然。只有在内容上有内在联系，在形式上又有得体、周密的组合，才能共同表现主旨，保证文章内容的完整性和准确性。如一篇总结没有头，读者摸不着头脑；没有尾，读者不知结论如何，不明方向。因此，完整严谨是财经应用文写作对结构的一个重要的要求。

(3) 相对稳定。财经应用文写作中的大多数文体的结构，是相对稳定的，如行政公文就有特定的格式，这是它具有权威性和约束力的外在表现，拟写公文时就一定要按照它固有的格式，不能改变。又如经济新闻的结构是由标题、导语、主体、背景、结尾五部分组成，而且这种结构形式相对稳定。又如经济活动分析报告的结构，是由标题、开头、主体、结尾四部分组成。在写作时，虽然有的部分可以合并在一起，但从总的方面看，结构还是相对稳定的。财经应用文写作中大多数文体的结构是在人们长期的使用过程中约定俗成的，形成了固定的格式，这与文学作品的结构力求新奇、多样化相异。财经应用文写作的结构，既要遵循一定的结构模式，又不能过于呆滞、死板。

4. 语言

语言虽属形式要素，但它犹如文章的肤发，直接影响文章的质量好坏。从某个角度看，语言对财经应用文的写作具有决定意义，因为财经应用文的其他要素都要依赖语言，才能得以表现。没有语言文字，主旨、材料、结构形成不了文章。因此，财经应用文写作必须重视语言的运用。

具体来说，财经应用文的语言有以下要求。

（1）讲求时效性。财经应用文写作中语言追求时效性。其反映到文章中，一是通过词语的准确、严谨，体现出其中的轻重、缓急，如公文中的指示、通知都具有此特点。二是忌用表意不清、模棱两可的词语、句子，删去无关痛痒的字词，尽量做到简明扼要、言简意赅，以便使事情得到及时处理。

（2）追求信息量。信息是通过语言、文字、图像等载体传播的，财经应用文写作本身就是经济信息的载体，如财经应用文写作中的经济消息、经济调查报告、经济活动分析报告、可行性研究调查报告等都传递着各种各样的信息。此处所讲的信息量，是指力求文章篇幅短，内容容量大，语言凝练、言简意赅，即尽可能用少的语言文字把尽可能多的真实有价值的信息传达给受众，从而收到较多的实际效果。

（3）注重传真率。为了快速传递信息，交流情况，反映问题，往往利用电信传输文字、数字、文件、图表等，如中央和地方的党政机关，为了使公文迅速及时地发出去，往往采用传真方式。注重传真率，是指语言要尽量简约化，语句尽可能程序化，语言准确得体，简明扼要，突出要点，行文有序；尽量不用多义词，多选用同义的单音词，尽量消除可能引起误解的因素，符合传真的要求和标准，使信息得到快速、准确的传递，使接收者容易理解，容易把握其思想内容。

5. 语体

语体，即各类文章由于体裁不同，各自所具有的语言运用特点的体式也不同。马克思说："语言是思想的直接体现。"由于写作的对象、目的、内容以及场所的不同，对语言的要求亦不同，写作时要选择恰当的语言表述方式、表达形式。文学作品的写法，要求形象地反映生活，表达思想，抒发感情，因而要求语言鲜明、生动、形象、含蓄，感情真挚强烈。财经应用文写作鲜明的政策性、情况的真实性、效用的针对性等自身的特点，决定了它在语言表达方面与文艺作品有极大的区别。提高财经应用文写作水平，掌握其语言特点和要求是很有必要的。

1）语体特点。

（1）有一套比较固定的习惯用语。财经应用文写作要准确、简明扼要、鲜明突出，因此在用语上形成了若干固定的习惯用语，主要表现在以下几点。

①行政公文的标题，其事由部分一般多用介词"关于"和表达中心的动宾词组或偏正词组组成，介词结构作公文名称的定语。

②正文的引据部分，多用"根据"、"遵照"、"为了"引起的介词结构开头。

③为了庄重起见，一些文体尾语多用"以上报告，请审核"、"兹……为荷"等富有文言色彩的词语。

（2）表意明白、通畅、平实、稳密。明白，指文章让读者一看便懂；通畅，即文章用词造句无语法、修辞、逻辑上的毛病；平实，指文章平实地叙述事理，不故弄玄虚；稳密，指文章稳妥、大方、严密，有强烈的可信度。

2）语体风格。

（1）平实。所谓平实，就是指语言平易质朴，直截了当，实实在在，明明白白，如实地反映客观事物的本来面目，如实地表达思想、感情，不夸张，不修饰，不说空话、套话。财经应用文写作的内容完全是写实，是为了解决现实生活中的具体问题，不包含欣赏的因素，不追求艺术的魅力。如果在公文或经济活动分析报告等文体中，用铺陈、渲染，语言含蓄或夸张，这不仅影响内容的表达，而且会使人难以捉摸其思想内容，甚至会造成很坏的影响。因此平实是财经应用文写作对语言最根本的要求。

（2）准确。财经应用文写作有很强的政策性和实用性，因此语言必须准确。准确，是指在叙述事实、介绍人物、阐述见解、做出评价、说明情况时，能够确切严密地表述，语义鲜明，语气得体，决不能模棱两可，产生歧义。能否选用恰当、确切的词语，对正确、深刻地表达思想内容有着极大的关系，一字之差、一词之差，往往会造成很大的影响。这就要求写作者在运用语言时，要认真斟酌，善于辨别词义，把握词语的分寸，根据特定的对象和语境，选用准确的词语；同时要合乎语法，合乎逻辑，合乎事理。

（3）简洁。简洁是指用语精当，概括言简意赅，不拖泥带水，把话说到点子上，能用少量的文字来表达丰富的思想内容。要做到简洁，首先要把握所写对象的特征，注意运用综合性、公众性、论断性的语言；其次要用词精当，要选择那些最能表达思想、最能反映事物本质的词语；再次，要不说空话，尽量删去多余的、重复的词语。当然，简洁必须建立在表达的需要上，不能为简洁而简洁，使语义模糊不清，或别扭拗口。

（4）庄重。这里所说的庄重，是指语言能准确、严谨地表达思想内容，既合乎特定的语境，又合乎文体的要求和语法规范。在介绍人物、说明情况、做出评价、分析问题、得出结论、提出办法时，不随意用夸张的手法和奇特的比喻，用语郑重，褒贬分明，表现出公正的立场和严肃的态度，不轻浮，不马虎；用语必须周密谨慎，要有分寸感，合乎逻辑，合乎事理，既不粗疏错漏，又不前后矛盾、说法不一。如公文有鲜明的政治性，由法定的作者来制作，特别要求语言的庄重性。

（5）明快。这里所说的明快，是指语言文字要简明扼要、易懂通畅，没有生僻的字，没有含糊不清的词语，不晦涩难懂。这就要求写作者在介绍情况、叙述事实、分析问题、做出结论时，切忌冗长空泛，多用概括性的语言，不作铺陈或渲染，使人一看就懂；在选用词语时，要做到准确；用词语表达思想内容时，不装腔作势，不矫揉造作，不陈词滥调。这样，才能使文章的语言通畅、自然、简明、妥帖。同时，还可以适当选用来自群众、经过加工提炼的群众语言；选择多种句式，灵活搭配，交错使用；适当运用比喻、排比等修辞手法，以增加语言的生动性、明快性。

本章小结

1. 应用文的语言特点包括恰当准确、简洁生动、朴实得体和严谨庄重。
2. 财经应用文的三个显著特点是：专业性、政策性、准确性。
3. 财经应用文的构成要素有主旨、材料、结构、语言和语体。

基础与提高

一 单项选择题

1. 应用文写作中最基本、最常用的表达方式是(　　)。

A. 叙述　　B. 描写　　C. 议论　　D. 抒情

2. 财经应用文的特点是(　　)。

A. 思想性　　B. 实用性　　C. 专业性　　D. 时效性

3. 应用文种类繁多，分类方法也多种多样，下列分类表述不正确的一项是(　　)。

A. 按使用主体分，应用文可分为法定文书和专用文书两大类型

B. 按表达方式分，应用文可分为说明类应用文、议论类应用文、描述类应用文等类型

C. 按应用领域分，应用文可分为行政应用文、财经应用文、科技应用文、司法应用文等

D. 按功能特征分，应用文可分为指挥性文书、报请性文书、知照性文书、记录性文书等

4. 确立财经应用文的主旨，是解决(　　)的问题。

A. 言之有物　　B. 言之有理　　C. 言之有文　　D. 言之有序

5. 下列说法中，正确的是(　　)。

A. 去年浙江私人购买小轿车数量大幅上扬，与前年相比增加到55%。

B. 从杭州坐汽车到温州，以前要10小时，现在只要不足4个多小时就到温州了。

C. 某乡今年粮食总产量为3 000万千克，比去年6 000万千克减少了2倍。

D. 1975年，湖北云梦睡虎11号秦墓出土了1 100余枚秦始皇时的竹简。

二 多项选择题

1. 财经应用文写作主旨有以下特点(　　)。

A. 群体性　　B. 间接性　　C. 法定性

D. 遵命性　　E. 逻辑性　　F. 智能结构的特殊性

2. 财经应用文写作的特点是(　　)。

A. 行文的针对性和定向性　　B. 内容的实用性和政策性

C. 形式的法定性和约定性　　D. 语言的准确性和简明性

E. 管理的传播性和智能性

3. 财经应用文结构形态中的篇段合一式主要出现在(　　)中。

A. 命令（令）　　B. 转发和批转文件的通知

C. 通报　　D. 批复

E. 报告

4. 财经应用文写作中常用的说明技法主要有(　　)。

A. 介绍性说明　　B. 解释性说明

C. 定义说明　　D. 分类说明

E. 比较说明

5. 应用文的语言特点包括(　　)。

A. 恰当准确　　B. 简洁生动

C. 朴实得体　　D. 严谨庄重

三 案例练习

1. 下面是某厂拟就的一份电函，语言不简要，也没有使用应用文专用词语，请修改。

二季度快到了，我们厂还缺两万支显像管，希望尽快调拨给我们，好用来满足紧急需要。可以不可以，等待着你们迅速来信答复。

2. 将下文中加线词语改成符合应用文语体风格的庄重词语。

地质勘察队所到的地方，非常希望各族人民予以帮助，现在特地发布以上各项规定，切不要轻信谣言，阻碍勘察队正常工作。

第2章 常用事务文书

学习目标

1. 了解事务文书的概念和种类。
2. 掌握书信、条据和启事的概念、种类、格式和写法。
3. 掌握声明的概念、种类、格式和写法。
4. 掌握计划的概念、种类、格式和写法。
5. 掌握总结的概念、种类、格式和写法。

常用事务文书是党政机关、社会团体、企事业单位处理日常事务，用来沟通信息、总结经验、研究问题、指导工作、规范行为的实用性文书。

常用事务文书一般包括书信、条据、启事、声明、计划、总结。

2.1 书 信

2.1.1 书信概述

书信是按照习惯格式把要说的话写下来，邮寄或发送给指定对象阅读的一种应用文。书信古称书、疏、书牍、书简、书札、函，在我国已有几千年的历史。书信从一开始就是一种传递信息、人际交往的工具。相传我国最早的书信出现在2600多年前的春秋战国时期。当时的郑国处于晋、楚两个大国之间，同晋国的关系非常紧张，战争一触即发。此时，郑国的执政大臣子家派人给晋国送去一封书信，信中指出，若晋国再加逼迫，郑国只有铤而走险，不是投靠楚国，就是与晋决一死战，别无他途。信的用语非常得体，晋国无言以对，不得不派人前来讲和。一封书信化解了一场干戈（见《左传·郑子家告赵子宣》)。当今，随着科技的发展，人际交往的途径与工具越来越多，比书信方便而又快捷的电报、电话和e-mail（电子邮件）已逐渐普及，但是，书信传递信息和交流感情的作用，仍是其他交际工具所无法替代的。

2.1.2 书信的种类

书信的种类很多，一般来讲主要包括一般书信和专用书信。

1. 一般书信

一般书信主要是用来处理私人事务的，它有以下几个特点。

(1) 适用于父子、兄弟、夫妻、同学、亲友、邻里和同事之间。

(2) 内容涵盖面广，凡与私人的学习、生活、工作、交往等一切活动相关的内容，都可以写入书信。

(3) 阅读对象绝大多数是书信指定的个人。不经同意，其他任何人都无权拆阅。

(4) 表达方式灵活多样，可叙述、描写，可说明、议论，也可抒情，如林觉民的《与妻书》，综合运用了多种表达方式，感情色彩非常浓烈。

(5) 通常不用标题。

2. 专用书信

专用书信是针对某种特定事务、用于某种特定场合的具有专门用途的书信。

专用书信的种类很多，如介绍信、证明信、感谢信、表扬信、慰问信、申请书、倡议书、决心书、请柬、聘书、求职信、应聘信、推荐信、请托信、邀约信、婉拒信等。

专用书信的一般特点如下。

(1) 专用书信不同于一般书信，一般都有标题。

(2) 除感谢信、表扬信、慰问信等少数文种外，一般的专用书信只用说明这种表达方式，使用事务语体。

(3) 专用书信常常运用一些程式化的词语，如介绍信的开头常用“兹介绍……”，结束语用“请予接洽为荷”，证明信的结束语用“特此证明”，聘书的结语用“此聘”等。

2.1.3 书信的格式和写法

1. 一般书信的格式和写法

一般书信的格式由六个部分组成，即称呼、问候语、正文、致敬语、署名和日期。

(1) 称呼。称呼写于第一行顶格位置。称呼应依相互关系而定。给亲人写信，与当面的称呼基本一致；给朋友、同学写信，可在对方的名字后面加“友”、“朋友”等称呼；给不熟悉的人写信，可在对方的姓名后面加上“同志”、“先生”、“女士”等称呼；给领导写信，可在领导的姓氏后面加上职务。有时，还要视写信人与收信人的关系，在称呼前面加上“尊敬的”、“敬爱的”、“亲爱的”等字样。

(2) 问候语。问候语一般自成一段，空两格写在称呼的下一行。常用的问候语有“你好”、“您好”、“近来身体好吗?”、“近来工作顺利吗?”等。有时也可围绕收到来信的事简单写一段话。也有不写问候语，直接写正文的。

(3) 正文。写完问候语后，另起一行空两格写正文。书信的内容如果比较简单，可以一段到底；内容如果比较复杂，可以分段书写，一般一段写一个意思。

正文要写得好也非易事，如何开头，如何结尾，中间安排几件事，如何过渡，都需要认真考虑，切不要以为写信是社会生活中的平常行为，就可以想到哪里写到哪里。其实，好的书信也是篇好文章，写信也是创作精神产品。用这样的态度去对待书信的写作，不仅能保证书信的质量，而且对写作水平的提高也是大有益处的。

书信的正文，不仅要注意谋篇布局，而且要注意语气态度。比如，要求对方帮忙办事，既要顾及与对方的关系，又要体谅对方可能有的困难，需要用充分商量的语气，不可一味强调自己的要求。再比如，和对方议论什么问题，也应注意讲话的语气，注意论辩的态度，既要充分表述自己的见解，又不能强加于人。把握分寸、选用恰当的语气是一种艺术。

(4) 致敬语。致敬语也叫祝颂语，如“此致敬礼”、“祝进步”等。致敬语一般分两行书写，以“此致敬礼”为例，在正文的下一行空两格处（如果正文的最后一行空格较多，也可接在正文后空一格处）书写“此致”，再另起一行顶格书写“敬礼”二字。致敬语的选用可因人、因具体情况而定，不必过于刻板。传统书信沿袭下来的众多文言祝颂语如“近祺”、“台绥”之类，考虑到与全信语言风格的一致性，以不用为宜。

(5) 署名。署名也叫具名或落款。正文、致敬语写完后，在书信的右下方写上写信人的名字，常常用身份加上名字来表述。要注意的是，署名处的身份用语要和称呼语相对应，比如上称“父母”，署名应写“儿××”；上称“老师”，署名应自称“学生××”。

(6) 日期。日期即写信的具体时间。在署名的下一行写上写信的日期，写完后距右边线 1～2 格位置为宜。一般书信中只写月和日，内容重要的书信可把年月日写完整。

2. 专用书信的格式、写法和常见的专用书信

1) 专用书信的格式及写法。

专用书信除含一般书信格式的六个部分外，第一行正中位置要用较大字体写上书信名称。基本格式如下：

×××信（名称，居中）

××××：（称呼，顶格书写）

××（问候语，空两格书写）

××（正文，另行，空两格书写）

……

××（结尾，另行，空两格书写）

××（署名或印）
×年×月×日（日期）

需要注意的是，专用书信的称呼根据收信对象而定，可写单位也可写人。在专用书信中，不常用问候语。正文主要包括缘由和情况两部分。常用结尾写法有两种：一种是写

“特此证明”、“请予大力支持”这样的语言，在正文后另起一行空两格处写；另一种是写“此致敬礼”这样的惯用语，与一般书信相同，分两行书写。以单位名义发出的专用书信，应署单位名称并加盖单位印章。

2）常见的专用书信。

(1) 申请书，是单位或个人向领导或有关单位提出请求，或申请解决什么问题而写的专用书信。申请书通常有如下两种格式：

申请书（一）

×××集团公司：

××（正文）

此致

敬礼

×××公司

××××年×月×日

申请书（二）

为申请×××由

××（正文）

谨呈

×××

××××年×月×日

第二种格式中的“事由”是申请书内容的摘要，如“为申请增加货源由”、“为申请加入中国共产主义青年团由”等。由于事由下面、正文之前没有写称呼语，所以在正文之后用“谨呈”二字引出申请书的指定阅读者，表示对有关单位或领导的尊重。这两种格式，第一种易于掌握，比较常用。

申请书的正文应该写明申请的事项和理由。申请事项要明确，申请理由要充分。一般一事一申请，不要在一份申请书中提出几个申请事项。如果是要求加入某一组织的申请书，还可以写自己的决心和请求组织考验、批准加入等内容。

(2) 求职信，是向用人单位自荐以谋取工作的专用书信。

在市场经济环境中，职位的竞争日趋激烈。为了寻求一份适合自己的工作，求职信的使用频率会越来越高。

写作求职信要不卑不亢地“推销”自己。在自荐时最好先研究一下用人单位的情况和自己的条件，针对用人单位的需求来介绍自己的有利条件。自我介绍时，应该具体介绍学历、资历和专长。专长的介绍要得当。比如用人单位需要录用一名会计，就不必介绍自己善于交际、能歌善舞之类，要根据用人单位的需求扬己之长、避己之短。当然，自我介绍时一定要实事求是，绝不能弄虚作假。

求职信应该写得言简意赅，字迹端正，这样能给用人单位以精明练达、办事认真的印象。求职信给人留下的第一印象对能否被录用有较大影响。

信末还应注明联系地址和电话号码，以便对方答复。个人简历、学历证书、资格证书、获奖证书等材料的复印件应作为求职信的附件一并寄给用人单位。

（3）倡议书，是个人或集体首先建议并公开发起，号召大家共同完成某项任务或开展某种公益活动使用的一种专用书信。

倡议书除了采用一般书信的写作格式外，还有一种更为简明的结构形式，即标题揭示出倡议的背景和目的，如《争做学雷锋活动先进个人、先进集体倡议书》，标题下一行直接写倡议的具体内容，由倡议者提出希望，最后署上日期。

倡议书的正文要说明发出倡议的原因、目的，然后分条写出倡议的内容，最后概括地提出希望。所倡议的事情应该是大家共同关心的事情，这样才会得到大家的响应。采取的办法和措施必须具体、可行。语言要充满激情，富有鼓励性。

（4）其他专用书信。包括慰问信、感谢信、表扬信等，可以直接发送，也可以张贴。

①慰问信是以机关、团体、企事业单位或个人的名义，对在某方面做出特殊贡献或遭到意外损失、遭到巨大灾难的集体或个人关切致意，表示问候同情的一种专用书信。慰问信的正文因慰问对象不同而有所区别，一般应先写明慰问的原因，再根据不同的情况和对象，或对取得的成绩、做出的贡献予以赞扬，或对对方遇到的困难、遭到的损失和灾难表示关怀和同情；最后可以表明自己的态度或提出希望。慰问信抒情色彩较浓，有很强的时限性，在写作时要抓住时机。

②感谢信是个人或单位为了感谢他人或其他单位对自己给予的关心、支持、帮助而写的一种专用书信。感谢信的正文要写清楚三方面的内容，一是因何事感谢对方，二是感谢对方的哪些帮助和支持，三是赞扬对方的精神、品质以及对自己的影响。语言表达要真诚，充满感情。

③表扬信是表彰单位、集体、个人的先进思想、先进事迹和模范行为的一种专用书信。表扬信的正文一般先概述受表扬的人或事迹，然后具体叙述事情的经过，重点放在事迹的发生、发展、结果和意义上，叙述的同时可适当议论，最后表示向被表扬者学习。表扬信和感谢信有所不同，感谢信是感谢帮助自己的单位或个人，而表扬信既可以写帮助自己所做的好事，也可以写与自己无直接关系的、仅是亲眼见到的好人好事。

2.1.4 范例

【范例1】

科技开发借款申请书

工商银行××市分行：

我公司为了调整产品结构，增加新品种，增强企业应变能力，提高经济效益和出口创汇能力，在××××年新产品试制工作中，对×××产品，采用××方法成功地试验出××新产品，并取得了工艺控制参数。

我公司开发的××新产品项目具有以下特点。

1. 产品质量好，有销路。该产品系××和××原料，国内生产该产品的只有×××

×厂，年产量仅×××吨，国内年需求量××××吨，缺口××××吨。天津××厂、上海××厂和一些化工厂均可使用。该产品由于质量好，国内销路好，更可销往国外市场，故已具备了新产品开发的条件。

2. 产品经济效益好。该产品市场销售价格每吨××～××元，而××产品的原料成本每吨只有××元，每销售一吨可增加收入××元。年产量××吨，可创利××万元，经济效益相当可观。

3. 产品投资较少，建设工期短。该项目总投资为××万元，计划建设期为三个月，即在××××年×月可投产，属于投资少、见效快的项目。

4. 产品还款能力强。该产品每年可实现利润×××万元，年内即可增加利润××万元。所以我们申请科技开发借款××万元，年内可还款××万元，明年一季度可全部还清银行贷款，具有较好的还款能力。

鉴于我公司××新产品属于科技开发项目，又具有投资少、工期短、见效快、效益高、还债能力强等特点，基本具备科技开发贷款条件，故特向贵行申请给予科技开发借款××万元，望予支持，以确保科技开发项目的顺利进行。

×××公司（印章）

××××年×月×日

【范例2】

求职信

尊敬的领导：

您好！

我是××大学法学院2010届行政管理系的一名应届本科毕业生。在四年大学生活的磨砺和锻炼中，我始终本着“学习知识增才干，锻炼能力求发展”的原则，不断地提高和完善自己，力争使自己更能适应现代社会的需要。

在学习上，我十分注重行政管理专业和文秘专业知识的学习，各门专业课均取得良好的成绩，曾获二等优秀学生奖学金、乙等单项奖学金与“三好学生”称号。不仅如此，在扎实学好专业知识的同时，我还十分注意知识的多元化，广泛涉猎其他领域，完善自己的知识结构。另外，从跨入大学的第一天起，我就极为注重动手能力的培养，写作已成为自己的专长，先后在《中国教育报》、《长江日报》、《广州青年报》、《文化报》等多种报刊上发表文章78篇，其中1篇获××省首届“智慧泉”杯高等院校校园作品大赛三等奖，2篇获全国文学征文大赛三等奖。

在校期间，我还积极参加各种校园文化活动，长期担任副班长、院学生会文艺部长、××大学新闻学会宣传部长、读者俱乐部组织部长等职。在担任院学生会文艺部长期间，我成功地组织了多次大型文艺晚会，获得了较好的反响，培养了较强的管理协调能力。此外，我还注重学以致用，积极参与社会实践，锻炼自己的实际操作能力。在××省工商管理局实习期间，由于工作勤奋踏实，受到了局领导与老师的一致好评，撰写的学习论文《思想政治工作要讲究内容和方法》得到了局领导的肯定（见附表二），被评为优秀实习生。

此外，大学四年生活还培养了我吃苦耐劳、勤奋务实的精神。课余我还积极进行体育锻炼，身体素质良好。由于各方面的出色表现，我光荣地成为一名中共党员，具备了较强的组织纪律性和一定的政治敏锐性。

我若有幸被贵单位录用，将在贵单位的领导指导下，一如既往，本着“发展自己、完善自己”的原则，不遗余力，勤奋学习，不断提高，努力完成领导委派的各项任务。

期盼早日收到您的佳音！联系电话：×××。

愿成为您得力助手的人：丁××

2010 年 12 月

【范例 3】

倡议书：从我做起，从小事做起，从现在做起。争当一名“爱国、守法、诚信、知礼”的现代公民

广东省学生联合会

全省的青年学生朋友们：

一个多世纪来，青年一直是推动社会前行的生力军。85 年前，“五四”青年关注民族的存亡，高举“科学”与“民主”的大旗；改革开放 26 年来，几代青年中坚在激流中奋勇拼搏，造就今日中华的繁荣富强。

一个多世纪来，广东一直是中国创新与变革的热土。从太平天国到戊戌维新，从辛亥革命到北伐之战，从改革开放到建立和完善社会主义市场经济体制，每一次突破与创造总与岭南大地紧紧相连。

当前，先行一步的广东又开始谋划新一轮的发展——建设和谐广东，以“三个代表”重要思想和科学发展观为指导，全面向小康社会迈进，率先基本实现社会主义现代化。为了构建更加协调发展的社会，省委、省政府最近提出，在全省开展“爱国、守法、诚信、知礼”的现代公民教育活动。

处于改革前沿的广东青年承载了一个多世纪以来的光荣与传统，勇立时代潮头，听从时代召唤，为改革建功立业。

我们向全省青年学生郑重发出倡议：

一、胸怀天下，立志报国

青年学生只有自觉地把个人的命运同祖国和民族的命运紧紧联系在一起，把个人的理想追求同国家、民族、人民的追求和奋斗目标紧紧联系在一起，才能实现人生的最大价值。作为承载历史使命的一代，我们不仅应关心自己的学习，注重个人的成长，更应关注社会的现实，胸怀国家与民族，继承先辈爱国之心，树立远大的报国志向。让我们熟读中华历史，充分认识祖国改革开放取得的巨大成就和人民群众生活发生的巨大变化，并在学习中练就过硬本领，为我国全面建设小康社会，为我省率先基本实现社会主义现代化多做贡献。

二、学法知法，依法守法

法律是现代社会的秩序保障。随着时代的发展，公民懂法守法将是国家持续进步的基

础。守法必先学法，尤其是身处改革开放的前沿，如果不学法，将难以参与国际竞争；不守法，将自毁经济发展的硕果。因此，青年学生要主动学习法律知识，努力提升法律意识，自觉遵守国法校纪，从我做起，用实际行动维护社会安定，把依法治国对青年的要求扎扎实实地贯彻到日常学习生活中。

三、真诚待人，诚实守信

无信无治，无信不立，信是千百年来中国人的立身之本。“君子以诚为贵”。竞争时代呼唤高素质的人才，更渴望德才兼备、诚实守信的人才。让我们从自身做起，在学习中，踏踏实实掌握科学知识和科学方法，决不投机取巧，弄虚作假；在生活中，待人真诚，为人坦荡，不隐瞒事实真相，不违反文明公约；在小事中不断提升道德境界，长守诚信之道。

四、知书达理，律己向善

讲礼仪、懂礼仪、重礼仪，不仅仅是为人处事的外在形式，更是一个人乃至一个民族、一个国家文化修养和道德修养的表现。“知书达理”能营造良好的人际环境，换来前进的自信和成功的喜悦。新时代的青年学生应当具有“知书达理”的素质和涵养，在学习中自觉接受优秀传统文化的耳濡目染，在生活中传承中华民族的优良品德。学会与人相处，理解和尊重不同个性，待人宽和谦恭；学会关心他人，尊老爱幼，维护公德，扶贫济困，培养自己的向善之心；在生活的点点滴滴之中弘扬中华民族优秀的道德文化，展示文明古国礼仪之邦的深刻内涵。

青年朋友们，21世纪的头20年，是我们国家发展的重要战略机遇期；21世纪的头20年，我们也都将逐渐成长为社会的中坚、国家的栋梁。

重任在肩，行胜于言。让我们从我做起，从小事做起，从现在做起，领风气之先，展学子风采，做一名“爱国、守法、诚信、知礼”的现代公民，为实现中华民族的伟大复兴而努力奋斗。

2010年5月4日

【范例4】

致西部计划大学生志愿者的慰问信

亲爱的西部计划志愿者朋友们：

今天是2004年的最后一天，鸡年新春佳节即将来临。值此举国欢腾、万民同庆之际，全国大学生志愿服务西部计划项目管理办公室谨向你们致以节日的问候，并向你们的家人表示诚挚的敬意和良好的祝愿！

今年是全国人民紧密团结在以胡锦涛同志为总书记的党中央周围，在全面建设小康社会、加速推进社会主义现代化建设进程中取得新的伟大成就的一年，是我国的志愿服务事业不断实现新飞跃、取得新进展的一年，也是你们弘扬志愿精神，用实际行动报效祖国、服务人民，在奉献与创造中书写更加绚烂的青春篇章的一年。一年来，你们克服工作、生活、学习上的诸多困难，深入基层、深入群众，脚踏实地、一心一意地做好志愿服务工作，用真情和汗水促进了西部基层经济社会的发展，充分展示了当代青年开风气之先、以天下为己任的情怀，受到党和政府的高度称赞，赢得西部广大干部群众的充分信任。今天，西部因你们而生动；明天，西部也必将因你们而精彩！

作为西部计划的组织者，我们始终被你们的精神所感动，我们也无时无刻不牵挂着你们。“雄关漫道真如铁，而今迈步从头越。”新的一年意味着新的开始，新的开始意味着新的挑战，新的挑战意味着新的付出，新的付出意味着新的收获。亲爱的志愿者朋友们，我们衷心祝愿你们在新的一年里身体健康，工作顺利，在西部广袤的土地上取得更大的成绩！

全国大学生志愿服务西部计划项目管理办公室

2004 年 12 月 31 日

【范例 5】

感谢信

××大学管理系：

5 月 9 日早上 7 点 45 分，我骑自行车在武汉长江大桥下坡路上摔倒，当时由于流血过多，昏迷不醒。幸遇两人将我送至武汉第×医院，还为我垫付了医疗费。我苏醒后，这两位同志却不声不响地走了。后经多方打听，方知他们是贵系 2002 级学生××、×××，为此，我特向××、×××和贵系表示衷心的感谢。××、×××这种助人为乐、不计名利的高尚品德，是贵系辛勤培养的结果，永远值得我们学习。

此致

敬礼

×××

2005 年 5 月 20 日

【范例 6】

表扬信

××中学领导：

我怀着非常感激的心情给你们写信，是为了表扬你校高三年级一班的××同学。

7 月 20 日下午，我从北京回南京探亲的路上，不小心把一只内装 8 000 元人民币和有关证件的提包丢失。你校××同学根据包里的一封信的地址，叫出租车把提包送到了我的一位同学家中，我的同学又立即把××带到我家，使焦急万分的我如释重负。当我要表示感谢时，××同学坚决推辞，我心里很过意不去，××同学自己掏钱叫出租车做好事却不图回报的行为令我感动不已。

××同学这种拾金不昧的高贵品格值得我好好学习，我为贵校有这样具有优秀品格的同学感到骄傲，请贵校对该生予以表扬。

此致

敬礼

北京××大学××

2010 年 7 月 30 日

2.2 条 据

2.2.1 条据概述

条指便条，据指单据。条据是人们日常工作、生产和生活中常用的应用文体。这两种应用文体都是以较少的文字、简便的形式，在工作、生产和生活中起到互通信息的作用，充当着办理事情的凭证和依据。尤其在财经工作中，它是一种实用价值很高的应用文体。便条实际上是一种简便的书信。在日常工作、生产和生活中，有很多事情要互通信息、相互联系，这些事情又不能都当面交谈。这就要求我们使用便条这种文体，达到省时、省力，提供办事的凭证和依据的目的。

便条多在处理非常规性、临时性、偶然性事情时使用。有些便条还起着介绍、联系、凭证的作用。领导在处理特殊情况，需要特别批示的时候，也经常使用便条。

单据实际上是一种简便的凭证。因为在经济活动中，买进、卖出、收到、暂借、拖欠、预支、预付、押金、领取、出库等都要有财务凭证，才能报销、记账。

2.2.2 条据的种类

便条因内容不同而写法各异，常用的有请假条、留言条等。

单据可分为两种。一种是表格式的，如发货票、报销单、划款单等。这类单据必须盖有公章或财务章，可作为原始凭证入账。另一种是临时性的，如借据、收据、欠据等，起凭证或证据的作用。

2.2.3 条据的格式和写法

便条的格式大体与书信相同。但从内容上来看，便条要比书信简明扼要。书信可以叙述，可以议论，可以抒情，便条却只可简明扼要地说明一件事情，一般写清四点就可以了：一是写给谁的（称谓）；二是什么事情（正文）；三是谁写的（具名）；四是什么时候写的（日期）。

单据（这里指临时性单据）一般要写清四部分。一是标题，标明单据的性质。例如“借条”、“借据”、“收据”、“欠据”等。标题写在单据的首部中间。二是正文，多以“今借到”、“今收到”、“今欠”等开头，接着写单据的内容，主要写明这个单据是写给谁的（向谁借的，收到谁的，欠谁的）、什么事情（所借、收、欠的是什么东西，数量多少，什么款项，金额多少）。三是在单据的右下方写清楚出单据的单位名称和经手人的姓名，并要加盖印章（签字）。四是在最后写清单据的具体日期。

写条据要特别注意以下五点。

（1）不但条据的标题要标明条据的性质，条据的内容尤其是财经条据的内容必须明确债权、债务关系和债权、债务的性质和数量。

（2）物品和钱款的数量要大写，在钱款的数额后面要写上“整”字，以防涂改。

(3) 写单据不能涂改，一旦涂改，要在涂改处盖章，以示负责。

(4) 要正确地使用标点符号，以防引起误解。

(5) 写完要核查，以免出现差错或遗漏。

2.2.4 范例

【范例 1】

刘×经理：

午前九点我来找你商量我公司贷款的问题，适你外出，午后三点我再来，希望等我。

××××公司陈××

××年×月×日

【范例 2】

财务科：

经研究决定，技术科吴××同志去×××大学进修，暂借学费、书费共叁万元整。凭交款收据报销，由教育经费中支出。

教育科张××

××年×月×日

【范例 3】

借 据

今借到去上海公出差旅费伍佰元整，回来后五日内结算报销。

借款人王××

××年×月×日

【范例 4】

收 据

今收到胡××同志返还差旅费壹佰伍拾元整。

财务科经手人程××

××年×月×日

【范例 5】

欠 据

今欠××建筑维修工程队教学电路维修费贰仟伍佰元整，定于今年三月份还清。

××职业中学（公章）

经手人李××

××年×月×日

2.3 启 事

2.3.1 启事概述

启事是某单位或个人，为公开向人们告知、表白某事，并请求公众协助支持而写的文书。“启”含有陈述的意思，“事”即事情，“启事”就是公开陈述某件事情。

启事具有告启性、祈使性、广泛性的特点，这和公告有类似之处，都有公开陈述事情的意思，但两者有本质区别。

(1) 发布单位不同。只有国家权力机关或政府的职能部门才能发布公告；任何单位与个人只可发布启事。

(2) 发布内容不同。公告的内容必须是重大事项；启事的内容广泛，大事小事都可发启事。

(3) 发文性质不同。公告是国家机关向国内外发布重大事项，或者政府有关职能部门依据有关法令发布有关规定，具有很强的约束力；启事不具有政策性和法令性，因而也没有强制性与约束力。

2.3.2 启事的种类

启事可分为三大类：一是征招类启事，如招生、招聘、招工、招领、征文、征婚、换房启事等；二是声明类启事，如迁移、更名、开业、停业、竞赛、讲座、解聘等启事；三是寻找类启事，如寻人、寻物启事等。

2.3.3 启事的格式和写法

1. 征稿启事

(1) 征稿启事的特点。

①公开性。征稿启事无论是登在自己办的刊物上还是登在别的刊物上，均是广而告之的，具有公开性，希望更多的人看到并参与。

②自愿性。征稿启事不具有强制性和约束力，是否参与征稿活动由作者本人自愿选择。

③时效性。除报纸、杂志社日常的征稿启事外，一般的征稿活动都说明征稿的截止日期，具有一定的时间限制，所以时效性也是征稿启事的一个特点。

(2) 征稿启事的文体结构和内容结构。征稿启事的内容一般由标题、正文、落款三部分组成。

①标题。征稿启事的标题可以有几种构成方式。其一，由事由直接构成，如“征文”、“征稿”。其二，由文种名称和事由共同构成，如“征文启事”。其三，由具体内容、事由、文种名构成，如《“爱我中华绿化城市”征文启事》。其四，由征文单位、内容、事由、文种名共同构成，如《××杂志社爱情散文作品征文启事》。

②正文。征稿启事的正文一般要求写明以下几项内容。首先，写明征文的缘由、目的、征文单位。征文启事要把征文的意图交代清楚，这样可以使作者对这次活动的意义有充分的认识而积极投入参与，同时写明举办征文的单位，这样可以增强征文活动的可信性，增加作者的信任感。其次，征文的具体要求视征文的情况而定，通常可以包括以下一些内容：作者的条件，征文的内容范围、体裁、字数，征文的时间等。再次，征文的评

选、评奖办法，要在该部分说明评选稿件的具体方法，如评选的时间、评委的组成、评选的各种奖项情况等。最后，还要注意对投递稿件的具体要求及方法。

③落款。落款应注明征文举办单位的名称、发文日期。若标题或正文中已显示主办单位，此处可以省略。在报纸上发表的征文，也可不必再写年月日。

(3) 征稿启事的适用范围。征稿启事是报刊编辑部及单位征求文稿的启事类文体，其大体适合于以下一些情况。为了纪念重大节日发布征文启事，如“国庆 50 周年征文”、“六一征文”。为了纪念重要活动而发出征文启事，如“改革开放 20 年征文”、“环保征文”。繁荣文艺事业方面的征文活动，如刊物的各种征稿活动。思想教育方面的征文活动，如“我最喜爱的一本书（一句格言）”征文活动等。

2. 招生启事

(1) 招生启事的概念。招生启事是各类学校为招收新生向社会公布有关招生、报考事宜的具有广告宣传作用的广告类应用文，有的也称作招生广告。招生启事大都张贴在公共场所，或在报纸、电台、电视台上刊登或播出。

(2) 招生启事的特点。

①宣传性。这里所说的招生启事是有商业目的的招生启事，所以其广告的宣传作用是十分明显的。同其他广告一样，它在公共场合张贴或在报纸、电台上刊登、播出，目的在于扩大宣传的力度，以求得更多的学生或学员报名学习。

②商业性。今天招生启事大部分具有商业色彩，生活中见得比较多的招生启事，大都是一些收费较高的各种培训班、实习班。而国家统一招生正规的大中专院校近些年来随着各项改革的深入，个别学科或专业也具有了较明显的商业色彩。

(3) 招生启事的适用范围。招生广告大体可以适用于下列情况：面对学生的各种补习班、提高班、自学考试辅导班、考研辅导班的招生广告，面对社会的各种培训班广告。如：电脑培训班、烹饪班、家电维修班、汽车修理班、剪裁班等的招生广告；业余文艺团体或一些私立学校的招生广告；国家正规院校各种统一招生的招生广告。

(4) 招生启事的文体结构和内容结构。招生启事由标题、正文、落款三部分组成。

①标题。招生启事的标题写法多种多样，常见的有下列几种：直接以文种名作为标题，如“招生启事”；由招生单位和文种名共同构成，如“×××农业学校招生启事”；由招生类别和文种名共同组成，如“招考演员启事”；由招生单位、招生类别和文种名共同构成，如“××大学自学考试招生启事”；由招生单位、招生类别、招收专业和文种名组成，如“××大学自学考试文秘专业招生启事”；其他构成方式，加招生年度的或省略文种名的，如“××电影学院 2010 年本科招生启事”、“中国××学院研究生院招收 2010 年攻读博士学位研究生”。

②正文。招生广告的正文一般要写明以下一些内容：招生的目的和宗旨；招生的具体情况，其中包括招生的专业、招生的对象、录取的办法、学习的时间、授课方式、收费的标准、联系报名的方法、毕业待遇等，这是招生启事的重要内容。

③落款。落款要署上发文单位的名称和时间，这一项内容根据招生广告的情况，有时可省略。

3. 招聘启事

（1）招聘启事的定义和分类。招聘启事是各类机关单位、企业集团或个体经营者招聘人员加盟工作时使用的一种应用文体。社会主义市场经济的发展和国家各种改革措施的出台，使各行业的用人制度有了巨大的改变，招聘制成为一种基本的用工制度，招聘启事随处可见。招聘启事从征招的人员来看可分为两类，一是招贤类，一是招工类。招贤类指用人单位需要招的人员要求素质高、能力强，具有别人无法替代的经营、管理、组织领导等能力，这类招聘启事又称“招贤启事”。招工类启事则只是需要一般的工作人员，一般不需具有什么特殊的才能或技能，用工的条件一般要求也不严，这类启事可称为“招工启事”。

（2）启事的文体结构和内容结构。

①标题。招聘启事可以简单地由事由和文种名称构成，如“招聘启事”或“招工启事”，有的写作“招贤榜”。较为复杂的招工启事还可以加上招聘的具体内容，如“招聘抄字员”、“招聘科技人员启事”。还有的招聘启事在标题中写明招聘的单位名称，如“××服装厂招聘启事”。

②正文。招聘启事的正文较为具体，一般而言，需着重交代下列事项：招聘方的情况，包括招聘方的业务、工作范围及地理位置等；对招聘对象的具体要求，包括招募人员的工作性质、业务类型以及招募人员的年龄、性别、文化程度、工作经历、技术特长、科技成果等；招募人员受聘后的待遇，该项内容一般要写明月薪或年薪数额，写明执行标准工休情况，是否解决住房，是否安排家属等；其他情况，应募人员须交验的证件和应办理的手续、应聘的手续以及应聘的具体时间、联系地点、联系人、电话号码等。

③落款。落款要求在正文右下角署上发表启事的单位名称和启事的发文时间。题目或正文中已有单位名称的可不再重复。

4. 更名启事

（1）更名启事的概念。更名启事，是指经国务院批准更改地、市、县名，或经各级人民政府批准更改村镇、街道名以及企事业单位、学校、团体等需要更名，在履行更名手续后，由更名单位公开向社会声明时所使用的应用文。

（2）更名启事的文体结构和内容结构。更名启事由标题、正文和落款三部分组成。

①标题。标题可以直接写为“更名启事”，也可以只写启事的事由，“××××更名为××××”。

②正文。正文主要写明以下内容：首先介绍单位简况，然后说明经什么机关批准，自何时起将“××××”（单位原名称）改为“××××”（更改后名称），更名后隶属关系有无变动以及新印章的启用时间等。

③落款。落款包括署名和时间两项内容。署名写明更名启事的原单位名称。时间写上启事的年、月、日。

2.3.4 范例

【范例 1】

《科技信息》杂志征稿启事

《科技信息》杂志是经国家新闻出版总署批准、备案的全国优秀科技期刊，国内外公开发行，国际刊号为 ISSN 1001—9960，国内刊号为 CN 37－1021/N，邮发代号 24－72。本杂志是中国期刊网、中国学术期刊综合评价数据库来源期刊，中国人文科学引文数据库来源期刊，同时本刊也是“中国核心期刊（遴选）数据库”入选期刊。本刊以一线科技教育者为读者对象，报道先进人物事迹，追踪科研、教育工作新动态，反映科教工作者的言论和呼声，关注基层科教工作者在其领域内的理论研究、探索和教育改革试验，并为其发表学术论文提供一个宽松的理论争鸣平台。

《科技信息》杂志自 2005 年起改为半月刊，本刊辟有如下专版。

综合教育专版，主要栏目：高教论坛、职业教育、基础教育、名校名师、教育理论、教学研究、教改前沿、经验交流、学校管理。

人文社科专版，主要栏目：哲学理论、法学研究、社会学政治学研究、历史学研究、文化研究、学术热点。

金融经济专版，主要栏目：经济研究、金融理论与实践、财务与会计、保险研究、经营与管理。

医疗卫生专版，主要栏目：综述、临床研究、护理天地、中医中药、健康教育、继续教育、健康研究、疾病防控、内科病理研究、经验交流、调查研究、管理研究。

综合科技专版，主要栏目：建筑设计与工程、机械电子、农业科技苑、技术应用、环境科学、水利工程、矿业工程、电力研究、食品科学、交通运输、能源与节能。

征稿对象：各级各类科研、企业、事业单位及高校在校生或与科技相关的工作者。

本刊对论文稿件的要求如下。

(1) 内容具有科学性、创新性和实用性。文章论点明确，数据可靠，文字精练，来稿字数以 3 000 以内为宜。高质量的学术论文不受字数限制。

(2) 稿件最好写出 200 字左右的摘要，2～5 个关键词及作者简介，并写出相应的英文摘要和关键词。

(3) 稿件中的公式要工整，使用符号要规范，文中图表要简洁明了。

(4) 稿件篇末最好附“参考文献”，所引“参考文献”要真正具有文献价值，“参考文献”序号应与论文中出现的序号相符。参考文献著录按如下格式。

专著：作者．书名［M］(第 1 版不著录)．出版地：出版者，出版年：起止页码．

期刊：作者．题名［J］．刊名，年；卷（期）：起止页码．

论文集：作者．题名［C］．编者．论文集名．出版地：出版者，出版年：起止页码．

专利文献：专利申请者．题名：专利国别，专利号［P］．出版日期．

(5) 来稿请直接发电子邮箱或用 A4 纸激光打印邮寄，稿件须写清作者单位、邮编、联系方式等。

(6) 请勿一稿多投，编辑部有权作必要的删改，来稿文责自负，本刊不承担文章来源合法性责任。

(7) 稿件确认刊载后需按本刊通知付出版费。出版费由作者单位从课题基金、科研费或其他费用中支付，稿件刊登后赠当期杂志1册。

稿件处理：收稿后一个工作日复函，稿件采用与否均通知作者，请自留底稿。

联系地址：河北省×××市××××

《科技信息》杂志社科技教育 河北编辑部（××××××）

联 系 人：×× 电话：××××

E-mail：×××× 网址：××××

【范例2】

同济大学社会学专业研究生课程进修班招生启事

为适应改革开放和社会经济发展对高层次专门人才的需要，提高在职人员的业务素质，同济大学政治与国际关系学院社会学系2009年举办社会学专业在职硕士研究生课程进修班。

一、专业概况及培养要求

社会学专业归属于法学门类社会学一级学科。社会学是一门以理论和实证为基础，从社会系统整体出发，通过人们的社会关系和社会行为来研究社会的结构、功能、发生和发展的规律，以寻求社会良性运行和协调发展的条件和机制的综合性社会科学。

社会学专业研究生课程进修班将培养具有扎实的相关理论知识、熟练的社会调查研究技能和社会工作能力的高层次、高素质的社会学领域的人才。他们能在党政机关、大中型企业、民间团体、文化传媒、医疗保健、心理咨询与辅导等机构从事管理、咨询与辅导等工作。

二、报名条件

大学本科学历或大学本科同等学力，在职或非在职人员均可，年龄一般不超过45岁。

三、招生名额

40名。

四、课程设置

公共课：中国概况、外语、马克思主义经典著作选读、科学社会主义与实践。

专业基础课：社会学理论研究、社会研究方法、转型期中国社会现状及发展趋势调查、社会学研究前沿、社会学名著选读。

专业选修课：公民社会与公民问题研究、文化与大众传媒研究、中国城市基层地域社会研究、非营利组织与社会政策研究、第二外语。

注：以上课程若有变动，以院方最新通知为准。

五、招生

即日起向同济大学政治与国际关系学院索取报名单及课程设置表，填交报名表及1寸报名照片1张。经本院资格审查后在规定名额内择优录取。

六、教学方法及考试

(1) 采取理论与实践相结合、集中讲授与自学相结合的学习方式，发讲授提纲和教材，规定必读书与参考书，利用业余时间上课（周六、周日）。

(2) 考试方式：研究生院在统一规定时间组织题库式闭卷笔试。如因学员本人原因缓考或补考，需另交考试费。

七、学习年限及收费

(1) 学习年限为一年半（1.5年内修完规定学分）。

(2) 学费为2万元（1.5年内修完规定学分），报名费100元。学员注册缴费后如中途退学不再退费。学费只含上课费和正常组织的考试费，不包括进入论文阶段后的费用。

八、结业

(1) 修完规定学分，成绩合格者，授予同济大学研究生院颁发的社会学硕士研究生课程进修班结业证书。

(2) 学员在进修班学习期间，同时可以报考同济大学政治与国际关系学院硕士研究生（国际政治、国际关系、政治学理论、中外政治制度等专业）。

九、申请学位及办法

(1) 申请学位按照同济大学学位办公室关于以研究生毕业同等学力申请硕士学位的规定办理。

(2) 我院将为学员安排教师进行学位论文的指导。

(3) 学员需参加国家组织的在职人员“学科综合水平”和“外语”全国统一考试，通过硕士论文答辩。

入学时间：2009年9月中旬（具体上课时间另行通知）

报名时间：8月1日—9月5日（上午8：00—11：00）

报名地点：同济大学政治与国际关系学院（地址略）

联系人：××××× 邮　编：×××××

电　话：××××× 传　真：×××××

同济大学研究生院

同济大学政治与国际关系学院

2009年8月

【范例3】

×××公司2010年招聘启事

一、公司简介

×××公司成立于1985年，是从事知识产权法律事务咨询与服务的专业机构。×××公司作为政府在信息技术领域重要的知识产权智囊团队，承担了行业内大部分知识产权政策咨询研究工作，旨在为政府实施知识产权管理提供支撑，为行业建设知识产权信息环境提供资源，为企业提升知识产权竞争力提供咨询。

×××公司拥有一支由一批具备知识产权管理技能，对信息技术领域和知识产权领域有着深刻认识的专业咨询师、专利代理人、技术专家组成的实力强大的专业咨询团队，他们均是具有理工和法律双重专业背景、毕业于国内著名大学的双学士或硕士，专业面覆盖电子、计算机、机械、物理、化学、英文等领域。

近年来，×××公司承担了国家知识产权战略信息产业专题研究、国家“十一五”中长期科技规划配套政策和措施研究、信息产业“十一五”科技规划知识产权发展政策研究、国家知识产权局专利推进战略工程软课题研究、国家863计划、国家科技重大专项研究等科技专项的知识产权分析工作。

在长期的知识产权研究和实务咨询中，×××公司积累了面向政府和业界提供知识产权研究与咨询服务的实践经验和能力，不仅能针对政府和业界提供信息产业发展政策和趋势、对相关的知识产权法律法规、发展政策的研究及相关知识产权事务处理的应对能力，而且能针对业内企业提供知识产权管理制度的设计和顾问咨询、知识产权专业培训、专利检索和深度技术分析、标准中知识产权政策的制定和知识产权管理、许可工作咨询等业务。

二、招聘职位

1. 职位名称：知识产权咨询师（全职）

2. 招聘人数：3人

3. 工作职责

(1) 知识产权管理咨询；

(2) 知识产权保护方案策划；

(3) 知识产权软课题研究，专利战略研究，侵权分析，专利评估；

(4) 知识产权法律意见分析。

4. 任职要求：

(1) 2010年应届毕业生，硕士及以上学历；

(2) 通信工程、集成电路、嵌入式软件类专业；

(3) 对本专业领域技术及发展有深刻的了解和研究，有志于在知识产权领域发展；

(4) 思路清晰，具有良好的逻辑分析能力，较强的团队工作能力、书面表达及交流沟通能力；

(5) 身体健康，具有高度的责任心，能承担较大的工作压力；

(6) 英语六级以上，口语交流能力优秀；

(7) 有法律、专利分析、知识产权研究相关知识背景和工作经验者优先。

三、联系方式

地址：北京市石景山区×××××

邮编：×××××

网址：×××××

电话：×××××

邮箱：×××××

注：请在邮件中注明申请职位名称、学校名称、个人姓名。

【范例 4】

更名启事

我公司自 2008 年 10 月 27 日起，由原来的“青岛帝科液晶有限公司”更名为“青岛迪爱生液晶有限公司”，并在青岛市崂山区工商行政管理局核准登记。公司的银行账户等联系方式保持不变。

自 2008 年 11 月 16 日起，新公司名称将正式启用。

青岛迪爱生液晶有限公司

2008 年 11 月 16 日

2.4 声　明

2.4.1 声明概述

声明是政府、团体或个人为维护自身的利益而表明态度立场或说明事实真相所公开发布的说明性文体。

声明可以分成两种：一是重大声明，用于党和国家高级领导人或政府、政党对重大的国际国内问题、时局、事件发表看法和主张；二是一般性声明，用于个人或团体因某种需要公开说明某事，往往张贴在外或登在报刊上，类似于启事。后者应用更为广泛。

一般性声明就其内容来说，又可分成两类：一类是个人或团体因某种合法权利受到损害和侵犯，为保障自身权益，引起公众注意而发出的声明；二是个人或团体遗失了重要证件、票据，为防止有人钻空子，请公众或有关部门注意而发的声明。

2.4.2 声明的格式和写法

1. 标题

声明的标题有以下几种形式。

简明标题，写明“声明”二字即可。

发表声明的单位加上文种名称的组合式标题，如《湖南省财政厅声明》。如果是两个或两个以上的国家、政党、团体或其领导人，就会谈的问题发表声明，一般称为联合声明，如《中日联合声明》。这种组合式标题一般不用于个人声明。

事由加文种的组合式标题，如《辞职声明》、《维护版权声明》。

完全式标题，即由发表声明的单位名称加上事由、文种三部分组成。有时，为了突出事件的紧急或严肃，还可以加上“郑重”、“紧急”等字样。

2. 正文

声明的正文一般由引言、主体、结尾三个部分组成。

(1) 引言。说明发表声明的缘由、依据或意义。简短的声明可省去引言。

(2) 主体。写明声明人所持的观点、立场和态度，或说明事件的真相。

(3) 结语。多用“特此声明”作结，亦可不用。

3. 落款

写上声明单位名称或个人姓名和发文日期。

2.4.3 范例

声 明

我们受公司董事长（法人代表）同志的委托，慎重声明如下：

一、我公司是经省建委首批的国家二级建筑装饰企业，名称由“××建筑装潢设计工程公司”改为“××建筑装潢设计工程公司”。本公司从 2010 年 11 月 16 日起启用新名称、印鉴、介绍信、工作证和名片，旧的名称、印鉴、介绍信、工作证和名片一律作废。

二、本公司过去聘用人员未重新办理聘用手续的，均予以解聘。

三、今后凡盗用我公司名称在外联系业务或从事其他活动者，一律追究法律责任。

法律顾问：张×× 崔××

2010 年×月×日

2.5 计 划

2.5.1 计划概述

1. 计划的概念

计划是单位或个人为完成未来一定时期的工作而事先做出安排的事务文书。

计划是个总称，其也有别称，如规划、安排、要点、方案、设想等。

2. 计划的特点

(1) 预见性。计划是预先对未来一段时期的事务做出部署和安排，是事先确定的行动目标、方法和步骤。无论实现的条件多么可靠，但它始终还没有实现，是一种预见性的安排。由于计划带有预见性，因此在实施过程中，随着时间、条件的变化，必须做一些变化和修正。

(2) 科学性。计划虽然是一种预见性的安排，但并不是一种盲目的安排，它是在认真进行调查研究的基础上，经过认真分析后的产物，其目标是切实可靠的，是通过努力后能达到的。因此，按照实际情况和客观规律拟定计划，并按照计划开展工作，是一种科学的工作方法。

(3) 指导性。计划是为了达到一定的工作目标而制订的，可以用来指导本部门、本单位的工作进程。有了计划，就有明确的奋斗目标，就可以合理地分配时间，安排人力、物力、财力，充分调动人们的积极性和创造性，为实现既定的目标而努力。

2.5.2 计划的种类

（1）按名称来分，有规划、纲要、方案、安排、要点、设想等。“规划”、“纲要”是指较全面的、长远的发展计划。它们比较概括、原则地展现某项工作的蓝图，时间跨度较大，往往确定方向、确定规模、展望远景，如《××市城市发展总体规划》。“方案”指的是目标明确、任务与措施具体的计划，因而专业性较强，如《国家公务员制度实施方案》。“要点”指的是确定今后工作指导思想，部署一定时期内的主要工作、明确工作重点的计划。它侧重于写明工作任务和措施，而不在于制订具体的工作方法和步骤，如《××中学2007年工作要点》。“安排”是指适用时间较短、适用范围较小、内容比较具体的计划。它侧重于阐明工作步骤与方法，内容单一，阶段划分较明确，如《一周工作安排》。“设想”指的是粗线条的、尚未成熟的计划，如《××市财政局关于整顿机关作风的设想》。

（2）按性质来分，有综合计划、专题计划等。综合计划是指工作安排较全面的计划；专题计划是指针对某专项工作做出具体安排的计划。

（3）按时间来分，有长期计划、中期计划、短期计划等。长期计划是指带有蓝图性质的10年以上的远景规划；中期计划是指3～5年的计划；短期计划是指时限较短的年度计划、季度计划、月度计划。

（4）按效力来分，有指令性计划和指导性计划等。指令性计划是指国家或国家行政机关要求下属必须完成的计划；指导性计划是指国家或各级行政机关允许某种新做法而给出相关政策，从而引导社会发展的计划。

（5）按形式来分，有文件式计划、条文式计划、表格式计划、条文加表格式计划等。文件式计划是指以文件的形式发出的计划；条文式计划和表格式计划以及条文加表格式计划是指计划内容以条文式、表格式、条文和表格结合的方式构成的计划。

2.5.3 计划的格式和写法

计划由标题、正文、落款三部分构成。

（1）标题。标题由单位、时间、内容、文种四部分构成，如《××中学2007年工作要点》，有时也省略单位或时间。

（2）正文。正文由前言、主体、结尾三部分构成。

①前言。前言用简短的文字说明制订计划的依据、目的或指导思想，或简要分析本单位的基本情况，或指出实现计划的条件。有时也省略前言。

②主体。主体是计划的核心。第一，要交代计划的目标和任务，即具体说明“做什么”；第二，要写明计划的措施和步骤，即具体说明“怎么做”。

根据不同的计划，主体部分可以采取不同的写法，常见的结构形式如下。

合说式，即把任务和措施合在一起分条列项来写。它适用于任务比较多，而任务间又无共同措施的情况。这种结构多用于综合计划。

分说式，即把任务和措施分成两个方面分别来写。这种结构多用于专题计划。

③结尾。结尾强调有关事项，表明中心或提出号召。个人计划往往表明决心，有的也

不写结尾。

(3) 落款。在正文的右下方写明作者和成文时间。如作者在标题中出现，这里就可省略。

写计划要注意以下方面。

(1) 目标要实事求是。制订计划时不仅要考虑到工作的需要，而且要考虑到实际的可能。所提目标任务，不能过高，也不能偏低，要有进取性，又留有余地。计划应是经过努力之后能达到的行动纲领或行为目标，再好的计划如果脱离实际只能是纸上谈兵。所以应结合本单位、本部门的实际情况，制订出切实可行的计划。

(2) 内容要具体明确。计划的目标、任务要具体明确，措施、步骤要切实可行，具有可操作性，切忌目标笼统，措施含糊，职责不明，分工不清。否则，执行时不得要领，检查时也缺少依据。

(3) 语言要简明扼要。计划以叙述和说明事理为主，语言要简洁明了，善于用深入浅出的语言说明复杂的事理，不作冗长的叙述和过多的议论，行文上也要力求条理清楚，段落分明。

2.5.4 范例

【范例1】

××市宏达造纸公司2010年质量工作计划

随着我国经济体制改革的深入发展，企业外部环境和条件发生了深刻的变化，市场竞争越来越激烈，产品质量在竞争中的地位越来越重要。提高产品质量是增强企业竞争能力，提高经济效益的基本方法，是企业的生命线，企业管理必须以质量管理为重点。2010年是我厂产品质量升级、品种换代的重要一年，特制订本计划如下。

一、质量工作目标

1. 一季度增加2.5米大烘缸一只，扩大批量，改变纸质湿度。

2. 三季度增加大烘缸轧辊一根，进一步提高纸页的平整度、光滑度，要求此项指标达到QB标准。

3. 四季度改变工艺流程，实现里浆分道上浆，使挂面纸盒小泥纸袋板达到省内外同行先进水平。

二、质量工作措施

1. 强化质量管理意识，进行全员质量教育，培养质量管理骨干，使广大职工提高认识，管理人员方法得当。

2. 成立以技术厂长为首的技术改革领导小组，主持为提高产品质量以及产品升级所需的设备、技术改造工作，负责各项措施的布置、落实和检查工作。

3. 由上而下建立质量保证体系和质量管理制度，把提高产品质量列入主管工作厂长、科长及技术人员的工作职责，年终根据产品质量结算奖金，执行奖惩办法。

4. 本计划已纳入2010年全厂工作计划，厂部负责检查监督，指导实施，各部门、科室要协同配合，确保本计划的完满实现。

××市宏达造纸公司
2009年12月20日

【范例 2】

××厂开展植树造林美化厂区的活动计划

根据全国五届人大第四次会议通过的《关于开展全民义务植树造林运动的决议》，结合我厂厂区建设的实际，决定在今春开展植树造林、美化厂区活动，拟做好以下几项工作。

一、任务与要求

（一）我厂今年春季在厂区内植树×××株，铺草坪×××平方米，种植各种花草×××棵，要求平均每人植树×棵，铺草坪×平方米，种花×棵。要做到栽种后有管理，保证成活，并在植树节前完成上述任务。

（二）这项活动以厂办为领导，以各车间、科室为单位，以园林管理科为指导来进行，具体要求如下。

1. 各车间、科室的领导要带头，并指定专人负责此项工作；

2. 充分发动群众，认真组织好力量，采取分片包干的办法；

3. 要因地制宜，针对厂区环境的不同条件，种植各种不同的花草树木；

4. 园林管理科要及时做好花草树苗的备运等各项工作；

5. 加强对每一阶段工作的检查，二月中旬做一次全面检查。

二、措施

（一）于二月下旬召开一次植树造林美化厂区的工作会议，参加人员是各车间、科室负责人，重点研究植树造林美化厂区的各项准备工作，采取必要的措施予以落实。

（二）加强各部门对植树造林美化厂区的领导工作，认真解决各部门存在的问题。

（三）从园林管理科抽调几名同志到各科室、车间的植树造林现场进行指导。

（四）在植树节前，要把这项活动基本结束。

××厂办公室

××××年×月×日

2.6 总 结

2.6.1 总结概述

1. 总结的概念

总结是单位或个人对过去一个时期的实践活动做出回顾、分析研究，从中得出规律性认识，以指导今后工作的事务文书。

总结也有各种别称，如评估、汇报、回顾、小结等。

2. 总结的特点

（1）理论性。总结的过程，就是从感性认识上升为理性认识的过程，在分析事实材料上比较、归纳、提炼出正确的观点，解释规律，从而深化认识，吸取教训，提高成绩，更好地指导今后工作。

（2）务实性。包括两层含义：一是实在，不空泛，不笼统，所用的是实实在在的具体事例、数据、材料，使人通过总结，看到该单位的工作面貌；二是真实，不虚假，不浮夸。只有材料真实，分析才能持之有据，作出的评价才会恰如其分，概括出的经验教训才会对今后工作有指导意义。

（3）概括性。总结是全面系统回顾过去的工作，工作千头万绪，不可能也不必事无巨细一一罗列。因此，总结必须抓住关键所在，高度概括地叙述以往的工作，通过典型事例来反映全貌，并从事实中提炼、概括出观点，这就体现了总结概括性的特点。

2.6.2 总结的种类

（1）按性质分，可分为全面总结和专题总结。全面总结是对某一时期各项工作进行全面回顾和检查，进而总结经验和教训的文书；专题总结是对某项工作或某方面的问题进行专门性概括的总结，尤以推广成功经验为多见。

（2）按时间分，可分为年度总结、季度总结、月份总结和阶段总结。

（3）按内容分，可分为工作总结、生产总结、学习总结、思想总结、经验总结和教训总结等。

（4）按范围分，可分为系统总结、单位总结、部门总结和个人总结等。

总之，总结中最常用的是工作总结和经验总结。工作总结是对某一阶段或某一专项工作进行回顾、检查、汇总的公文，又可以分为综合总结和专题总结；经验总结的主要功能是对工作特点、典型做法、心得体会等进行提炼、归纳，概括出规律性的东西，以资效法。它与工作总结中的专题总结不同，写作重点不在情况汇总，而在提炼出对工作的本质认识，理论性较强。

2.6.3 总结的格式和写法

总结是由标题、正文、落款三部分构成。

（1）标题。

①公文式标题。由单位、时间、内容、文种构成，如《××市财政局2006年工作总结》。有时也省略单位和时间。工作总结一般使用公文式标题。

②新闻式标题。有单、双标题形式，一般公开在媒体上，如《转变职能加强管理推进粮食市场秩序整顿》。经验总结一般使用新闻式标题。

（2）正文。由开头、主体、结尾三部分构成。

①开头。主要概述基本情况。工作总结一般写出时间、背景，对工作总的评价；经验总结则一般先简介与经验有关的情况和背景，然后比较具体地介绍成绩。

②主体。具体写出成绩及问题，详细分析经验及教训。工作总结一般围绕主要做法—存在问题的思路来写；经验总结则一般围绕做法—成效—体会的思路来写。

③结尾。工作总结往往写明今后的努力方向；经验总结往往总结全文，展望未来，有

时也没有结尾。

(3) 落款。写明作者和成文时间。工作总结的单位名称一般在标题中出现，这里可以省略；公开发表的经验总结一般把单位名称写在标题下面，不写成文时间。

写总结要注意以下两点：

(1) 认真选取材料，切忌写成流水账。撰写总结最大的流弊就是记“流水账”，面面俱到，则没有重点。写总结时要对零散的材料进行归类、定位，分清主次，突出重点。

(2) 写出新意，避免老生常谈。写总结，特别是年年必做的常规性工作，最容易写得没有特色。因此，在构思时要认真研究材料，挖掘出恰当而又有特色的材料和主题。

2.6.4 范例

××××年度工作总结

××××年是人保财险股份制改革上市后的第一个年度。这一年，是我公司面临压力攻坚克难的一年，是面对新变化、落实新机制、执行新规定的第一年。我公司在市分公司党委、总经理室的正确领导下，在全体员工的奋力拼搏下，取得了一定的经营业绩。

××××年，我公司实收毛保费××××万元，同比增长×%，已赚净保费×××万元，净利润×××万元，赔付率为××%，较好地完成了上级公司下达的任务指标。

一、围绕目标，落实计划，紧抓业务工作

1. 计划落实早、措施实

××××年初，我公司经理室就针对××地区保险市场变化及××××年全年保费收入情况进行综合分析，将上级公司下达我公司的各项指标进行层层分解，把计划分解成月计划，月月盘点、月月落实，有效地保证了对计划落实情况及时地进行监控和调整。

在制定全年任务时充分考虑险种结构优化和业务承保质量，进一步明确了考核办法，把综合赔付率作为年终测评的重要数据。

2. 在竞争中求生存，在竞争中促发展

××地区现有10家（中国财保、中国人寿、太平洋产险、太平洋寿险、中华产险、平安产险、平安寿险、天安产险、华邦代理、汇丰代理）经营财产保险业务和短期健康险业务的保险公司、营销部、代理公司，另已发现1家公司（大地产险）在我县争夺业务，而××地区人口少、企业规模小，我公司面对外部竞争所带来的业务压力，保持沉着冷静，客观面对现实情况寻求对策，与竞争对手们展开了一场品牌战、服务战：一是做好地方政府主要领导工作。公司经理室多次向市委、市政府主要领导汇报工作，突出汇报我公司是如何加大对××地方经济建设支持力度，是如何围绕地方政府中心开展工作的，我公司积极参与了全民创业调研活动，与县领导一道走访个体、私营经济企业，不仅使市委、市政府对我公司热心参与地方政府工作表示满意，还对我公司正确调整业务发展方向、向中小企业提供保险保障、主动服务于他们的行为给予肯定。让市委、市政府感到人保财险公司是真心为地方政府服务的，是值得扶持、信赖和帮助的，从而对我公司工作给予了很大的倾斜。二是深入老客户企业，在客户企业中聘请信息员、联络员，并从其他保险企业抢挖业务尖子加盟我公司，赢得“回流”业务。三是服务更加人性化、亲密化，公司经理室成员年初就对县属各大系统骨干企业实行划块包干，进行了多次回访，请他们对我公司工作提出意见和建议，这一举措得到了企业的充分肯定，他们认为公司领导主动登门是人保财险的优质服务的充分体现，使客户对我公司更加信任。四是要求所有中层干部走出办公室，对所有中小企业必须亲自上门拜访，对所有新保客户必须当面解释条款并承诺服务项目，与企业进行不断的联络，实行零距离接触，只要客户需要必须随叫随到，提供各方面服务。五是按照向社会服务承诺和行业禁令，严格内部管控，以理赔和承保两大服务部门为切入口，全面提高公司整体服务水平。

3. 开展劳动竞赛，促进“两险”业务健康成长

今年以来，我们根据上级公司有关竞赛要求，积极配合开展了首季度“岁岁如意”贺岁保险、“幸福家庭”、“合家欢乐”等劳动竞赛活动，并自行组织了责任险、意外险等突击活动，从而营造了一种健康活泼、你追我赶、团结奋进的业务发展氛围。特别是在年末开展的“幸福家庭”突击中，我公司顶住家财险滑坡和年末保源少的劣势情况，合理分解目标，层层落实，自加压力，跑企事业单位，跑个人家庭，一笔笔、一份份，最终以140%的好成绩超额完成市公司下达的任务。

4. 狠抓理赔和防灾防损质量的提高

公司从狠抓第一现场的查勘率入手，坚持实事求是、“迅速、及时、准确、合理”的原则。只要接到报案，无论事故大小，无论白天黑夜，始终坚持赶到第一现场，掌握第一手资料，严格按照快速赔付流程，为客户提供力所能及的方便。一是坚持双人查勘，双人定损，交叉做案，限时赔付，不断提高服务质量；二是坚持24小时值班制度，积极参与“三个中心”建设，以进一步提高服务水平；三是加强考核、加大督查力度。对理赔过程中出现的各种问题一经查实，轻者批评教育，重者严肃处理，决不姑息；四是积极做好防灾防损工作。在分管领导的负责下，防损部门主动与各业务部门联系，及时拟订了重大客户防灾防损工作预案。

二、调整经营思路，强化创新意识，提高公司效益水平

今年我公司在抓好效益型险种业务的同时，认真梳理“垃圾”业务，对往年赔付率高于100%的劣势险种坚决予以放弃，对赔付率较高但仍存在一点利润空间的险种选择性承保。由于我公司员工勇于承担重任，善于开动脑筋，充分调动积极性和创造性，做到人人有担子，个个有责任，因而在强大的外部竞争中，我公司上半年不仅没有丢失任何阵地，巩固了我公司财险市场龙头老大的地位，还实现了新增业务的突破。

三、以新的考核办法指导工作，规范经营，提升管理水平，突出业务重点

保险竞争越来越激烈是不争的事实，加之上市后面对的新形势、新体制、新模式、新战略，必然要求我们在公司管理上全面提升水平，如何在竞争中学会竞争，在竞争中独领风骚，从而在竞争中发展，在竞争中前进。我公司除了继续巩固和采用过去行之有效的办法外，并逐步建立起全县企业信息网络，加强与保户的接触和沟通，提升公司管理水平。上半年我们按照上级公司有关规定引进和采用了科学的管理体系，出台了一系列管理规章制度、考核办法。在日常管理中能够认真严格地按照上级公司《财务管理规定》、《单证管理规定》和承保相关规定，积极有效地开展工作，严格把关，认真审核，正是由于他们负

责的工作态度，使得我公司在上级公司组织的业务台账专项检查、单证管理验收、单证装订、应收保费管理等多项检查中得到了市公司的好评。

今年，公司经理室在下达全年任务计划时，遵循总公司突出效益第一、长期盈利能力评价的经营绩效考核原则，努力施行从规模型发展向效益型发展的转变，加大了对赔付率和费用指标的考核力度，坚持走低成本发展路子，把赔付率考核与承保质量挂钩，彻底打破“只重保费、不重质量”的老套思想，实行新的考核机制，拿出个人工资的一半作为此项考核的浮动工资，做到有奖有罚，从而很好地树立了全员注重经营效益的观念，确保了资源的有效配置和盈利水平的提升。

四、深入开展创建活动，全面塑造企业外部形象

1. 加强思想政治教育活动

在精神文明建设过程中，我公司一直以来把对党员干部的思想教育放在工作的首位，做到学习有制度、有计划、有记录、有交流。我们坚持中心组牵头下的党组织日常学习，今年以来，我们进行了“两个条例”、党的十六届三中全会、四中全会精神的学习，通过学习，进一步端正和提高了领导班子思想和认识，增强了政治敏锐性。

2. 党风廉政建设结硕果

我公司一直以来注重良好党风政风的建设工作，定期召开民主生活会，倡导建立民主、团结、积极、向上的领导班子队伍，在工作中实行亲属回避制度，个人使用车辆主动向财务上缴费用，公务招待实行“先审批、后登记、再执行”的管理制度，保证有详细的廉政台账。

3. 稳定职工队伍

××××年，公司施行了新的薪酬制度，在基层公司中造成了一定的人心动荡，我公司经理室成员从大局出发，找员工逐个谈心，做了大量的工作，为公司的业务平稳、发展平稳创造了条件。

4. 积极开展文明单位创建活动

年初，我公司再次获得了江苏省诚信单位、××市文明单位的光荣称号，为了保持荣誉，我公司继续深入开展软环境行风建设，在电视台、电台进行了公开承诺讲话，《××资讯》刊登了承诺内容，并适时召开了软环境行风监督员座谈会，广泛征求意见。同时注重宣传工作，我们在《广播电视报××专刊》上开辟了“走进××人保财险”系列专栏，并在车站候车大厅不间断地投放流动字幕广告，《以诚信拓宽企业发展路》等通讯被《××日报》采用，《××支公司抓住车辆年审时机宣传车险新费率》等新闻在省公司内部网上交流。

五、存在的问题

一方面，公司疲于市场竞争和业务发展，对理论学习和业务学习有所放松。另一方面，面对强大的市场竞争压力，有的员工出现畏难情绪，少部分员工有思想惰性，缺乏市场发展前瞻性，主动出击少，被动挨打的多，造成了少部分业务的流失。

六、××××年的基本工作思路

随着市场变化和竞争的激烈，就××而言，要牢牢地把握市场的主动权，必须加强争

夺市场的力度和加快抢占市场的速度。

一是转变思想观念，积极适应股份制改革后新的管理模式和展业模式，继续加强竞争意识和危机意识的教育，加强并运用数据管理，引入激励机制，全面调动员工的积极性和主动性。

二是正确处理规模与效益、当前与长远、做大和做强的关系，加强整体公关力度，注重业务承保质量，以最快速度和最优的质量挑选并占领市场。

三是继续加强与公安、交警、教育、卫生等部门的沟通，争取他们的协助，努力提高五小车辆、学平险、校园方责任险、医疗责任险的承保率。

四是强化理赔服务工作。努力提高现场查勘率，采取人性化服务，区别对待，加快理赔速度，提高服务质量，改善外部展业环境。

五是针对竞争，密切注意同行业发展举措，加大公关力度，采取积极有效的方法，参与竞争，巩固原有险种的市场份额，积极拓展新业务、新保源。

本章小结

1. 常用事务文书是党政机关、社会团体、企事业单位处理日常事务，用来沟通信息、总结经验、研究问题、指导工作、规范行为的实用性文书。

2. 常用事务文书一般包括书信、条据、启事、声明、计划、总结。

3. 书信主要包括一般书信和专用书信两种。

4. 条据是人们日常工作、生产和生活中常用的应用文体。条指便条，据指单据。

5. 启事可分为三大类：征招类启事、声明类启事、寻找类启事。

6. 声明是政府、团体或个人维护自身的利益而表明态度立场或说明事实真相所公开发布的说明性文体。

7. 计划具有预见性、科学性和指导性三个特点。

8. 总结具有理论性、务实性和概括性三个特点。

基础与提高

一 单项选择题

1. 开展公益活动，推动社会物质文明与精神文明的发展，需写(　　)。
   A. 申请书　　B. 倡议书　　C. 自荐信　　D. 慰问信

2. 推荐信的写作要求是(　　)。
   A. 富于个性，突出特色　　B. 语言典雅，态度严肃
   C. 书写严整规范，避免情感因素　　D. 突出针对性，态度诚恳

3. 总结的种类按内容可分为(　　)。

A. 综合性总结和专题性总结　　　　B. 工作总结和生产总结
C. 年度总结和季度总结　　　　　　D. 单位总结和个人总结

4. 修改下面的文书标题：
“××市国民经济和社会发展五年计划”，该文件应修改为(　　)。
A. ××市国民经济和社会发展五年规划
B. ××市国民经济和社会发展五年安排
C. ××市国民经济和社会发展五年安排
D. ××市国民经济和社会发展五年方案

5. 下列总结的标题中，属于新闻式标题的是(　　)。
A. 《2008年全国经济工作总结》
B. 《女排冠军是怎样的来的》
C. 《学贵多思》
D. 《抓典型引路 扩大订阅覆盖面——我们是怎样做好〈浙江日报〉订阅工作的》

6. 商务信函的格式是一般(　　)。
A. 规定体式　　B. 书信体　　C. 社交文书体　　D. 专用文体

7. 计划一经制定，(　　)。
A. 不能改变
B. 半年之后方可改变
C. 报部门主管单位或领导批准后可调整
D. 可根据客观情况及时调整

二 多项选择题

1. 一份完整的计划正文应包括(　　)。
A. 指导思想　　　　B. 做法体会
C. 任务目标　　　　D. 方法措施
E. 经验要求

2. 总结的结构包括(　　)。
A. 标题　　B. 称谓　　C. 正文　　D. 落款

3. 条文式计划主要的表达方式是(　　)。
A. 叙述　　　　B. 议论
C. 说明　　　　D. 说理
E. 夹叙夹议

4. 总结与计划都以指导未来为旨意，但总结所回答的是(　　)。
A. 做什么　　　　B. 怎么做
C. 做了什么　　　D. 做得怎样

三 案例练习

1. 指出下文存在的问题，并修改。

推 荐 信

××公司总经理：

晤后一别，已经数月，甚为想念。

我侄×××于2002年毕业于×××大学中文系文学专业。在校期间学习成绩优异，尤酷爱文学，曾发表小说一部，诗集两册。他思想睿智，才华过人，是三秦大地上可与路遥相较的年轻才俊。近闻贵公司欲聘总经理助理，我特致函力荐，务必录用，不复为憾。

×××上

2003年×月×日

2. 下列四段话选自一份管理工作总结，请根据各段内容，在空白处填上要点。

(1) ____________________。以此为中心，各店都全面开展“双增双节”活动，量才办事，压缩开支，完善节约降耗措施，特别是加强“五关管理”，堵塞漏洞。在“爱粮节粮”活动中，各店都严把采购、运输、储存、生产和销售关，切实提高粮食使用率。

(2) ____________________。为提高劳动效率，防止人浮于事，春节一过，我们便有计划地压缩临时工，制定出“关于加强使用临时工管理办法”，先后辞退临时工30多人，节省开支1万多元。

(3) ____________________。主要是加强内审，严格自查，配合“三查”。自5月以来，我们相继对辖属各店逐一予以审计，如对管理不严造成亏损的立新饭店，及时审计，分清责任，按章办理，通报全公司，起到了教育职工和对其他门店经营者打了一针清醒剂的作用，有效地杜绝和防止了虚盈实亏或截留利润现象的发生。公司内部同时也认真开展财务管理自查工作。因而顺利通过了商业局对我公司首轮承包结束的审计和市财政抽查。

第3章　经济事务文书

学习目标

1. 掌握商品广告的概念、作用和写法。
2. 掌握商品说明书的概念、作用和写法。
3. 掌握请柬和聘书的概念、格式和写法。
4. 了解经济新闻的概念、特点和写法。
5. 掌握市场调查与预测的概念、种类和写法。
6. 掌握招标书与投标书的概念、作用和写法。
7. 掌握协议书的概念、种类和写法。
8. 掌握合同的概念、作用和写法。

经济事务文书是反映经济活动规律，解决实际经济问题的，它应当从实际出发，原原本本反映客观事物的真实面貌，传递准确无误的信息。

3.1　商品广告

3.1.1　商品广告概述

1. 商品广告的概念

俄语中的“广告”一词，源于拉丁文，原意是“我大喊大叫”，这是指早期商品交换中的“口头广告”。英语中的“广告”一词，原意是“商业上的告示”，起源于17世纪中叶，是在英国开始大规模商业活动时逐渐流行起来的。

广告，从字面讲是“广而告之”之意。商品广告则是以营利为目的，通过各种媒介，向公众宣传商品知识、报道服务内容，促进商品流通，为生产和消费服务的一种商业专用文体。无疑，广告是一种宣传工具，但它不同于通常的宣传，而是广告主的一种营利手段。广告主在媒体上做一次广告要支付一定的广告费，通过广告，把有关商品、劳务的信息传递给人们，在生产者、商品经营者和消费者之间起沟通作用。

2. 商品广告的特点

(1) 传播性。传播性主要体现在传播信息的广泛性上。广告是直接为推销商品服务的，通过报纸、杂志、广播、电视、招贴、路牌等各种媒介来传递信息，以最广泛的接触而作用于消费者，才有可能最大限度地销售商品。

(2) 简明性。简明性主要体现在对广告文字内容的表述要求上。做广告的时间不能过长，版面不能过大，所以广告的文字表述要短。时间、文字过长，反而会淹没主题，减弱人对广告内容的记忆。据有关专家研究，超过14个字，人的记忆力要降低50%。广告内容的简明不等同于简单，只有做到准确、鲜明、巧妙地反映商品的本质特征，才会收到不同凡响、出奇制胜的效果。

(3) 诱导性。诱导性主要表现在对消费者情感的诱导、兴趣的激发和理智的需求等方面。社会的发展，使先进的科技手段更多地融入商品广告的制作中，广告的艺术品位和档次也得到长足的发展。一则精良的广告往往综合运用多种艺术手段，集画面造型、绚烂色彩、音响效果等于一体，形成合力，刺激消费者的购买心理，以期促成消费者的购买行为。这是现代商品广告最突出、鲜明的特点。

(4) 创新性。创新性主要标志着商品广告的发展趋势和内在要求。广告作为一门古老又新兴的学科，与许多学科如经济学、市场学、商品学、社会学、伦理学、心理学、美学等有着密切的关系。与现代社会的融合，决定着商品广告要不断突破旧的模式、俗套，不断追求新的创意、表现。广告的艺术表现形式，可以作为美学研究的一个重要对象和分支学科。

3. 商品广告的作用

现代的社会化大生产使商品经济不断发展，市场日益活跃，商品广告已成为推销商品的最有效的方法，成为沟通生产者、经营者、消费者之间的桥梁；在传递信息，指导消费，刺激需求，密切产销关系，加速商品流通，推动企业竞争，促进经营管理，发展对外贸易以及丰富人们的物质、文化生活等方面，发挥着不可替代的作用。

(1) 传递信息。广告具有直接、迅速、广泛地传递信息的作用。商品广告把有关生产方面的信息传递给经营者、消费者，向经营者、消费者提供商品或劳务信息，也可以把从消费市场得来的消费者的需求信息传递给生产者，在生产者、经营者、消费者之间传递信息，沟通生产、流通、消费的各个环节。在现代社会中，可以说，谁占有的信息多，接收的信息快，分析处理信息准确，输出信息及时，谁就能主宰商品广告，成为财富的主人。

(2) 促进销售。在现代化的社会化大生产中，生产和流通是在统一的生产过程中的两个相辅相成的要素。企业生产出来的产品，只有通过流通领域才能够进入消费领域。商品广告在沟通产销渠道、疏通产供销关系上起着桥梁作用，已成为工商企业加速商品流通和扩大商品销售的有效工具，被誉为“运用先进媒体的超级推销巨人”。

(3) 指导消费。现在的商品市场中，由于科学技术的突飞猛进，新产品日新月异，商品种类繁多，各类商品的功能各异，消费者迫切需要了解商品的性能和产、供、销情况。商品广告通过对商品信息的传播，向消费者介绍商品的厂牌、商标、性能、特点、用途、价格以及如何使用和保养等，这对消费者正确认识商品，指导他们正确选择自己所需的商品，是大有好处的。尤其是新上市产品，广告的指导性尤为重要。

(4) 扩大市场。商品广告不仅能巩固原有的市场，而且能扩大市场，提高市场的占有率。不少企业家说：产品不做广告，就无法吸引更多的顾客；顾客没有增加，就难以扩大市场。

3.1.2 商品广告的格式和写法

1. 拟定广告主题

商品广告的主题是其灵魂，主题不鲜明不突出，就会影响其效果，失去其应有的作用。商品广告的根本目的是把有关商品信息迅速地传达给消费者，并对消费者产生影响。而与商品有关的信息是立体的、多方面的，诸如商品的历史、性能、特点、用途、原料、制造工艺、功效、生产厂家的技术力量、声誉以及消费者的反应等，都可以作为广告主题的可选载体。而具体到每一则广告，又不可能将上述内容不分主次，全部加以突出强调，所以，只能依据一定角度和标准，选择其中一二条作为主题。如方便食品的广告，既可以从携带方便、食用简单的角度拟定主题，也可以从风味独特、物美价廉的角度拟定主题，还可以从营养价值的角度拟定主题。拟定广告主题直接影响甚至规定广告的宣传效果，需慎重考虑，分析比较，全面权衡。选择角度一般有以下三种：

(1) 在与同类商品的竞争中，广告宣传应尽可能突出本商品区别于其他竞争商品的特色或独到之处，或成分、构造，或性能、用途，或功效、价格等。例如，肠虫清的广告：

顾客（甲）：医生，有治蛔虫的药吗？

医生：两片！

顾客（乙）：医生，有治蛲虫的药吗？

医生：两片！

顾客（丙）：医生，有治钩虫的药吗？

医生：两片！

众顾客：都吃一种药？

医生：肠虫清，×××公司出品，专治肠道寄生虫。成人及两岁以上儿童只服一次——两片！

这则广告通过“两片”的多次强调，从药品的效能方面突出了“肠虫清疗效高”的主题，给人以很深刻的印象。

从商品特征的角度拟定主题也要考虑商品的生命周期。一般说来总要依据商品从进入市场直到完全退出市场所经历的引入、成长、饱和、衰退四个阶段，分别确立不同的主题侧重点。引入阶段，对初登市场的商品进行全面介绍，让消费者尽快对其了解并熟悉；成长阶段，则要根据反馈信息，有针对性地加强某方面的宣传力度；饱和阶段，采取费用小、效果好的广告，巩固、维护商品销售地位；衰退阶段，侧重点宜转向售后服务的宣传方面，以减缓商品销售量下降的趋势。

(2) 立足消费者的角度。从消费者的角度拟定主题，就需要分析、研究消费者的不同的特点及其要求，针对不同的心理特征，开展广告宣传，引发其购买欲望，争取更多的潜在消费者。消费者的购买动机千差万别，但归纳起来，可以概括为情感型动机和理智型动机两大类。女性消费者一般偏重于感情，男性消费者一般偏重于理智；青年消费者一般倾向于新潮、档次、品位；老年消费者一般倾向于朴实、方便、耐用和价廉。对一般日用品的购买，消费者常凭兴趣购买，不作过多权衡；而购买贵重商品时，消费者则要慎重比较，全面斟酌后再作出决断。此种相对意义的划分，只是出于表述的方便。在现实经济活动中，情感型消费者也不纯粹是感情用事，也要用理智考虑一下次要的购买动机。理智型消费者当面对几种各方面特性都接近或相似的商品时，也往往表现得犹豫不决。这时，恰到好处的情感诱导，可能会促使其果断抉择。

（3）立足企业的角度。现代科技的发展，社会的进步，会逐步缩小企业技术力量之间的差别。当不同企业生产的商品在性能、结构、功效等方面十分接近时，消费者在进行购买抉择时，就会取决于商品生产厂家的知名度、信誉度。所以，选择企业角度拟定广告宣传主题的企业，必须具备一个先决条件，即是一个有特色有专长的企业，换言之，企业要有良好的形象和信誉。树立企业形象，扩大企业知名度的途径很多，企业可以根据各自的实际情况，尽可能多方面地实现塑造良好形象的目标。而确立广告宣传的主题，则可以从企业的历史、名望、地位、前途、资金力量、设备力量或科技力量等方面来选定侧重点，以突出企业的特色和优势，强化其产品的优质和独到，从而为激发消费者的购买欲望，促成消费者的购买行为奠定基础。如北京烤鸭靠的是老字号的悠久历史和制作工艺，万利达影碟机则依其高科技力量和发展前景等，凭借广告而进一步开拓市场。总之，立足上述三种角度拟定出的广告宣传主题，要在一定范围内进行实验，接受消费者的评判；也可以同时拟出几个主题，组织专家、学者、企业家等有识之士全面比较、权衡、遴选，从中确定最佳方案。

2. 安排广告结构

（1）标题。广告的标题是广告中最重要的组成部分。标题写得好，做到所谓“触目惊心”，激起消费者的兴趣，就能“引人入胜”地展示正文；标题平淡无奇，缺乏吸引力，就会削弱广告的效果。所以，广告标题应用高度概括的词语表明广告的主旨，将其中“点睛”的词突出在“醒目”之处。广告的标题分为直接诉求标题、间接诉求标题和复合诉求标题三类。

①直接诉求标题。这是目前我国广告中普遍采用的一种形式，它将广告主要内容以简明文字一语道破，直接表露，明朗、确切。比如，“北京仿古地毯”、“天龙男用系列化妆品”、“金龙饭店，龙年开业”、“龙年敬君一杯酒、酒香飘逸情悠悠”。这类广告标题一般标明商标牌号、企业商家名称。优点是简便、突出、明确，缺点是不够生动、没有回味。

②间接诉求标题。它用迂回的手法吸引消费者阅读正文。这种标题富有暗示性、诱导性、趣味性和哲理性，并常常与图片、美术等艺术形式结合起来。如台湾一家生产牙刷的厂商，广告标题是“一毛不拔”。原本是形容吝啬、小气的贬义词，在特定场合却成为褒奖牙刷坚固耐用的褒义词，这可谓妙用成语的典范。一家经营洋酒的个体老板，出上联“五月黄梅天”，求下联却为“三星白兰地”，虽欠优雅，但字字工整，浑然天成。“洋阳大

曲”广告标题则为“酒气冲天，飞鸟闻香化凤；糟粕落地，游鱼得味成龙”。文化品位得到充分体现，形成一股强大诱惑力。一则治疗寻常性痤疮（青春痘）的药用化妆品“绵羊霜”，其广告标题不是什么“痤疮患者的福音”，而是用“只要青春不要‘痘’”七个字揭示商品的功用，让人耳目一新。

③复合诉求标题。常由正标题、一个或多个副标题组成，有时还加一个引题。所谓引题，指说明信息意义或交代背景的标题。如：

祝贺××运动服饰夏季订货会召开！（正题）

××百货大楼　××公司　××商场联合举办××运动服饰展销（副题）

×××口服液（正题）

保健补剂数第一（副题）

（2）正文。正文是广告的具体内容，一般要写三个方面：扼要解说标题提出的问题、提供商品的细节、敦促人们采取购买行为。

正文部分要写得详略得当，机动灵活，体裁风格应丰富多彩，不拘一格。目前国内常见而有效的形式主要有：

①陈述体。这种广告以简洁而朴实的语言，说明商品的名称、规格、型号、特点、功用、价目等情况。虽不太生动活泼，但实在、具体，有利于消费者决断。如：

中联牌×××型喷射式清洗机

该机系径向三柱塞卧型高压水泵，是目前我国较为先进的清洗设备，广泛应用于各种车辆、工程机械以及公共场所环境卫生的尘污清洗。工作时可无级调节成密集水柱或雾状射流，省时、省力、省水。本站备有现货中联牌×××型喷射式清洗机及零部件（通用）供应，价格优惠，质量可靠，三包期内免费维修。

②论证体。这种广告重在阐述道理，以获得消费者的信赖。或引用权威性材料和荣誉，或引用消费者的评价言论，间接地说明该商品的优良、可信。如：

伊利牛奶——中国宇航员训练中心指定产品

③幽默体。这种广告常在朴实中闪烁智慧的火花，或委婉曲折地传达出广告的主旨。如：“本公司在世界各地的维修员都闲得无聊”说明某商品的质量可靠。国外有人做过这样一个小实验：在两个擦鞋摊前分别挂两块牌子，一个牌子上写着“请坐，擦鞋”，另一个牌子上写着“约会前，请擦鞋”。后者有联想作用，效果远胜于前者。

此外，还有问答体、新闻体、文艺体等。任何形式都必须为表现内容和主旨服务，不可一味追求所谓的“新奇”或“噱头”，喧宾夺主，本末倒置，冲淡、弱化广告宣传的主题。

（3）结尾。结尾主要是写明厂家、商家的名称、地址、电报、电话、邮编和刊登时期等。

3. 重视商标名称和广告口号

（1）商标名称。商标是经注册而受法律保护的一种商品表面或包装上的标志、记号，使该商品区别于同类其他商品。一件新产品问世并推向市场，精明的厂家总会首先在商标名称上做些文章，因为商标名称本身就是产品的第一广告，直接体现着产品的形象。比如

“娃哈哈”，这个商标名称极具儿童特色，叫起来响亮，感情色彩浓郁，还隐含服用后的实际效果。而“娃哈哈”名称的选定似乎很偶然。该企业一位老总，受新疆民歌“我们的新疆是花园……娃哈哈”的启示，突发灵感，索性就将产品命名为“娃哈哈”。“娃”，恰恰突出了消费的主要对象；“哈哈”，则为动态的笑声，表达了饮用的心境和感受。这三个字易发音，好记忆，和谐又响亮，更兼产品与民歌相伴，使得商标闻名遐迩。美国可口可乐公司当年把这种饮料推向中国市场，在翻译这个商标时，不惜人力财力，研究了大约四十万个汉字词组，最后才寻觅到“可口可乐”四个字。喝这种饮料，让人既“可口”又“可乐”，美滋滋的，极富吸引力。德国的世界名车奔驰，本译为“本茨”，后改为“奔驰”，突出了其功用、性能和特点，于是家喻户晓，被中国人视为轿车之王。上述两例皆可称得上商品名称转译的典范之作。

(2) 广告口号。广告口号（又称广告标语）是运用简短明白、鼓动性强的语句对商品或企业进行反复宣传的一种形式。可以分为两类：一类是反映或涉及企业纲领、方针、宗旨，树立企业形象的。如：“车到山前必有路，有路必有丰田车”（日本丰田汽车）。日本厂商知道向中国人推销产品时，广告的语言也得“入乡随俗”，富有中国味儿。只有符合中国人的语言习惯、生活习惯，广告才能产生好的效果。这个广告口号正是巧妙借用我国的民间谚语，通俗易懂，朗朗上口，故能迅速为中国百姓津津乐道。另一类是突出产品特点、性能、功用，树立商品形象的。如“口服、心服”（台湾某矿泉水广告），这个矿泉水广告词可与“可口可乐”饮料中文商标相媲美，或许还略胜一筹。因为它出奇制胜地活用“口服心服”这个极平常极普通的成语，显得妙趣横生，情理交融，真可谓“化腐朽为神奇”；中间加上个顿号，读起来语气略为停顿，平添几许淡淡回味。

商标名称和广告口号本身所具有的潜在的魅力和效果是非同小可的，极富创造性，所以更需要下大工夫来对待。只有创造出来的商标名称和广告口号，经过口耳相传，深入人心，才能真正把商品广告的强大威力发挥出来。

3.1.3 商品广告写作的基本要求

广告是结合商品的特点、销售的策略、消费者的心理及市场的情况等，运用语言艺术来塑造商品和组织形象、传递商品信息的一种艺术形式。它的主要职能是传播经济信息，加速流通，指导消费，丰富文化生活。因此，在创作广告词时必须遵循以下要求：

1. 真实准确

真实准确是成功广告词的基本要求，也是广告的生命。所谓准确，首先要求广告词内容必须真实，实事求是，不能弄虚作假，欺骗消费者。其次要求用词贴切，对产品的介绍和评论要恰到好处，不可夸大其词。如日本有家钟表公司推销一种新手表的广告，就如实地介绍“这种手表走得不太准确，24小时会慢3秒，请君买时要深思”。这一广告公开承认自己的不足之处，结果本来无人问津的手表，生意反而一下子兴隆起来。

2. 简明扼要

简明是成功广告词的又一要求。广告词的简明性，首先要求广告主题单一鲜明，突出广告主题，才能给人留下鲜明、深刻的印象。其次要求语言要精练、简洁，把文字压到最少。例如日本丰田公司在《人民日报》刊登大幅广告，只有两句话："车到山前必有路，有路必有丰田车。"它形象地告诉人们丰田车质量可靠、种类多、行销全球等信息，便于记忆。

3. 通俗易懂

广告为了能在一瞬间吸引人们的视听，并留下印象，所采用的语言文字就必须通俗易懂。若是一则八股广告，深奥莫测，人们就会不知所云。广告词要口语化，少用专门术语，力避晦涩、艰深、有歧义的词语，多用短语短句，少用长句和修饰成分。

4. 生动有趣

所谓生动，是指广告词要新鲜、有趣。广告语言在诚实的基础上适当地多一点风趣感，听起来幽默，念起来上口。这样的广告能吸引读者，引发人们的好奇心，激发他们的购买欲望。要使广告语言生动有趣，必须从以下三个方面去努力：

(1) 妙用文字。如一自行车的广告——"骑"乐无穷；一饮料的广告——口蜜腹"健"；一蚊香的广告——默默无"蚊"地奉献；一洗衣机的广告——"闲"妻良母；一打字机的广告——"不打不相识"等，都是妙用文字，耐人寻味，生动而风趣。

(2) 激发读者联想。如日本《朝日新闻》刊登的房地产广告，画面上是一只在大雨中吃力地躲避着的青蛙，广告词是"人和动物的区别就在于人有温暖的家"。让人通过联想产生买或租房的意向。

(3) 借助辞格。如日本一家酸奶店的广告：本店出售的酸奶有如初恋的滋味。(比喻)强生牌婴儿系列护肤用品广告：除了妈妈以外，最爱护我的就是强生。(比拟)

5. 独特新奇

新奇，是指广告文稿要表达出独到的商品个性，富有新意、创意，为我独用。撰写广告词若能巧妙地将某一商品的缺点与同类商品比较，或从时间等角度去选取最能反映经济效益的语言，"价廉物美"的特点就可以从多个角度中提炼出来。如：

索达刻字系列产品
塑章三天交货
延误一天退款50%
延误两天退款100%
两天交货，特快一天，当天立等可取
——索达一刻值千金

这一广告以反映时间效益的语言为特色，赢得了顾客的信赖，招徕了八方生意。

3.1.4 范例

××公寓

位置：×××路××号，东靠×××公司工人新村。1公里内有超市、广场、医院、中小学、幼儿园及邮局、加油站。生活设施完善，闹中取静。

户型：一室一厅（53平方米）、二室一厅（53平方米、67平方米）、二室二厅（122平方米）、三室一厅（145平方米）。

售价：每平方米3 388元（普通装修）、4 528元（中高档装修）起，一楼杂物间一律每平方米2 000元。

优惠：一次性付款九五折优惠，代办迁入城市户口，提供优惠购房按揭。

售房单位：××××××房地产建设开发公司

售房许可证编号：×字（2000）第×号

售楼部地址：××××

电话：×××××××

联系人：××××××

3.2　商品说明书

3.2.1　商品说明书概述

1. 商品说明书的含义

商品说明书是对商品的性能、构造、功能、使用、保养等进行说明或介绍，让人们了解其特点，获得有关这一商品的知识，以便正确使用和保养该商品的一种应用文形式。

2. 商品说明书的作用

（1）解释说明。解释说明是说明书的基本作用。随着我国经济的发展，人民生活的不断提高，工业、农业的飞速发展，文化娱乐活动也日益繁荣，人们将会在生活生产中遇到各种各样的生产产品和生活消费品。科技的发展，更是使这些产品、消费品包含了很强的科技成分，所以为了使人民群众能很好地使用这些产品，真正为人民的生活服务，各生产厂家均会准备一本通俗易懂的产品或生活日用消费品的说明书，给用户的使用以切实的指导和帮助。说明书要详细地阐明产品使用的每一个环节和注意事项。

（2）促销商品。当人们获得有关某一商品的功能、构造、使用等知识后，就会产生购买欲望。不过，商品说明书虽有促进销售的作用，但它不同于广告。广告以推销产品为目的，而商品说明书以说明产品为目的。广告中常使用“质量可靠”、“国内首创”、“实行三包”、“欲购从速”等赞誉和敦促消费者购买的文字，商品说明书则不能采用这种措辞。

（3）指导消费。商品说明书的适用范围很广，其形式和内容随商品而异；简单的商品说明书就印在商品包装上，文字也不多，如许多药品，就将其成分、功能、作用、用法、用量等说明和药品名称、商标等印在一起。不少食品说明也与其类似。复杂的说明书则是一本小册子，随商品出售。如有些机器设备、家用电路的说明书，详细地说明了产品的性能、构造、维修和保养方法等，有的还带有附图。因此，写好商品说明书，对于指导消费有重要意义。

(4) 传播知识。说明书对某种知识和技术有传播作用，如介绍产品的工作原理、主要的技术参数、零件的组成等。

3.2.2 商品说明书的种类

一般来讲，按所要说明的事物来分，可以分为产品说明书、使用说明书、安装说明书等。

(1) 产品说明书主要指关于那些日常生产、生活产品的说明书。它主要是对某一产品的所有情况的介绍，诸如其组成材料、性能、储存方式、注意事项、主要用途的介绍。这类说明书可以是生产消费品的，如电视机；也可以是生活消费品的，如食品、药品等。

(2) 使用说明书是向人们介绍具体关于产品的使用方法和步骤的说明书。

(3) 安装说明书主要介绍如何将一堆分散的产品零件安装成一个可以使用的完整的产品。为了运输的方便，许多产品都是拆开分装的，用户在买到产品之后，需要将散装部件合理地安装在一起，这样在产品的说明书中就需要有一个具体翔实的安装说明书。

3.2.3 商品说明书的格式和写法

1. 商品说明书的格式

从总体上看，商品说明书一般包括下面几个部分：

(1) 标题。标题，通常采用产品名称加上文种名称的写法，如《补脾益肠丸说明书》，“补脾益肠丸”为商品名称，“说明书”为文种名称。

(2) 正文。正文，通常写明产品的基本情况，如产品的用途、性能、结构、技术指标等，以及商品的使用方法、保养维修知识和其他有关注意事项等。正文部分的写法和内容因所介绍产品的不同而异，也就是说不同类型的产品，这部分应着重说明不同的事项。比如，药物说明书，要着重说明成分、功能和用法；机械产品说明书，要着重说明构造、操作方法和维修保养方面的知识。

(3) 尾部。尾部，通常是指落款，即注明生产和经销企业的名称、地址、电话、电报挂号等，为消费者购买留下线索。有的还有其他一些标志，包括商标、批准文号、荣誉标志、保修条款、有效期限等。

2. 商品说明书的写法

商品说明书的写法因商品而异，并无一定的模式。商品内容不同，写法也要变化，长短视其需要而定。如药物说明书侧重说明其功用、服法及注意事项；家用电器说明书注重说明其操作方法、维修和保养；食品说明书侧重说明其营养成分及食用方法；图书说明书侧重其内容；大型或结构复杂的机械说明书侧重说明其型号、原理、构造等。有的说明书写得简明扼要，只有几十个字；有的则写得很详细，多达几十页。具体写法大体有如下三种：

(1) 综合式。综合式说明书就是用简短的文字，对商品的性能、成分、规格等做综合说明，如下文：

古井贡酒说明书

安徽亳州古井酒厂生产的古井贡牌古井贡酒有着悠久的历史。据《魏武集》记载，曹操曾向汉献帝上表过此酿酒法，并说，臣故县今南阳郭芝有九酝春酒，今谨上献。贡酒由此得名。《亳州志》记载，现在酿酒取水用的古井，是南北朝梁大通四年的遗迹，古井泉水清澈透明、甘甜爽口，含丰富的矿物质，有天下名井之称。该井历来作为优良的酿酒用水，明朝万历年间，晋献皇帝，后列为贡品，故名古井贡酒。它以优质高粱为原料，大麦、小麦、豌豆制曲作糖化发酵剂，运用近代酿涡科学技术推陈出新一套成熬酿酒工艺。该酒以色清如水晶、香纯如幽兰、入口甘甜、回味经久不息之独特风格，连获二、三、四届全国评酒质量金质奖和“国家名酒”称号。1984年荣获轻工业部酒类质量大赛金杯奖。

(2) 条文式。条文式说明书是按项逐一说明商品的性能、用途、规格等，写法可短可长。条文式的说明书有的写得很详细，甚至分章来写。如下文：

上海内燃机厂生产的495A型柴油机说明书

第1章 柴油机的主要技术规格和技术数据

第2章 柴油机的调整

第3章 柴油机的使用

第4章 柴油机的技术保养

第5章 柴油机的安装连接尺寸

第6章 柴油机的故障及其排除方法

(3) 图解式。图解式说明书就是在说明书中用图画配合文字说明，这样使人容易理解和掌握。

3.2.4 商品说明书写作的基本要求

撰写商品说明书，必须注意以下几点：

(1) 内容要齐全。为使消费者对产品知识有全面的了解，在产品说明书中，要将消费者需要了解的事项全部写入，而不能有任何遗漏。

(2) 情况要准确。为使消费者对产品的实际用途和价值有准确的了解，在撰写产品说明书时，要实事求是地介绍产品的真实状况，而不能弄虚作假。

(3) 特点要突出。注意突出产品的特点有两层含义，一是不同类型的产品有着不同的特点，在写作时要善于根据产品的特点确定写作的侧重点，以使内容有详有略，把消费者最需要了解的内容反映出来；二是与同类产品相比，该产品应有自己的特性，要善于把这种个性化的东西反映出来，以加深消费者对该产品的了解。

(4) 语言要通俗。产品说明书的读者对象是广大消费者，有的是第一次接触该产品，因而对其一无所知的普通消费者，撰写产品说明书，要以平实直白、通俗易懂的语言形式，将产品的各方面情况写清。

3.2.5 范例

×××蜂胶液

本品是以蜂胶、聚乙二醇400为主要原料制成的保健食品，经功能试验证明，具有增强免疫力的保健功能。

【主要原料】蜂胶、聚乙二醇400。

【功效成分及含量】每100g含：总黄酮4.0g。

【保健功能】增强免疫力。

【适宜人群】免疫力低下者。

【不适宜人群】少年儿童、蜂胶过敏者。

【食用方法及食用量】每日3次，每次0.5ml。

【规格】30ml/瓶。

【保质期】24个月。

【贮藏方法】密闭，置阴凉干燥处。

【注意事项】本品不能代替药物。

【批准文号】国食健字G2008××××

【生产企业】××××

3.3 请柬

3.3.1 请柬概述

请柬又称请帖，是人们在节日和各种喜事中请客用的一种简便邀请信。请柬是为邀请宾客参加某一活动时所使用的一种书面形式的通知，一般用于联谊会、各种纪念活动、婚宴、诞辰或重要会议等。

3.3.2 请柬的格式和写法

请柬一般由名称、称呼、正文、习惯结尾语、落款等五部分组成。

(1) 名称。在封面上写明“请柬”或“请帖”字样，若请柬没有封面，“请柬”二字就写在第一行中间。

(2) 称呼。抬头写被邀请者（个人的姓名或单位）名称，即在请柬的背面第一行顶格写上被邀请的单位名称或个人姓名。个人姓名后面加上“先生”、“总裁”等相应的称呼。

(3) 正文。首先交代邀请参加的活动内容，如开座谈会、联欢晚会、过生日等；其次要交代举行活动的时间和地点，如果是请看演出或其他表演还应将入场券附上。

（4）习惯结尾语。在正文后另起一行空两格写“敬请”二字，然后再另起一行顶格写“光临”二字；或者“致以—敬礼”“顺致—崇高的敬意”等。

（5）落款。署明邀请者（个人、单位）的名称和发出请柬的时间。

3.3.3 请柬写作的基本要求

（1）请柬要在合适的场合发送。一般说来，举行重大的活动，双方又是作为宾客参加，才发送请柬。寻常聚会，或活动性质极其严肃、郑重，对方也不作为客人参加时，不应发请柬。

（2）请柬的发送要掌握好时间。发送太早，被邀请者容易遗忘；发送太晚，又容易使被邀者感到时间仓促，安排有困难。因而，请柬的发送应有专人负责，以便适时发送。

（3）请柬文字要求。我国文化历史悠久，历来对语言文字的推敲十分重视，何况请柬是较庄重正式的一种文体，而且文字容量有限，所以要摒弃那些繁冗造作或干瘪乏味的语言。具体而言有如下几点：

第一，求其“达”，即要通顺明白，又不要堆砌辞藻或套用公式化的语言。

第二，求其“雅”，即要讲究文字美。请柬是礼仪交往的媒介，乏味的或浮华的语言会使人很不舒服。

第三，请柬文字尽量用口语，不可为求“雅”而去追求古文言。要尽量用新的、活的语言。雅致的文言词语可偶一用之，但需恰到好处。

第四，整体而讲，要根据具体的场合、内容、对象、时间具体认真地措词，语言要文雅、大方、热情。

3.3.4 范例

【范例1】

请柬

×××女士/先生：

兹定于9月12日晚7：00～9：00在××饭店举行新春客户答谢会，届时敬请光临。

此致

敬礼！

××公司

××年9月10日

【范例2】

请柬

××电视台：

兹定于五月四日晚八时整，在××饭店举行新闻发布会，届时恭请贵台派记者光临。

××公司

5月2日

【范例3】

新产品签定会请柬

×××先生：

兹定于十月一日上午八时在本厂会议室召开新产品签定会，敬请光临指导。

此致！

敬礼！

××市××××厂

×年×月×日

3.4 聘 书

3.4.1 聘书概述

1. 聘书的概念

聘书是某单位邀请专业人才担任某项职务或承担某项工作所用的一种专用文书。

2. 聘书的作用

聘书在当今人们的生活中起到了以下重要作用：

(1) 加强协作的纽带。聘书把人才和用人单位很好地联系了起来。一个单位在承担了某项任务后，或在开展某项工作的时候，为了请到一些本单位缺乏的人才时，就需要用聘书。聘书不仅使个人同用人单位联系了起来，同时还加强了不同单位之间的合作，使之可以互通有无、互相支援，显示出不可替代的纽带作用。

(2) 加强应聘者的责任感、荣誉感，促进人才交流。聘书是出于对受聘人极大的信任和尊重才发出的，这无形中就加强了受聘人的责任感。同时受聘人往往是在某方面确有专长或能做出特殊贡献的人，所以聘书的授予也就促进了人才的交流，可以较充分地发挥受聘人的聪明才智。

(3) 表示郑重其事、信任和守约。

3.4.2 聘书的格式和写法

聘书一般由标题、称谓、正文、结尾、署名和日期等组成。

(1) 标题。首页或内页正中写"聘书"或"聘请书"字样。

(2) 称谓。写被聘者的姓名，格式与一般书信相同。

(3) 正文。正文一般包括以下一些内容：首先，交代聘请的原因和工作，或所要去担任的职务。其次，写明聘任期限。如"聘期两年"、"聘期自2000年2月20日至2005年2月20日"。再次，聘任待遇。聘任待遇可直接写在聘书之上，也可另附详尽的聘约或公函写明具体的待遇，这要视情况而定。另外，正文还要写上对被聘者的希望。这一点一般可以写在聘书上，但也可以不写，而通过其他的途径使受聘人切实明白自己的职责。

(4) 结尾。表示敬意或祝颂。

(5) 署名和日期。单位署名一般要加盖公章。

3.4.3 范例

聘书

兹聘请赵××同志为××家电集团维修部总工程师、主任，聘期自×年×月×日至×年×月×日，聘任期间享受集团高级工程师全额工资待遇。

××家电集团（章）

×年×月×日

3.5 经济新闻

3.5.1 经济新闻概述

1. 经济新闻的概念

经济新闻是新闻的一种特殊形式，是以简要的文字迅速及时地反映经济领域新近发生的、富有社会意义的重要事实。随着社会主义市场经济体制的建立，经济新闻在宣传国家经济政策、报道国民经济发展状况、传播经济信息、沟通经济关系等方面，起着日益重要的作用。

2. 经济新闻的特点

经济新闻是一种最讲时效的宣传形式，它一般具有以下特点：

(1) 内容新。指报道的是新鲜事、新人物、新动态、新风尚、新知识、新问题。它要求尽可能报道经济领域中最新出现的人、事、物，为决策者提供最新的经济信息，以制定出相应的经济策略。

(2) 事实准。指报道要有根有据，确有其事，人物、地点、时间、数字、引语、细节都准确无误。不仅要求所反映的内容要绝对真实，而且要求所反映的事物变化趋势绝对真实。它反映的必须是趋势性新闻，而不是可能性新闻。

(3) 报道快。经济新闻是稍纵即逝的经济现象的记录，最讲究反应快。这些最快的反映，正是政府进行宏观调控和经济组织制订计划、择优决策和科学管理的重要依据，如果迟发慢发，就会使经济新闻贬值或失去意义。

(4) 篇幅短。指用简洁、概括的文字，把经济事实表现出来。短是经济新闻的鲜明的特点，也是社会生活的需要。稿件短，传播媒介才能大量报道，读者才能了解更多的信息。

3.5.2 经济新闻的格式和写法

经济新闻的结构与新闻大体相似，通常由标题、导语、主体、背景、结尾五个部分构成。

1. 标题

经济新闻的标题是对新闻主旨及内容提要的高度概括，用以吸引读者，帮助读者尽快了解新闻的内容和意义。它与一般文章的标题相比显得更重要，因此作者要精心制作标题。

2. 导语

导语是经济新闻的开头部分，在写作上要求开门见山，将经济新闻中最新鲜、最重要、最能吸引读者的经济事实概括出来，或鲜明地揭示全篇新闻的主旨，从而起到统领全篇、抓住读者的作用。

3. 主体

主体是经济新闻的核心部分，紧承导语，用足够的、典型的、生动的而且有说服力的材料，对导语中概述的事实进行阐释、说明，具体详尽地表达新闻内容。主体部分的好坏，决定了一篇新闻的成败，所以应集中笔墨，将主体写好。主体的写作必须做到：首先，紧紧围绕主题；其次，要层次分明。常见的主体部分的结构有以下几种顺序：

（1）时间顺序。即按事物发生的先后顺序来组织材料，安排结构。动态新闻常以时间为序安排结构。

（2）逻辑顺序。即按事物的内在联系来组织材料，安排结构。采用这种写法，可以不受时间顺序的限制，可根据报道对象的因果关系、主次关系、点面关系等，确定写作顺序。经验新闻常按逻辑顺序安排结构。

（3）时间与逻辑相结合的顺序。即在不同的部分或层次之间，有着不同的意义关系，同时要用时间和逻辑两种顺序组织材料，安排结构，可使文章既严密又富于变化，既有条理又错落有致。这种组织材料、安排结构的方式通常适用于篇幅较长、内容较多的新闻稿。综合新闻一般涉及面较广，在结构的安排上通常也复杂一些，时间顺序、逻辑顺序及时间与逻辑相结合的顺序，都是常见于综合新闻的结构顺序。

4. 背景

背景是与经济新闻所报道的事实相联系的历史背景、地理环境、产生原因等材料。好的背景材料有助于说明事情发生的原因，揭示事物的性质和意义，烘托和深化主题。背景不一定是经济新闻中必不可少的一部分，但又常常是经济新闻中重要的一部分。背景可以独立成段，也可以穿插在导语、主体或结尾中。总之，可随新闻的内容需要而定。

5. 结尾

经济新闻的结尾写法多种多样。有的指出事物的发展方向，给人以启发；有的预示结果、引人深思；有的照应导语；有的归结全文，起到画龙点睛、点明主题的作用。但不论哪种结尾方式，都应简短而有力。如果主体部分已把新闻内容讲完，可以不要结尾，以免画蛇添足。

3.5.3 经济新闻写作的基本要求

经济新闻具有真实性、时效性、简洁性的特点。在写作中要注意以下几个方面：

1. 内容要真

真实是新闻的生命。在写作经济新闻时，所报道的经济事实要真实可靠，新闻中的人物、事件、数字、引语等都必须完全真实，并且要用联系的、全面的、发展的眼光去观察事物，这样才能反映出事物的真实性。

2. 内容要新

经济新闻为迅速发展的经济提供经济信息，优点在于迅速及时、有时效性。经济新闻报道的经济事实最好是当天或昨天的，报道的事实要新。写作者要善于发现新人、新事、新成就，提出新问题、新见解，总结新经验、新教训，指明新趋势、新方向，或从新的角度反映报道对象。

3. 文字要简

经济在飞速发展，信息在增加，人们的生活节奏也在加快。为了满足人们在有限时间内了解更多信息的需求，必须用简洁、生动的文字表现精彩充实、有价值的经济新闻。

3.5.4 范例

海外严打内幕交易　投行内设防火墙

美国对华尔街内幕交易进行的大规模调查正愈演愈烈。美国联邦调查局（FBI）11月中旬，突击搜查了三家对冲基金公司。本次调查由美国证券交易委员会（SEC）、美国曼哈顿联邦检察官办公室和FBI共同实行，调查涉及金额可能超过千万美元，监管部门还计划在年底前对其中一些案件提起诉讼。

摘自《中国证券报》

3.6 市场调查与预测

3.6.1 市场调查与预测概述

1. 市场调查与预测的概念

市场调查与预测是在对商品市场的现状、发展趋势进行调查研究、综合分析的基础上所撰写的书面报告。它有时作为商贸公文的形式在局部范围内传达，有时又可作为经济新闻在传播媒介上发布。其作用在于帮助上级领导和有关部门了解和掌握市场情况，指导和推动业务工作。其格式与写法则结合了行政公文中的调查报告和财经公文的经济综合分析报告的格式与写法。市场调查与市场预测既有联系又有区别。市场调查的目的是预测，市场预测的前提是调查，不作预测的市场调查固然也有，但实质上预测的内容已暗含在对调查情况的分析中。通常所谓市场调查报告以写现状为主，市场预测报告以写未来为主，二者侧重点不同。

为了方便适用，增强针对性，下面将二者分别阐述。

（1）市场调查，就是对市场的情况和动向做详尽的调查后，经过深刻、细致的分析和研究，得出正确的结论，然后写成的专题调查报告。

（2）市场预测，又叫市场预测报告，它是分析商品的产、供、销各环节发展变化的趋势，并作为科学推断的一种专用文体。市场预测是在市场调查的基础上，综合调查的材料，用科学的方法估计和预测未来市场的趋势，从而为有关部门和企业提供信息，以改善经营管理，促使产销对路，提高经济效益。市场预测实际上是调查报告的一种特殊形式。

2. 市场调查与预测的特点

（1）市场调查报告的特点。

①目的性。任何类型的调查报告，在展开调查之前和整个调查过程中，以及形成报告时，都有明确的目的性。它总是针对社会运行和社会发展中存在的各种政治的、经济的、社会生活的各种实际问题，进行认真细致的调查研究，以了解党的方针、路线、政策的贯彻执行情况，为各级政府各个部门制定方针、政策、措施和科学研究提供依据，推动各项工作的开展，维护人民群众的利益。因此，目的性是调查报告的灵魂。调查报告的目的性越强，其作用越大，指导意义越大。

②客观性。尊重客观实际，讲求实事求是，用事实说话，是调查报告的基础。调查报告要比较完整地反映出一个事物、一项工作、一项政策、一个问题，阐明它的起因、结果，并且要有分析、归纳，找出其规律性的东西，这就要求我们在做调查、写报告时，尊重事实，让事实说话。不论是总结经验、研究事物，还是揭示事物真相，必须以充分、确凿的事实为依据，通过具体情况、数字、做法、经验、问题等来说明目的，才能引出正确的结论，产生明确的观点，为领导决策提供真实可靠的依据。

③典型性。社会的各个领域中存在的社会现象、社会问题很多，这也是社会发展中的自然现象，但这些社会现象、社会问题，不可能都成为我们的调查对象。调查对象本身必须具有影响面广、能够代表某一领域的真实情况的特点，即本身应具有典型意义。因此，无论什么典型的调查报告都必须运用典型的事例、典型的材料去反映事物的本质和事物的根本属性，才能起到以点带面的作用。

④新颖性。调查报告是对现实生活中的新情况、新问题、新经验的调查研究，是对当前现实生活中的活生生的事例的研究，并且要通过调查研究，总结出新的经验、新的观点，去指导工作。

⑤规律性。调查报告离不开确凿的事实，离不开对现实中各种客观资料的收集。但它绝不是事实和资料的简单罗列、无序的堆砌，而是要对事实、材料深入地分析，认真地研

究，科学地归纳、总结，找出事物内部的、本质的、必然的联系。即找出规律性的东西，来揭示事物的本质，预测事物的发展方向。

(2) 市场预测报告的特点。

①预见性。预测一般是利用信息资料，从质和量两个方面，运用定性分析和定量分析的方法，揭示一定时期价值运动的变化及其规律性，预测经济活动的发展趋势和状况。它对未来的情况变化应该有预见性。

②真实性。市场预测是在掌握大量资料的基础上进行的，这些资料（历史资料、现实材料、统计数据、典型事例等）都是出之有据、准确可靠的。

③科学性。对调查得来的材料，要认真地进行分析研究，抓住发展变化的基本趋势，找出规律性的东西。结论要力求准确，经得起时间的考验。

④不确定性。预测虽然以大量的客观信息资料为依据，运用科学的方法进行测算，但预测的确立还是要靠人的主观思维，而且情况总是不断变化的，因此对未来发生的事情进行预测，其中也就会有不确定的因素。进行市场预测就是要尽可能减少不确定因素的影响，提高预测的准确性。

⑤时效性。市场预测要及时准确提供市场各种信息，特别是那些刚刚萌生的新情况、新动向。时过境迁的市场预测就意味着失去其本身效用。

3.6.2 市场调查与预测的种类

1. 企业常用的市场调查报告

(1) 市场需求调查报告。主要内容包括产品销售对象的数量与构成、消费者家庭收入水平、实际购买力、潜在需求量及其购买意向，如消费者收入增加额度、需求层次变化情况，消费者对商品需求的变动、消费心理等。

(2) 市场供给调查报告。主要内容包括商品资源总量及构成、商品生产厂家有关情况、产品更新换代情况、不同商品所处市场生命周期的阶段、商品供给前景等。

(3) 商品销售渠道调查报告。主要内容包括渠道种类与各渠道销售商品的数量、潜力，商品流转环节、路线、仓储情况等。

(4) 商品价格调查报告。主要内容包括商品成本、税金、市场价格变动情况，消费者对价格变动情况的反映等。

(5) 市场竞争情况调查报告。主要内容包括竞争对手情况，竞争手段，竞争产品质量、性能、价格等情况。

2. 企业常用的市场预测报告

(1) 市场需求预测报告。主要是预测市场对某商品的总需求量。

(2) 销售预测报告。指关于本企业产品在市场上销售量的预测报告。

(3) 技术预测报告。主要是预测同行业生产中的新技术、新材料、新产品及其对市场的影响。

(4) 资源预测报告。指关于企业生产所需原料、能源的来源和供应保证程度的报告。

（5）生产预测报告。指关于该项产品总产量预测的报告。

（6）成本预测报告。指关于产品在一定时期的成本水平的报告。

3.6.3 市场调查与预测的格式和写法

1. 市场调查的格式

市场调查的写作一般分为标题、引言、主体和结尾四部分。

（1）标题。市场调查的标题要求与文章的内容融为一体，是文章内容的高度概括，用精练简洁的文字去表现文章的中心思想。市场调查的标题有以下四种形式：

①在标题里直接写明市场调查的地区、调查的项目和“市场调查”这一文种。例如：《广州钻石牌电风扇在北京市场地位的调查》、《万宝电器在国内外市场供求情况的调查》。以上这两条标题首先写明了调查的项目：“广州钻石牌电风扇”、“万宝电器”，然后写明了调查的地区：“北京市场”、“国内外市场”，又写明了具体调查的内容：“市场地位”、“供求情况”，最后写了文种“调查”。这种类型的标题十分明确、简练，一目了然。

②在标题里直接提出某一商品在市场上的问题，点明文章的中心。例如：“××牌洗衣机售后服务有待改善”、“国内自行车市场进入饱和期”、“国内化肥供不应求”。这三个标题都直接把某产品在市场上的问题写了出来，所提出的问题正是文章的主题。这样的标题醒目而且引人注意。

③用标题点明文章的中心，再用副标题说明市场调查的项目、地区和文种。第一、二种标题各有优点，第三种标题则是把两种标题的优点集中起来的写法。

④用大标题点明市场调查的项目、范围、内容和情况，用小标题说明全文的主要内容。这样的标题一般是刊登在报纸上的市场调查使用的。它如同新闻消息，让人们在标题上就能很快地掌握市场的行情，方便快捷地了解全文的主要内容。

（2）引言。引言部分主要说明调查的目的和依据、调查对象、调查的时间和调查的方法。其中调查的对象应具体写清楚调查的地点、调查的范围和调查的方法，应说明是采取什么方法进行的调查。接着用一句过渡语承上启下引出主体内容。

（3）主体。主体一般由情况、预测、建议三部分组成。情况部分一般用叙述或说明的方法，将调查得来的有关情况表述清楚。这部分可以按问题的性质归纳成几大类，以小标题或提要句的形式进行表述；也可以按时间顺序进行表述。预测部分，主要是通过对调查资料的分析研究，预测市场发展变化的趋势。这部分主要运用议论的方式和结论性的语言加以表述。建议部分，主要是根据预测结果向有关部门提出建议，指出应采取的措施。

此外，由于每次市场调查的目的要求不同，内容各异，因此每篇市场调查报告主体部分的写作内容与结构安排也是各不相同的。只有具体情况具体处理，才能把主体部分写活、写好。

（4）结尾。结尾的方式也各不相同，有的可进一步点明、深化中心思想，有的要写出总结性意见和建议，有的要说明调研中存在的问题。但不论选用哪种结尾方式，其文字都应做到高度概括。另外，为了对调查内容负责，撰写人员应在报告结尾署名并注明完成日期。

2. 市场预测的格式

市场预测报告的结构，一般分为标题、前言、正文和结尾四个部分。

（1）标题。市场预测报告的标题，一般要标明范围、时间和对象。比如《2003年广州地区电冰箱需求量预测》，其中“2003年”是预测时间，“广州地区”是预测范围，“电冰箱需求量”是预测对象。带整体性的预测也可以省略范围，只标明时间和对象。

（2）前言。这一部分要以简短扼要的文字，说明预测的主旨，或概括介绍全文的主要内容，也可以将预测的结果先提到这个部分来写，以引起读者的注意。

（3）正文。正文是市场预测报告的主体部分，一般包括如下三个部分：

①情况部分。预测的特点就是根据过去和现在预测未来。所以，写作市场预测报告，首先要从收集到的材料中选择有代表性的资料数据来说明经济活动的历史和现状，为进行预测分析提供依据。

②预测部分。利用资料数据进行科学的定性分析和定量分析，从而预测经济活动的趋势和规律，是市场预测报告的重点所在。这个部分应该在调查研究或科学实验取得资料数据的基础上，通过去伪存真、去粗取精，对材料进行认真分析研究，再经过判断推理，从中找出发展变化的规律。

③建议部分。为适应经济活动未来的发展变化，为领导决策提出有价值的、值得参考的建议，是写作市场预测报告的目的。因此，这个部分必须根据预测分析的结果，提出切合实际的具体建议。

市场预测报告正文的三个部分，有着严密的逻辑关系，其内容环环相扣，是不可分割的统一体。其顺序安排，可以根据预测的目的和内容不同而有所变化。

（4）结尾。结尾是市场预测报告的收束部分，可以对预测的结论进行归纳，并提出应注意的问题，也可以照应前言或重申观点，以加深认识。

以上是市场预测报告的基本结构，写作时不必按此照搬，应根据不同要求作合理安排。有些市场报告就可以不写前言和结尾。

3.6.4 市场调查与预测的常用方法

1. 市场调查的常用方法

（1）实地考察。调研人员走出国门，深入出口商品适销市场，就该地的市场总体状况及某项商品的供应、需求、运输等进行实地考察。这是最常用的一种调查方法，可以获得大量的第一手材料，捕捉许多未经发现的重要细节。

（2）样品征询。这是一种常用的在供需双方直接见面的情形下进行的调研，其特点是信息准确、反馈迅速，而且形式生动活泼。如“广交会”即为优良的样品征询场所，可以一面推销成交，一面征询意见。近年在我国大量举办的“××节”、“看样订货会”、“展销会”、“国际博览会”等，使得这种调查方法大有用武之地。

（3）座谈问询。采取“走出去、请进来”的方式召集客户、消费者及有关人员参加小型会议，按事先准备好的提纲一一问询。这种方法可以使与会者各自提供的信息互为参照补充，提高信息的准确度。

（4）资料调查。也叫“案头调查”，调研人员在足不出户的情况下，借助各种信息载体（如报纸杂志、年鉴索引、广播电视等）获取信息。随着现代信息传递与处理技术的逐步提高，调研人员还可以借助图文传真机、计算机情报检索系统等先进技术设备进行资料调查，从而大大提高工作效率。

2. 市场预测的常用方法

（1）定性预测法。定性预测法，亦称判断性预测法或直觉经验预测法。这种方法是在没有较多的数据资料可利用时，依靠预测者丰富的经验和一定的分析判断能力，来测定和推断预测对象未来发展性质及其发展趋势的方法。它的优点是时间快、费用少、简便易行，能综合各种因素，分析纵横复杂的情况。缺点是常常带有主观性，精确度差。所以常常用在长期或宏观预测报告之中。

（2）定量分析法。定量分析法是根据已掌握的大量资料、信息，运用统计公式或数学模型，进行定量分析或图解，对未来的市场趋势作出预测。所以，这种方法又称客观分析法、统计预测法、数学分析法等。它的优点是比较客观，科学性强，准确度大；缺点是对宏观的不可控因素的影响难以预测。

以上两种方法各有所长，在实际工作中常常将两类方法结合运用，即先进行定量预测，根据定量预测所获得的“纯数”，再进行定性分析。这样预测的结果可靠性较大，所写出的市场预测报告的作用也就更加重要。

3. 市场调查问卷设计

1）问卷的结构和形式。市场调查问卷，主要包括以下几方面内容：

（1）被调查者的基本情况。主要有姓名、性别、年龄、民族、文化程度、工作单位、职业、住址、家庭人口等，列出这些项目，便于对收集到的资料进行分类和具体分析。

（2）调查内容。它是问卷的核心部分，是所需调查内容的具体项目。

（3）问卷填写说明。主要是填写问卷的要求和方法，包括目的要求、项目含义、调查时间、被调查者填写时应注意事项、调查人员应遵守事项等。

（4）编号。有时问卷还必须编号，以便分类归档，或用电子计算机处理。例如：01—工人，02—农民等。

问卷的形式主要有两种：

①卡片式。是把许多个调查单位和调查项目依次在一张问卷里登记调查，或把一个单位的所有调查项目登记在一张问卷里。

②开放式和封闭式。前者是指调查的问题不列出答案，由被调查者自由地问答；后者是指调查的问题提供了几种答案，被调查者只能在其中进行选择。

2）问卷设计的程序及注意事项。首先要明确设计主题，为此要征求有关人员的意见，并进行讨论和研究，使问题重点突出，能明确反映调查的目的。其次设计出问卷初稿，然后送请少数单位或个人试填，看有没有问题，是否便于回答，能不能达到主体要求。最后进行修改补充，设计出正式问卷。

设计问卷时应注意以下几点：

(1) 必要性。所提的问题应直接为目的服务，没有价值或无关紧要的问题不应列入。

(2) 可行性。应尽量避免列入令人难以回答的问题，注意使用适合被调查者身份、水平的词句或用语。

(3) 准确性。提问要简单明确，切忌模棱两可或难以理解。

(4) 艺术性。提问要讲究艺术、有趣味，使被调查者乐于回答。

3.6.5 范例

【范例1】

上海市单身公寓市场调查报告

近年来，随着上海房地产市场的成熟和繁荣，其住宅产品的更新换代也在急剧加快，新潮设计层出不穷，其中，以小户型住宅产品尤为耀眼，已经成为上海楼市中的新宠，楼盘一经推出便深受追捧。这种小户型住宅产品目前在上海的房地产行业主要包括以下三种物业形式，即：

(1) 单身公寓。它是近两年来上海房产市场上供应量最大的小户型住宅，主要有世纪之门、蓝朝部落、青年汇、自由之宅、东渡名人大厦、奔腾新干线等。

(2) 产权式酒店式服务公寓。它是一种具有产权性质的酒店，集商住为一体的物业品种，一般房间内无煤气等居家生活所必备的配套设施。此类产品目前市场上供应较少，主要有汤臣金融中心和巴黎时韵、环球广场、金银汇等。

(3) 一般的小户型住宅。它是指分布于综合性住宅小区内的小房型住宅，属于普通的商品住宅项目，与普通商品住宅具有等同的使用年限和物业服务。目前市场上供用较多，主要有瑞虹新城的乐富单元、中远两湾城三期缤纷时代的一户室、达安花园二期的一户室、上城 UPTOWN 的跃层式单身公寓等。

在本次针对小户型的专项市场调查中，我们主要把供应量相对较多的单身公寓作为切入点，进行了比较深入的调查，现将有关信息汇总如下。

一、单身公寓的（诞生）历史沿革

单身公寓又称白领公寓，是一种过渡型住宅产品，是小户型住宅的一种，一般平均在25～45平方米/套，总价在30～40万元，其结构上的最大特点是只有一间房间，一套厨卫。近年来根据市场的需求，有些开发商也推出了带厨房的功能更为健全的单身公寓楼盘，有的还建造起了跃层小房型公寓，这种房型不仅在建筑面积方面增大到50～80平方米，而且在房屋结构方面还增加了厨房、客厅、餐厅、阳台等。

在上海，单身公寓的诞生最早是从租赁的市场中出现的，大约在两三年前，有业主将空置的整幢商品房，经过简单装修后推向房产租赁市场，面向中层收入的白领出租，一般每个人负担的费用每月在500～1 000元之间，结果颇受各类白领的广泛青睐，众多开发商于是从中重新发现商机，纷纷推出专案，至此这种被命名为“单身公寓”的住宅才风靡起来。其中，最早作为出售形态的单身公寓当数长寿路上的世纪之门名气最响，它把一个板状商住楼设计成中间走道，两边做小套房，主力面积在45～60平方米之间，总价在20～30万元之间，直接吸引了工作时间不长，但希望在市区有房的年轻人前来抢购。

二、单身公寓设计定位的基本特点

单身公寓作为一种特殊的住宅产品形式，在设计定位上也存在一些突出的特点。纵观上海的单身公寓，我们不难发现，目前市场上推出的单身公寓具有以下一些基本特点：

1. 最大程度的控制面积

以下是几个典型单身公寓楼案的面积配比表，从表中数据我们可以看出，目前市场上的单身公寓产品面积集中在24～78平方米，主力面积大多控制在30～50平方米，较全市普通商品住宅成交主力面积峰值小一半还多，见表1。

表1 控制面积的楼案

案名	面积范围（平方米）	主力面积（平方米）	主力总价（万元）
MYCITY	29.93～63.84	52～58.08	30～36
蓝朝部落	29～49	24～33	16～24
奔腾新干线	26～62	31～55	18～28
青年汇	37.11	37.11	35

面积控制最大的效用在于有效的控制总价。除部分投资型高档项目外，大部分单身公寓的总价都在40万/套以下，与此类过渡性住宅消费者的消费心态相吻合，小面积同时使得此类产品成为市场上的稀缺产品，因此推出之后即收到市场追捧。

但是居住面积与舒适程度成正比关系。因此单身公寓在追求面积精简的大前提下，不得不以牺牲居住舒适程度为代价，大部分单身公寓面宽不超过3.5米，绝大多数没有阳台，受建筑规范限制，部分单身公寓并不具备设置厨房的空间，而且几乎每个单身公寓项目都有大量全朝北单元。

2. 拥有地段优势的稀缺产品

目前一些单身公寓住宅大多享有地理优势，处于人口稠密、商业成熟、交通便利的地区。住宅门口有四通八达的交通线路以及著名的商业街，黄金地段是目前单身公寓最明显的特征之一。如位于上海市中心静安区的“蓝朝部落”、江宁路的“MYCITY”、南浦大桥桥脚的“青年汇”等，这些物业都占据上海一些最好的路段，他们的价值也随着该市中心区域土地的匮乏而弥足珍贵。由于产品的稀缺性，导致了价格的剧烈提升。据统计在这些中心城区的单身公寓平均价格超过同类地区普通住宅平均单价的20%以上，在看似较低的总价下，却隐含着高额利润。

3. 完备的配套设施及酒店式服务增添了物业的附加值

理想的单身公寓必须是入住方便，居家生活的所有设施都应一应俱全，妥帖地照顾了青年住户的入住要求。在更大程度上满足年轻人对日常生活方便、快捷的需求，最大限度地体现全新的生活方式。

因此设施和服务已经成为消费者选购单身公寓的重要因素之一，也是开发商作为吸引客源的重要营销手段之一，目前大部分单身公寓承诺提供的社区设施及服务主要包括以下几大类，见表2：

表2 社区服务类型

商业设施类	24小时便利店
	24小时洗衣店
	全天候餐厅及送餐服务
运动休闲类	健身房、桌球、壁球等
	棋牌游戏
	图书阅览
家政服务类	房内清洁服务
	代购、代订、代收服务
	物业及用品租赁、出售服务
商务网络类	互联网、复印、传真等

4. 全装修成品房

全装修是单身公寓的标准型特征之一，从首个单身公寓“MYCITY”到“金银汇”等第二代小户型公寓，其产品不断进化的一个重要表现也体现在装修品质的不断提高、配套设施的不断完善上。最初的全装修只是配备简单的厨卫设备，到“蓝朝部落”、“青年汇”等项目，全装修概念得以深化，提供除家具之外的全套设施，如空调、热水器、煤气灶、脱排油烟机、电磁炉等部分的家电设备，虽然入住的方便程度已远超过毛坯房，但还未达到“提个皮箱就可入住”的宣传效果；到“金银汇”项目，全装修概念得以充分展现，大到空调、小到一个烟缸，所有生活设施一应俱全。据悉，目前单身公寓装修标准一般在600～800元/平方米之间。

5. 仅仅是一种过渡产品

单身公寓并不是简单的家庭居住的终极产品，而是一种市场细分之后的产物，仅仅是一种过渡产品。一旦其业主结婚成家，它就将沦为“偏房”。因此，其客户群体也比较单一，关于此我们将在下一部分进行详细分析。

三、单身公寓的客户群体

既然单身公寓具备以上一些诱人的特征，那么到底是哪些人在购买具有以上特定设计要求和突出的市场特点的单身公寓住宅产品呢？据有关资料表明，这类物业40%的买家是20～30岁的年轻人，39%在30～40岁之间，二者相加占到总购房者的79%，另外在付款方式上，93%买家选择按揭贷款，仅7%的买家一次付款。其中主要表现为以下几类消费者：

1. 喜独立居住的本市高学历青年

据“世纪之门·MYCITY”的统计，大专以上学历的购房者占88.1%，月收入5 000元以上的占67.1%，其中8 000元以上的占24%。另据调查，目前上海年轻人的结婚年龄一般在28至30岁左右，他们从大学毕业到成家立业，其中大概有5至7年的“过渡期”。在此期间，他们对生活质量的期望，比如个人私密空间、舒适的生活条件等，与他们的居住条件不太符合，于是就给这个全新的小户型单身公寓住宅市场提供了销售空间。特别是白领女性逐渐成为购买单身公寓的主力军，据多家售楼处的统计显示，6成以上的购房者为女性。在这些女性中除一部分购买单身公寓作为投资之外，绝大部分都是一些追求独立新生活的女性。而且调查中还发现，她们多为30岁以下单身一族，大学毕业后，具有较强独立精神的她们，不愿依附于父母的屋檐下，买房独住成为走向新生活的第一步。

2. 外地来沪的知识型青年

上海市已推出面向全国的人才政策，外地应届毕业生只要找到接收单位均可留沪就业；中国加入WTO后，外资公司和外省市企业加速进入上海，大大增加外地来沪青年对单身公寓的需求。

3. 单亲家庭

丧偶或离异家庭需要舒适小户型公寓作为栖身港湾。

4. 投资客

上海作为一个国际化大都市，国际友人、外省市来沪暂住和工作的人员使上海市的房屋租赁市场日益成熟，房屋的流通性越来越强，而和大户型相比，小户型又具有投资少、回报高、周期短的明显优势，因此沪上很多投资者都选择购买单身公寓作为他们的投资项目。根据最新的“蓝朝部落”购房者调查显示：有70%的购房者是投资购房，他们有的是第二次甚至是第三次购房，有的本身住房面积不小，他们认为一方面市中心小户型出租率高，有投资回报价值，另一方面买套房能退税也是个不错的选择。

在以上四类客户中，其中前两类客户在某种意义上来讲，就是目前在全国上下都比较流行的所谓的“小资阶层”，即既不属于一般的工薪阶层又不属于具有产业的中产阶级的一个中性群体，这类人一般表现为学历较高、具有一定的文化素养，有不菲而且稳定的收入，喜欢讲究生活品质和生活情调。据了解，目前上海市区此类人约有40万～50万，而且在近300万流动人口中也有小部分属于“小资阶层”，他们对单身公寓的需求相对是比较迫切的。

四、上海市单身公寓的市场现状

1. 目前上海单身公寓的市场交易氛围

上海市小房型楼盘或者说单身公寓楼盘的出现最初基于两个因素，一个因素是烂尾楼盘的重新包装上市，如“MYCITY”、“青年汇”、“金银汇”、“蓝朝部落”等单身公寓楼盘都是原有烂尾住宅项目的重新包装推广；另外一个因素就是有一定量的市场需求，由于产品面积小适合单人或两人家庭居住，总价低又适合刚开始创业的青年，并且易于出租，有投资价值，很受一部分人的欢迎。从最初的“烂尾”身份的出现到现在，单身公寓已经在上海的房地产市场中演绎得如火如荼，持续火爆热销，各个楼盘都表现不俗，基本销售告罄。

2000年6月，位于江宁路桥一侧的“世纪之门·荣联家园”首次推出以“MYCITY”为旗号的小房型公寓，每户29～58平方米不等。从设计上看并无创新之处，且建筑体型很大，但由于单套面积很小，又是全装修，开盘两周即销售一空。

随后推出的“虹桥首席”、“龙柏香榭苑”等单身公寓专案，也几乎都是百分之百的市场销售率。

一年之后，即2001年6月，位于曹家渡的“蓝朝部落”再度推出这一物业，先期500

余套房屋不到半月时间一销而空，场面之热烈比当年的“MYCITY”有过之而无不及。两者相比，它的单套面积更小，比如24平方米；户数更多，一梯达24户；单价更高，每平方米超出了7 000元。

紧接着，位于南浦大桥桥堍的“青年汇”又闪亮登场，同样引发抢购狂潮；12月初，位于老北站的、号称“奔腾新干线”的酒店式全装修小房型公寓，色彩绚丽的施工围墙广告刚一露面，短短5天内，70%的房源即被预订。

无独有偶，位于上海虹口区临平路上的瑞虹新城也出现了小房型紧俏。瑞虹新城推出一批单价30万元起的“乐富”小房型，总共200套被订购一空。

从以上描述可以看出，在最近两年内单身公寓俨然成了上海楼市的一匹黑马，并一直保持上冲势头。正如沪上某媒体的一篇相关报道所说的那样：这种单身公寓楼盘一经推出便深受追捧，比如上海的“虹桥首席”、“龙柏香榭苑”、“世纪之门·MYCITY”、“中远两湾城·发现未来”等，无不如沙漠中的甘霖，转瞬即被吸纳殆尽。

2. 几个典型单身公寓的基本情况介绍

为更细致地描述上海市单身公寓的市场现状，更直观地表现单身公寓的分布区域以及其他的诸如市场价格、销售情况、内部配套等必要的市场要素，在此我们选取了目前上海市的几个典型单身公寓楼盘（包括蓝朝部落、青年汇、奔腾新干线、东渡名人大厦、自由之宅、金银汇等）进行逐一的介绍（具体介绍附后）。

五、单身公寓今后的发展前景

单身公寓作为近两年来的楼市黑马，一直被开发商和客户爆炒、议论，那么这种热闹现象究竟能持续多久？其市场前景又究竟如何呢？

我们认为目前这种以小户型为基本特征的住宅之所以出现热销现象，关键是由供求关系决定的，由于目前可供所谓“小资阶层”的住宅太少，所以一旦有此类单身公寓上市就会出现如上所述的井喷现象。但是随着产品在近期内的急剧增多，其市场利润空间也就不再宽广如昔。而且因为，单身公寓这类住宅毕竟不是住宅开发的主流市场，只不过是一种市场细分的产物，随着近一二年蓬勃的发展，在填补了原先的空白的同时也将使这一细分市场达到相对饱和，不会成为楼市的主流产品，其发展前景因此显得很为有限。

我们可以从以下几个因素对此进行具体的分析：

(1) 从市场需求量来看。单身公寓的市场发展潜力将在未来的一到两年内得到充分的挖掘，市场前景也随之有限。

据不完全统计，上海小房型的需求量至少在6万套以上，然而去年全年的小房型住宅供应量仅5 000套左右，因此在近期内小房型住宅仍然是“奇货可居”，仍将傲立马年的申城楼市。但是随着一些具有实力的开发企业也相继投入小房型住宅的开发，这块市场蛋糕也将越来越小。据悉，上海绿地集团不但将在大型综合社区“上海春天”中推出1 500套小房型住宅，还将在新客站、延安路、番禺路等商业区附近推出千余套提供酒店式服务的小房型住宅。中远置业集团在中远两湾城三期开发中推出的小房型住宅，还瞄准了老年夫妇的购房需求。而投身浦江两岸开发的浙江省耀江集团，更是准备在位于昆山路和吴淞路口的北外滩地区，推出相应的小房型酒店式公寓。因此在未来一到两年内单身公寓供不应求的局面将有望得以缓解。

(2) 从规划设计来看，单身公寓本身的建筑缺陷将极大程度地限制其今后的发展。

单身公寓因为要求最大限度地控制套内面积，这就不可避免地出现了整栋楼宇的边角结构增多、公摊面积增多、同层户数增多、房间朝向的不合理性增多、房内生活的不舒适性增多，影响了客户对此类住宅产品的高度认可。

比如目前市场上的众多单身公寓均改造于20世纪90年代初的遗留的烂尾工程，这些原本大多规划做办公、酒店等之用的工程在建筑设计上与住宅的设计要求大相径庭，即使原本设计为住宅产品，但经过5～10年的市场洗礼，原设计也与当今的住宅要求有了很大出入。因此在将其改造为单身公寓重新推向市场的过程中，要将其原本的大面积空间进行分割，增设厨卫空间及管道等，这就不可避免的带来了许多问题，主要表现为：

一梯多户，电梯数量不足，私密性差。单身公寓每层大多分布有10～20户，有些甚至高达70～80户，平均3～8户享用一部电梯，大走廊式高密度的布局导致采光通风、安全性、私密性都较差。

房型不合理。主要是体现在厨卫的摆放上，如厨、卫相对，卫生间对着厅或房，厨房对着厅或房，厨房置于厅或阳台上的等。

这些问题都将导致客户的流失或导致客户失去对该类住宅足够的信任，因此，在其市场发展过程中终究会被消费者遗弃。

(3) 从配套要求来看，单身公寓对配套设施和物业服务的要求苛刻，而且要求楼案所在区域具有很大的优越性，这对开发商而言是一种考验。

就单身公寓而言，发展商在售房时要承诺"生活设施一应俱全，业主拎包即可入住"的物业服务，或者说是要承诺这类物业所描绘的生活方式。这是消费者购买此类物业的一个重要因素，购房者在购买了物业的同时也购买了物业背后的服务，购买了一种生活方式，那么开发商的承诺是否能够最终兑现就成为关系到单身公寓未来发展前景的重要问题。

六、结论

总之，经过本次针对单身公寓的市场调查，我们在初步了解了其市场情况的同时，也据此归纳出以下几点结论：

(1) 单身公寓在过去的一两年内以及未来的一两年内作为市场的一种稀缺产品，其成为楼市黑马并一路热销走来是合理的也是必然的。

(2) 单身公寓作为房地产市场的一种过渡性细分产品，其市场容量毕竟有限，一时的"稀缺"很快就将得到解决，并逐步趋于饱和。

(3) 开发商们对小户型住宅的开发一定要保持冷静的头脑，要适可而止、谨慎入市，因为这类物业毕竟不可能成为住宅开发的主流市场。

附：典型单身公寓个案介绍（略）

销售企划部

2010年6月13日

【范例2】

2006年中国汽车市场预测

在新年钟声即将敲响之际，2005年，我国汽车工业无论是产销量、新车型推出的数量、产品的出口数量和金额，还是对国内汽车消费的拉动方面都取得了历史性的辉煌。但是，2005年的汽车市场也给许多人留下了深深的遗憾，留下了深层的思考，毕竟市场竞争是无情的，是优胜劣汰的竞争。展望2006年，我们依然有许多期待，国内汽车市场的发展将呈现五彩缤纷的波澜，将可能体现以下特点：

一、汽车产销量将继续保持适度增长，但增速将有所放慢

据估算，2005年中国汽车市场规模逼近600万辆，有可能与日本并列，成为全球第二大汽车市场。其中以轿车、MPV和SUV构成的乘用车的总销量约为320万辆，比2004年增长22%；商用车的总销量约为178万辆，同比约下降4%。预计2006年我国汽车产量，要考虑下列因素的影响：GDP依然保持较高增速，国家统计局预计增长8.8%；国民收入的稳步提高，国内一、二、三级汽车市场开始启动；2006年是“十一五”规划的第一年，国家鼓励自主创新和自主品牌的汽车发展，以及国内汽车出口等因素。因此，预测2006年中国市场上的汽车总销量将保持适度的稳定增长，但增长速度将有所下降；预计全年汽车总产量有望达640万辆左右，比2005年增长11%左右。国产车的总销量约为630万辆。其中乘用车的总销量预计为360万辆，增幅为16%左右；微型客车的总销量预计为89万辆，增幅约为7%；商用车总销量为180万辆左右，增长率约为3.7%。这是继2003年、2004年、2005年，中国汽车市场规模分别跨上了400万辆、500万辆和600万辆的台阶后，我国汽车工业的又一次大发展。我国汽车市场规模将可能稳定在世界第二的位置，彻底超过德国，与日本并驾齐驱。

二、降价依然主导2006年的汽车市场，依然是汽车市场的主旋律

最近几年，降价始终是我国车市的主旋律，所不同的是降价的幅度呈现差异。2006年，我国的车市依然少不了降价这个主旋律。2006年，汽车价格总水平将会小幅下滑，国产车降价幅度约在7%左右，国产轿车价格依然坐在价格滑梯上，原因是产能严重过剩。降价之火将进一步向A级以上轿车蔓延，其中中高级轿车降价幅度较大，全年将在10%以上。由于各家厂商都想达产、新品上市旧品让出价格区间、标杆车型降价、企业成本控制逐步收效，以及研发速度加快和本土化率提高等因素，都会使轿车价格格局“风吹草动”，甚而至于地震。其原因主要有：

1. 厂家扩产依然狂热，产能相对“过剩”

国家发改委主任马凯在日前举行的全国发展和改革工作会议上说：“我国汽车市场需求不到600万辆，全行业产能却达到800万辆，过剩200万辆。”目前仍有在建能力220万辆，未来5年中还有800万辆新上能力正在酝酿和筹划之中，并对汽车行业产能过剩的问题表示担忧。特别是各个厂家扩产计划如火如荼：在赛拉图刚刚上市后不久，东风悦达起亚的第二工厂就在盐城奠基。第二工厂建成以后，产能将达到30万辆，再加上第一工厂，东风悦达到2010年的产能将达到43万辆。几乎是在同一时间，天津一汽丰田第三工厂奠基，据了解，天津一汽丰田第三工厂的规模为年产20万辆，生产普及型轿车。同时，

长安福特汽车有限公司在重庆举行了15万辆年产能扩建工程完工仪式，扩建项目包括一个全新的冲压车间、发动机厂和总装厂。此外，上海大众三厂改建工程和广本第二工厂都将在今年年底完成，使得上海大众的产能将提升15万辆，达到60万辆。因此，在各个厂家纷纷扩产的同时，一个不容忽视的问题是我国汽车产能已经出现相对“过剩”的景况。

2. 降价依然是生产商市场取胜的“利剑”

在历经了2004年“高达60万辆库存、13%的大幅降价”之后，2005年，中国的汽车业者们低调而理性地在限产与市场之间努力寻找平衡，在充满变数的汽车市场中谨慎前行。时近年尾，一路走低的车市价格折射出各生产厂家激烈的阵地争夺战：为了消化去年库存，也为了实施今年的市场战略，价格战火年初从微车燃起，又从中低端一直烧到中高端。降价，成了2005年中国车市的主题。在经历了不断的拼杀后，中国的汽车市场完成了从卖方市场向买方市场的蜕变。有人说，降价将是今后几年汽车市场的常态。降价声中，中国的汽车格局也在悄悄发生着变化：上海通用首次把上海大众从近20年轿车销量第一的宝座上拉了下来。同时，以广州本田、北京现代、东风日产、一汽丰田等企业为代表的日韩系汽车企业在中国全面崛起，并且对大众等老牌欧系车发起全面挑战。报告预计，2006年国内轿车产能将达到450万辆，轿车产能利用率将保持在68%左右，低于70%～75%的合理产能利用率水平，这必将引发生产者之间的频繁降价。

三、新车频繁上市，令人目不暇接

2005年是新车上市最多的一年。据不完全统计，2005年上市的新车多达120多种。新车在一年里扎堆上市，价格却是一路走低。在经历了去年13%的降价之后，汽车厂商不再把价格作为唯一竞争手段，开始在车型出新上下了很大工夫。这种趋势将依然在2006年我国汽车市场上再现。最先登场的是2005年12月30日上市的奇瑞新旗云，新旗云是奇瑞整合了旗云和风云后的新品牌，车身外形有所改变，排放达到国111标准，价格与之前变化不大。紧接着登场的是标致206。该车将于2006年1月6日亮相并开始接受预订，春节后有望提到现车。2006年1月10日，奇瑞AS系列第一款A520将在北京九华山庄上市，同时，奇瑞2006年的全系列新车也将亮相。春节前的压轴车型将是刚刚获得发改委批准上市的力帆520，1月19日，力帆520将在重庆举行全球同步上市仪式。据了解，该车将先期在西南、江浙、山东等地销售，短期内不会进入北京市场。1日至19日20天内4款新车上市，2006年第一个新车上市高潮即将来临。另外，据了解，今年所有的汽车生产厂商都有新车型、新品种上市，新车推出的速度和周期将比2005年要快和短。预计全年推出的新车型不下于150种，创历年之最，将给消费者更多的选择机会和余地。

四、自主品牌与合资品牌的竞争更加激烈

2005年国人感到欣慰的是自主品牌的汽车无论在产销量、出口上，还是在企业竞争力的提高上都取得了辉煌的成就，可喜可贺。在决策层、政府部门、媒体乃至新老愤青的共同推动下，自主品牌获得前所未有的政策、市场、资金和舆论支撑。夏利、奇瑞、吉利、长安等自主品牌销量大增，在一个完全全球化的中国车市，攻城略地，从合资品牌手中夺回不少市场份额。但是，跨国公司及其在中国的合资伙伴感到前所未有的压力。老的合资企业已经失去往日的辉煌与轻松，从大把数钱，到产品陈旧、成本不堪重负，市场份额萎缩，价格猛跌，濒于亏损；新的企业虽然锐气尚在，但是产品推出密度过大，批量不足，为站住脚跟，一个集团之下的合资企业难免同室操戈，经营效益每况愈下。因此，可以预见2006年，跨国公司和合资企业开始面临一个新的转型抉择，在人才、管理、采购、乃至产品开发等方面的本土化必将提上日程，纷纷增强在中国市场上的竞争力，争夺市场份额。因此，2006年中国汽车市场，自主品牌与合资品牌将展开有史以来最激烈的竞争，竞争的结果将进一步导致自主品牌实力的增强，国内市场份额的扩大，但这一增长速度不会太快，国内市场份额以往在30%左右。问题的关键是自主品牌生产企业在这场竞争中如何积极地面对。

五、小排量汽车继续书写辉煌的神话

由于受到国际原油价格的持续走高、新汽车消费税的发布、实施，原来饱受冷落的小排量、微型汽车受到消费者的青睐，产销量持续攀升。如：夏利、奇瑞、吉利、长安、通用五菱等生产的小排量汽车。对于2006年，由于国际原油价格不可能出现较大幅度的下降，又由于新汽车消费税的影响和国家对小排量汽车的鼓励，因此，2006年小排量汽车继续书写辉煌的神话，在国内汽车市场上将继续得到快速的发展，所占市场份额将进一步有所扩大。但是，不同的厂家之间呈现较大的差异性，对于夏利、奇瑞、吉利、长安等将获得较快的发展，同时由于一些合资品牌的进入，小排量汽车市场的竞争将加剧。随着新年脚步的临近，2006年小排量汽车市场的新车也都浮出了水面。在即将上市的小排量新车中，应该引起广泛注意的有：北京现代Accent、上海通用的LovA、天津一汽C1、D1、东风雪铁龙T21、东风悦达起亚Rio等车型，由于这些车型在配置、价格、百公里油耗等方面都具有一定的优势，将使2006年我国小排量汽车市场掀起层层波澜，有可能主导其市场。

六、汽车生产企业利润将进一步下滑，相当数量的企业将处于亏损的状态

2005年在行业危言和产能控制的内外交困下，我国汽车行业本身利润大幅下降，超出许多人的意料。相关统计显示，2005年全国汽车行业累计实现利润总额将呈现大幅下降趋势，预计整个行业将下降四成左右；整车业毛利率已由2004年的18.1%下降到14.9%；销售净利润率由去年同期的8.1%下降到3.8%；平均汽车价格将由2004年的14.63万元降到2005年的12.93万，平均价格下降1.7万元，降幅11.63%，几大汽车盈利集团都出现利润大幅下降，并且各月利润走势始终处于负增长态势，汽车行业利润率水平在向制造业平均水平靠拢。面对这种情况，预计2006年整个汽车行业利润将进一步摊薄，整车业毛利率将在10%左右徘徊，销售净利润率将在3.5%左右，平均汽车价格也将出现下降，预计在12万元左右。面对这种情况，国内40%左右的汽车生产厂家将有负利润状况，企业的生存与发展将受到严峻的挑战，不排除有些厂家破产或被兼并，有利于国内汽车市场的重组的可能。

七、我国汽车出口将创辉煌，但道路依然曲折

2005年我国汽车出口成为我国汽车行业发展的一个闪亮点，无论汽车出口金额，还是整车数量都达历史最高。预计全年我国汽车出口数量（含成套散件）将有可能突破30万辆大关，汽车产品出口增长速度将超过35%，其中整车（含成套散件）出口增长速度将分别超过35%。2005年全年汽车产品出口金额将首次超过100亿美元，预计将达到150

亿美元。预计2006年我国汽车产品的出口将呈现快速、良性的发展势头，国内企业开拓国际市场将会获得更大的成功，我国汽车出口数量（含成套散件）则有可能达到40万辆，汽车产品出口金额将超过200亿美元，自主品牌依然成为我国汽车产品出口的主力。但是，在取得成功的同时，我国汽车出口的道路依然困难重重，在国际市场上受打压的程度将更严重，在产品出口成长的道路上还将面临许多意想不到的困难，如何“走出去”，依然是国内生产企业必须认真思考的问题，我国汽车产品的出口依然需要努力。

（原载《中国商情网》2006年1月17日）

3.7 招标书和投标书

3.7.1 招标和投标概述

1. 招标和投标的概念

招标和投标是市场经济条件下常用的一种贸易方式。多数用于国家政府机构、市政、大型企业或公用事业单位采购物资、器材或设备。这种方式现在更多地用于国际或国内工程的承包。近年来，有些国家通过法律规定，凡属主要商品进口或对外发包的工程必须采用国际招标方式。随着我国社会主义市场经济体制的确立，不但在对外贸易中广泛运用招标与投标的方式，而且在国内的工程建设、政府的大规模采购中，也普遍采用招标与投标的方式。

招标是指招标人在规定时间、地点、发出招标书或招标单，提出准备施工的工程或准备买进商品的品种、数量及有关条件，招引或邀请应招单位或人员进行投标的行为。

投标是指投标人应招标人的邀请根据招标书或招标单位的规定条件，在规定的时间内，向招标方报价，争取中标从而达成交易的行为。

2. 招标和投标的作用

在市场经济条件下，恰当利用招标和投标的方式来进行贸易和工程建设，对于招标单位和投标单位，有利于打破垄断，积极参与市场竞争。招标单位可以利用竞争“优中选优”，降低成本，提高工程或商品的质量，缩短工期或交货期，获得较好的服务条件，选择最佳的合作伙伴，有利于提高经济效益。对于投标单位来说，公开参与竞标，参与市场竞争，有利于调动其积极性，挖掘潜力；有利于促进经营管理水平和技术水平的提高；有利于提高产品质量、加强核算、降低成本、提高经济效益。总之，招标和投标对于提高经济效益、增强企业活力、实现优胜劣汰、发展经济有着十分重要的作用。

3.7.2 招标书的种类、格式和写法及写作基本要求

1. 招标书的种类

关于招标书种类的划分，有按照招标范围，把它分为招标书（招标内容比较重大而且面向国内外的招标）、招标启事（面向国内的、一般事项的招标）和招标函（直接通知有

承包能力的单位参加投标）三种类型；有按照招标目的的不同，把它分为采购性招标书、科技项目招标书、建设工程招标书、企业法人招标书四种类型。下面根据目前我国经济建设中常见的招标书，把它分为“招标选聘法人代表公告”和“招标竞争承揽商公告”。

（1）招标选聘法人代表公告。这是国有大型企业、集体企业、私营企业等企业单位或者事业单位（如学校、医院等）为了改变现状，提高管理水平，吸引优秀人才，适应社会发展的要求而通过招标的形式来选聘法人代表的活动。这种形式的招标书的重点内容要交代招聘条件（如年龄、性别、学历、专业水平等）、任期及中标后的权利和义务等。

（2）招标竞争承揽商公告。这是国家政府或企事业单位为了采购大宗商品、开展科学研究、进行建筑设计、工程建设而进行的招标活动，目的是为了寻求质量好、条件优的合作伙伴。这种类型的招标书在我国的经济建设中十分常见，如《××市×××高速公路招标书》。它的技术性要求比较强，其主要内容有招标的项目、有关的各项交易条件、投标须知等。由于其技术要求高，因此一些技术性问题或者有关的数据往往不写入招标书，而另外写入其他招标文件中，供有兴趣的投标者索取。

2. 招标书的格式和写法

由于招标的目的不同，招标书的写法也就各不相同。但不论哪种类型的招标书，在结构上都应包含以下几个方面的内容：

（1）标题。招标书的标题一般由招标单位的名称、招标项目和文种三部分构成。招标单位的名称要写全称，不能只写简称；招标项目要用简洁的文字概括招标的具体内容；文种可以用“公告”、“通知”、“启事”等。如《中国人民银行河南省分行办公大楼施工招标书》、《郑州市黄河宾馆招标选聘经理公告》中的“中国人民银行河南省分行”和“郑州市黄河宾馆”是招标单位的名称，“办公大楼施工”和“招标选聘经理”是招标项目，“公告”是文种。

（2）前言。招标书的前言也称“导语”或“引言”。它的内容主要是说明该项工程或贸易活动或选聘活动的性质、特点、意义，以及要公开招标的意义，招标单位的基本情况等。

（3）正文。招标书的正文一般要用分列条款的形式将主要内容和具体事宜叙述出来，主要内容有：

①招标项目。应写明招标项目的具体情况，如具体名称、数量、质量要求、价格条款、投标者资格等。

②招标步骤。包括招标的起止日期、发送文件的日期、方式、地点、文件售价、开标日期、地点等。

③保证条件。应包括担保人、保证金等用以保证投标人中标后工作顺利开展的基本条件。

（4）落款。招标书的落款要写清招标单位的全称、地址、邮政编码、电话、电报挂号、传真、联系人姓名等内容。

（5）附件。在大型的招标书中，常常为了正文的简洁，而把复杂的内容或技术性的要求如建筑工程中的工程质量要求、材料质量、建筑图纸、技术规格等有关内容作为附件列于文后或者编号另发。

3. 招标书写作的基本要求

(1) 在起草和发布招标书之前，必须经上级有关主管部门的批准。在招标书中，一般都要写清经过什么单位批准，实行公开招标。这样既增强了招标书的权威性，又使投标单位有了责任感。

(2) 要求要合法，标准应科学。招标书中的具体要求应符合有关法律、政策的要求，不能违法，特别是招标书中的技术要求应科学，要符合国际标准或国家颁布的标准。公告的各项数字，一定要认真核实，做到准确无误。

(3) 招标书的内容要力求写清、写全、写准，使投标者能够权衡利弊，做到一目了然，有章可循，避免产生误解。

(4) 文字要简洁、端庄。招标书的写作要做到干净利落，层次清晰，不可拖沓冗长，用语要严肃端庄。

3.7.3 投标书的种类、格式和写法及写作基本要求

1. 投标书的种类

按照对招标书种类的划分，投标书也可以分为两类，即竞争法人代表的投标书和竞争承揽商的投标书。

(1) 竞争法人代表的投标书。这类投标书是投标者根据招标书的要求和具体条件，针对招标书中的企业或事业单位，将自己的经营方针、经营策略以及为达到招标者要求的经营目标而进行的可行性分析、具体的措施、方案以及违约责任而写成的投标方案。这类投标书的重点是投标者对经营方案的可行性分析要切实可行，让招标者满意。

(2) 竞争承揽商的投标书。这类投标书是投标者根据招标书的具体要求，将自己在规定期限内愿意接受招标任务或项目，提出自己的应标条件或报价，顺利完成招标书中提出的任务所准备采取的措施、方法、步骤以及完不成任务或出现意外问题所承担的责任所写成的书面投标方案。这类投标书的重点应说明自己能够完成招标书中各项要求所具备的技术。

2. 投标书的格式和写法

投标书是针对招标书内容的回答。由于招标书的内容各不相同，投标书的写法也自然不同，但不管哪种类型的投标书，在结构上都基本上有以下几方面的内容：

(1) 标题。投标书的标题应和招标书的标题相对应，只是在文种上有差异，一般由投标项目加文种组成，也有的是由投标单位名称加文种构成。如针对《中国人民银行河南省分行办公大楼施工招标书》的投标书的标题应为《××××银行×××办公大楼施工投标书》或《建筑公司投标书》。有的投标书的标题直接写成“投标书”或“投标申请书”，而不涉及招标的项目和投标单位。

(2) 称谓。这里的称谓是指在投标书的标题下写招标单位的名称或招标机构的名称。如果招标书中对投标书的送递有明确规定的，则按规定要求写称谓即可。这一项有时也可以省略。

（3）导语。导语部分是投标单位或个人把自己对招标投标意义的认识，对竞标的态度以及自己的基本情况等用简洁的语言表达出来。

（4）主体。主体部分是投标书的中心内容，是鉴定投标方案是否可取、投标人能否中标的关键部分。竞争法人代表的投标书，一般要写自己的年龄、学历、工作经验、工作业绩以及对招标对象现状的分析，包括存在的问题、不足、优势等；接着要提出自己的经营目标，这一目标一般和招标书中的要求相符合；对实现经营目标进行可行性分析，同时提出自己的具体措施。其中心内容是实现经营目标的具体措施。投标者提出的措施要切实可行，令招标者信服，切忌自吹自擂，夸大其词。竞争承揽商的投标书，首先要写投标单位的基本情况，如性质、级别、技术力量、过去的经营业绩；标价以及对自己提出标价的分析证明；投标者的承诺，如时间保证、技术质量、设备状况、固定资产的情况等。

投标书主体部分的内容较多，一般应按照相应的招标书的要求顺次写出即可。有时也可根据招标书的要求分部分来写。总之，无论怎么写都要做到数据准确、分析有理、标价适当、方法妥当、措施可行。只有如此才能令招标者信服，才有中标之可能。

（5）落款。落款即是投标书正文后的署名。应依次写上投标单位或投标者个人的名称、法人代表姓名、盖章、通讯地址、联系电话、传真、电报挂号等，最后写发文日期。

（6）附件。投标书正文的有些内容，不必在正文部分详细写出，但对竞标又有一定作用的应以附件的形式列于投标书之后，如担保单位的名称、营业执照、银行开出的保证金函、商品的规格及价格、企业的设备清单、工程清单或单位工程主要部分标价明细表等。

3. 投标书写作的基本要求

（1）要慎重严肃。在写投标书之前，要对招标书的各项内容进行深入细致的研究，对招标书所涉及的各种情况要了如指掌，切不可随便应付，因为一旦确定中标，那么投标书即是招标、投标双方签订合同的依据。如项目名称、规格、数量、质量、标价、时间、地点等都是合同的重要条款。因此，写作投标书要慎重严肃，要严格按照有关要求和投标者的具体情况进行写作。

（2）要准确有效。投标书中要防止发生无效标书的漏洞，如未加盖单位公章和法人代表私人印章，字迹涂改或辨认不清。在国外还应防止未附投标保证书（金）或保证书的保证时间与规定不符。同时在语言上要简明扼要，不可用“大约”、“左右”、“前后”等模糊词语，计算数字要仔细核对准确无误，也不能把与投标无关或关系不大的内容写入投标书，要重点突出，防止冲淡主题。

（3）标价要合理，承诺要科学。投标者提出的标价既要保证自己的经营效益又要兼顾社会效益，使招标者和投标者双方都能够接受，同时，投标书中提出的各项承诺，要根据自己的实力提出，既提出就要保证能做到，切忌轻易许诺。

3.7.4 范例

【范例1】

106国道万和广场对开路段人行天桥施工总承包招标公告

根据穗建计〔2010〕658号批准，并且本工程具有施工图审查证明文件及资金证明，广州市白云区建设工程管理中心现对106国道万和广场对开路段人行天桥工程施工进行施工总承包公开招标，选定承包人。

一、工程名称：106国道万和广场对开路段人行天桥施工总承包

二、招标单位：广州市白云区建设工程管理中心

联系人：张小姐　联系电话：×××××

招标代理机构：广州筑正工程建设管理有限公司

联系人：王小姐　联系电话：×××××

招标监督机构：广州市白云区建设工程招标管理办公室

投诉电话：×××××

三、建设地点（略）

四、项目概况（略）

五、标段划分及各标段招标内容、规模和招标控制价（略）

六、资金来源：市城投集团出资

七、发布招标公告时间

2010年9月16日至2010年9月25日10时30分。

注：发布招标公告的时间为招标公告发出之日起至投标截止时间止。

八、递交投标文件时间与开标时间（略）

九、办理投标登记手续（略）

十、资格审查方式（略）

十一、投标人合格条件（略）

十二、招标公告网上发布时，同时发布招标文件、施工图纸、招标控制价。招标公告发布之日起计算编制投标文件时间，编制投标文件的时间不得少于10天。

如招标人需发布补充公告的，以最后发布的补充公告的时间起计算编制投标文件时间，并需在招标答疑中明确说明。

十三、资格审查结果及中标结果将在广州建设工程交易中心网站公示，公开接受投标人的监督。

十四、满足资格审查合格条件的投标人不足5名或经评审有效的投标单位不足3名时为招标失败（当N个标段同时招标且不允许兼中时，满足资格审查合格条件的投标人不足$N+4$名或经评审有效的投标单位不足$N+2$名时为招标失败）。招标人分析招标失败原因，修正招标方案，报有关管理部门核准后，重新组织招标。

招标人因两次或多次招标失败，需申请改变招标方式或不招标的，应按《广东省实施〈中华人民共和国招标投标法〉办法》（省第十届人大常委会第二次会议通过2003.4.2）的第四十条规定执行。

十五、本工程根据《关于规范房屋建筑工程和市政基础设施工程施工招标控制价设立的通知》（穗建筑〔2010〕564号）及中华人民共和国国家标准GB 50500—2008《建设工程工程量清单计价规范》设置招标控制价。

十六、投标单位可以就本公告及招标文件中任何违法及不公平内容向招标人提出异议

或依法向广州市白云区建设工程招标管理办公室署名投诉。

十七、本公告在广州建设工程交易中心网站和等媒体发布，本公告的修改、补充在广州建设工程交易中心网站发布。本公告在各媒体发布的文本如有不同之处，以在广州建设工程交易中心网站发布的文本为准。

十八、本招标公告及招标文件使用 GZZB 2010—002—2 招标文件范本。本公告与范本内容不同之处均以下划线标明，所有标明下划线部分属于本公告的组成部分，同其他部分具有同样的效力。

十九、本项目为电子评标，投标文件一律不接受纸质文件，投标人将被要求递交具备法律效力的电子投标文件。为此，投标人应当具备使用依法设立的电子认证服务提供者——广东省数字证书认证中心（GDCA）发放的电子签名认证证书对电子投标文件进行电子签名的能力。投标人可以到广东省数字证书认证中心设立在广州建设工程交易中心的代办点办理电子签名认证证书。电子投标文件的编制须使用 V1.1.3.0 版本的投标文件管理软件。

二十、招标图纸的获取可登录广州建设工程交易中心网站进入会员专区下载。

招标人：广州市白云区建设工程管理中心

招标代理机构：广州筑正工程建设管理有限公司

二〇〇一〇年九月

【范例2】

106国道万和广场对开路段人行天桥施工总承包工程投标书

×××招标办公室：

我们在认真研究了106国道万和广场对开路段人行天桥施工总承包工程招标条件和勘察、设计、施工图纸并参观了建筑安装工地之后，经核算，愿意承担上述全部工程的施工任务。我们的投标书内容如下：

一、标价与工期质量及施工方法

1. 标函内容（略）

2. 标价（略）

3. 工期（略）

4. 质量（略）

5. 施工方法及选用机械（略）

二、企业概况

1. 企业名称（略）

2. 公司地址（略）

3. 所有制类别（略）

4. 施工级别（略）

5. 企业简历（略）

6. 技术力量（略）

7. 施工机械的装备情况（略）

8. 营业执照：包括批准机关、执照编号（略）

9. 备注（略）

在本投标书发出后的×天之内，我们都将受本投标书的约束。我们愿在这一期间（××××年×月×日止）的任何时候接受贵单位的中标通知。一旦我们的投标被接纳，我们将与贵单位共同协商，按照招标书所列条款的内容正式签订建筑安装工程施工合同，并切实按照合同的要求进行施工，保证按质、按量、按时完工。

我们承诺，本投标书一经寄出，不得以任何理由更改，中标后不得拒绝签订合同和施工；一旦本投标书中标，在签订正式合同之前，本投标书连同贵单位的中标通知，将构成我们与贵单位之间有法律约束力的协议文件。

投标书发出日期：××××年×月×日

投标单位：××市建筑安装公司

企业负责人：张××

联系人：李××

电话：××××××

传真：××××××

联系地址：××市××路53号

邮政编码：××××

2010年9月27日

3.8 协议书

3.8.1 协议书概述

1. 协议书的概念

协议书是机关、团体、企事业单位、个人之间共同协商签订的建立协作或约定关系的书面应用文体。

协议作为契约的一种，将双方经过洽谈商定的有关事项记载下来，作为检查信用的凭证，一经订立，对签订各方具有约束作用。它确定了各自的权利与义务，双方各执一张，作为凭据，互相监督、互相牵制，以保证合作的正常进行。

协议书与合同具有相同的功能，即协议书和合同都是双方或多方当事人之间设立、变更、终止民事关系的契约，都是维护当事人的合法权益的。但在使用中有一些细微的区别，主要表现在以下方面：

从内容的具体性来看，合同要求内容力求全面周详，把所要履行的具体明细的事项全部完整地表达出来。协议书一般把握总体原则，只须简短地把必须具备的条款鲜明准确地表达出来就可以了；协议书的内容比较原则、单纯，往往是共同协商的原则性意见，而合同内容具体、详细，各方面的问题全面周到。

从适用范围来看，协议书的内容可以是经济活动方面的，也可以是其他方面的，而合同的内容一般只限于经济活动方面，所以可以说合同是协议书的一种，它从属于协议书；协议书的适用范围广泛，可以是共同商定的各方面的事务，而合同主要是经济关系方面的事项。

从法律效力来看，合同一经签订就产生法律效力，协议书往往要经过行政主管部门鉴证或公证机关公证后才能产生法律效力。合同一次性生效，而协议书签订以后，往往就有关具体问题还需要签订合同加以补充、完善。

2. 协议书的特点

（1）合法性。即协议书的内容、形式、程序必须遵守国家的法律，符合国家的政策，这样才能得到国家的认可和保护。如果违反了国家的政策法规，并由此给社会公共利益造成了一定的损害，当事人必须承担一定的法律责任。

（2）约束性。协议书一经签订，就具备了法律约束力。当事人都必须履行协议书中的规定，信守协议书中的条款。对于故意或疏忽大意而造成的违约行为，都必须承担相应的法律责任。

（3）平等互利、协商一致、等价有偿。协议书还必须贯彻平等互利、协商一致、等价有偿的原则。平等协商、自愿互利是签订协议的前提和基础，不同的机关和经济组织在各方面都存在着差别，但在签订协议时，彼此的地位是完全平等的，应充分尊重对方，任何一方不得把自己的意志强加于对方，任何单位和个人也不得从中干预。双方的权利和义务都是对等的，双方应平等信守协议。

3.8.2　协议书的种类

协议书的使用范围广泛，常见的协议书从内容性质上看有以下几种：

（1）联营协议书。指双方或多方当事人共同出资、生产经营、享有所获利益、承担风险的协议书。

（2）委托协议书。指双方当事人中的一方请求另一方代替自己处理事务的书面协议书。

（3）调解协议书。指双方当事人发生经济纠纷时，经第三方调解，进一步协商之后自愿达成的解决问题的协议书。

（4）补充协议书。指双方或多方当事人签订协议后发现有遗漏的条款需要补充，或出现了新的形势、新的问题需要增加有关条款，再次协商一致后订立的协议书。

（5）捐赠协议书。指双方当事人中的一方向另一方捐赠钱物的协议书。

3.8.3　协议书的格式和写法

协议书一般包括标题、开头、正文和落款。

（1）标题。协议书的标题一般标明协议的内容和性质，也有的只用“协议书”作为标题，如《合作开发××××的协议书》。

(2) 开头。开头写明协议各方的单位的名称、个人姓名，即立协议人。为方便起见，在一方后面用括号注明“甲方”，另一方注明“乙方”。

(3) 正文。正文是协议书的主要内容，包括前言和主体两个部分。在前言部分主要写签订协议的原因、目的、依据，接着以程式化的语言引出主体部分，如“现将有关事宜分列如下”等。主体是双方协商之后达成的一致意见，在主体部分就协议牵涉到的有关事宜作出全面而又明确的说明，尤其要着力写好协议书中双方的权利和义务，即协议的内容。为清楚明确，协议的内容可采用条款式的方式。

(4) 落款。在正文下方写清楚签订协议各方的单位全称、代表姓名、达成协议的时间。

3.8.4 协议书写作的基本要求

(1) 签订协议要符合国家的相关法律。由于协议是一种契约活动，一旦签订，就具有法律效力，因此内容必须遵守国家法律、法令、符合国家政策要求，任何单位和个人都不能以协议为名进行违法活动。

(2) 平等互利、协商一致、等价有偿的原则。协议必须是当事人真正自愿签订，在双方自由表达意志的基础上，经过充分协商而达成协议。同时要体现协作的精神，遵循等价有偿的原则，符合价值规律的要求。

(3) 条款内容周详，不能有疏漏。协议书具有很严格的内容要求，所以在制订的时候，必须考虑周全，不能因一时疏漏为今后的合作带来隐患。

(4) 用语准确严密。协议书的内容要明确，所以要求遣词造句要准确无误，不能含糊不清，甚至有歧义，即使是标点符号也要仔细推敲，做到无懈可击。

3.8.5 范例

【范例 1】

来料加工协议书

山东省畜产进出口公司（以下简称甲方）应澳大利亚澳洲东方贸易有限公司（以下简称乙方）的提议，同意接受生绵羊皮来料加工业务。现经双方协定研究制订本协议，以资共同遵守办理。

一、原料：乙方提供澳大利亚生绵羊皮 1 311 张由甲方负责进行热制并加工制成羊剪线汽车靠垫约 1 000 个。

二、价格：以生皮为单位，甲方向乙方收取每平方米加工费人民币 5 元，合计 26 000 元，双方规定甲方工厂在加工过程中的合理损耗由乙方承担。

三、协议总金额为人民币 40 000 元。货物自运入国内及生产期间安全险情均由乙方投保。

四、内包装及运杂费等均由乙方负责。

五、原料海运到青海口岸后，于 90 天之内发成品。回程用纸包装。

六、货物回程时用甲方码头。

七、结算方法：D/P即期付款。

八、本协议如有未尽事宜，经双方协定可随时进行修改。

九、本协议中英文正本一式二份（甲、乙双方各一份），副本若干份。本协议自双方代表签字之日生效。

甲方代表	乙方代表
山东××××公司	澳大利亚××公司
电话：××××××	电话：×××××
传真：××××	传真：×××××

【范例2】

上海市畜牧兽医学会小动物保护分会领养协议书

甲方：上海市畜牧兽医学会小动物保护分会甲方授权代理人________

乙方（领养人）：________

领养动物情况：

名字：______年龄：______性别：______品种：______

毛色：______健康状况：______免疫□　绝育□

甲乙双方经友好协商，就领养动物之喂养事宜达成以下协议：

1. 甲方简称“协会”（全称为“上海市畜牧兽医学会小动物保护分会”，是以救助流浪动物为目的及宗旨之社会公益团体）之组织成员，将“协会”所救助之流浪动物（名称）交由乙方喂养。

2. 甲方的权利义务：

（1）向乙方如实告之领养动物之健康状况、性格、爱好、生活习惯等情况。

（2）为乙方领养及日后喂养动物提供必要的咨询和协助。

（3）安排合适的人员定期对领养家庭家访，以便沟通信息、解决问题。

3. 乙方的权利义务：

（1）领养人必须年满十八周岁，有正当职业或经济能力（需带身份证件）。未满十八周岁者请由家长陪同；学生或无经济能力者，必须取得家长同意。

（2）在接受动物前，有权要求甲方提供甲方当前已知的所领养动物真实的状况（包括健康、性格、爱好、生活习惯等），并进行初步观察及接触。

（3）事先与家人做必要的沟通及商议，不得因家人反对、婚姻、生育、工作变动等原因抛弃领养动物。

（4）为领养动物提供食物（如猫粮、狗粮）或自制新鲜的适合食品；提供洁净的饮用水。

（5）在室内提供适当的活动空间，进行家庭喂养（猫不得放养），并保证领养动物安全，不得将所领养动物异用和商业用途（例如捕鼠、贩卖等）。

（6）领养犬必须为其办理犬证，依法养犬。

（7）缴纳领养前初次免疫费用（猫：50元人民币，犬：60元人民币），并进行领养前的首次免疫。

(8) 适龄猫应在适当的时候完成绝育手术。

(9) 在必要时，为领养动物提供必要的医疗措施。

(10) 在接收领养动物后的适当时间内，协助甲方对喂养情况进行了解及回访。

(11) 在无法继续喂养领养动物的情况下，必须将动物交回甲方，未经“协会”同意不得自行转交他人或将其抛弃。

(12) 不论在任何情况下，不得给猫咪施行不人道且不必要的手术，如“去爪”或“拔除犬齿”等。

4. 本协议自乙方接收领养之日起生效。自生效之日起，任何一方有违约行为，另一方可单方解除本合同。

5. 如有争议，双方应协商解决。如协商不成，双方均有权提起仲裁。

6. 本协议之未尽事宜，由双方另行约定。

7. 本协议一式两份，具有同等法律效力，分别由甲、乙双方保管。

甲方（签字）：________　　　　　　乙方（签字）：________

甲方授权代理人（签字）：________

________年________月________日　　　　________年________月________日

3.9 合　同

3.9.1 合同概述

1. 合同的概念

合同亦称合约、契约、协议书。广义的合同泛指发生一定权利义务关系的协议。它是平等的当事主体之间为实现一定目的，明确相互权利义务而订立的文书。合同关系即法律关系，具有强制性，一经签订就对当事人有法律约束力，违反合同就要承担相应的法律责任。

2. 合同的特点

《中华人民共和国合同法》以法律的形式对合同的各个方面都作了具体规定。概括起来讲，合同具有以下主要特点：

(1) 合法性。合同的订立和履行，应是当事人受到法律保护和监督的合法行为。合同的主体是具有平等民事权利的法人、其他经济组织或自然人。当事人任何一方不履行合同，都要承担由此引起的法律后果。订立合同时必须遵守法律和行政法规。如果订立的合同符合当事人双方的意愿，但损害国家利益和社会公共利益，也是违法的。

(2) 合意性。合同是双方或多方当事人意思表示一致的法律行为，不是单方面的法律行为。当事人在合同关系中的地位是平等的。订立合同，应当遵循平等互利、协商一致的原则。任何一方不得把自己的意志强加给对方，任何单位和个人不得非法干预。订立合同，必须经过要约和承诺的法律程序，以贯彻平等、协商原则。所谓要约，指当事人一方向另一方提出订立合同的要求或建议。所谓承诺，指当事人一方对另一方提出的订立合同的要求或建议表示完全同意。事实上，双方一拍即合就取得完全一致意见是很难做到的，通常都要经过讨价还价、多次洽谈，才能最后达成双方都能接受的协议。

(3) 公平性。合同是一种以公正平等为取向的法律行为。合同的公平性首先表现在当事人的法律地位平等，不允许一方有超越他方的法律地位；其次表现为双方应采取自愿协商、自主的方式来达成合意。显失公平的合同，或乘人之危情况下签订的合同，都是存在瑕疵的合同，存在着被撤销的可能。

3. 合同的作用

合同是协作关系的具体反映，是管理的有效手段，也是合同双方为保证完成计划、达到一定目的的有效方法。其具体作用有：

(1) 可作为法律上的依据。合同是商品经济的产物，是伴随商品交换而出现和发展的。商品交换关系，有些可以即时清结，一手交钱，一手交货，一次成交；有些则不是即时可以清结的，需要经过一定的时间才能完成，这就需要立下凭证，明确彼此的权利和义务，以利正确实现共同的目标；即使是即时清结的经济关系，为了防止事后纠纷，也需要签订合同，形成书面证据。如果双方发生纠纷，可以凭合同作为依据，进行处理。

(2) 可作为买卖双方完成商品交易行为的依据。在经济合同里面，对买卖双方交易的条件和内容都作了较为详尽、准确的表述，双方在进行交易时可以此为依据逐步完成，不至于发生履约上的偏差。

(3) 便于签订合同的双方互相监督，有利于双方很好地执行合同。

3.9.2 合同的种类

合同的种类繁多。根据新的《中华人民共和国合同法》及有关的法律法规，常见的合同有以下几种：

(1) 买卖合同，是出卖人转移标的物的所有权于买受人，买受人支付价款的合同。

(2) 供用电合同，是供电人向用电人供电，用电人支付电费的合同。供用水、供用气、供用热力合同，参照供用电合同的有关规定。

(3) 借款合同，是借款人向贷款人借款，到期返还借款并支付利息的合同。

(4) 租赁合同，是出租人将租赁物交付承租人使用、收益，承租人支付租金的合同。

(5) 融资租赁合同，是出租人根据承租人对出卖人、租赁物的选择，向出卖人购买租赁物，提供给承租人使用，承租人支付租金的合同。

(6) 承揽合同，是承揽人按照定做人的要求完成工作，交付工作成果，定做人给付报酬的合同。承揽包括加工、定做、修理、复制、测试、检验等工作。

(7) 建设工程合同，是承包人进行工程建设，发包人支付价款的合同。

(8) 运输合同，是承运人将旅客或者货物从起运地点运输到约定地点，旅客、托运人或者收货人支付票款或者运输费用的合同。

(9) 技术合同，是当事人就技术开发、转让、咨询或者服务订立的确立相互之间权利和义务的合同。

(10) 保管合同，是保管人保管寄存人交付的保管物，并返还该物的合同。

(11) 仓储合同，是保管人储存存货人交付的仓储物，存货人支付仓储费的合同。

(12) 财产保险合同，是投保人向保险人交纳保险费，保险人在所保财产或利益受损时，在保险责任范围内承担赔偿责任，或在约定期限届满时给付保险金的合同。具体分为财产保险、货物运输保险、运输工具保险、责任保险、保证保险、信用保险等类，这是按合同的内容来划分的。依合同当事人双方是否互负义务，合同可分为单务合同与双务合同；根据合同成立是否需要具备某种形式区分，可分为要式合同与不要式合同。

3.9.3 合同的格式和写法

从结构上讲，合同的表现形式有两种，即条文式合同和表格式合同。条文式合同是用文字叙述的形式，把双方协商一致同意的合同内容，一条一条地载下来。表格式合同是把某项合同关系必然涉及、必须明确规定的内容设计印制成固定的表格，当订立这项合同的时候，按表格项目一一填写就可以了。表格式合同不但便于管理查阅，而且是在长期实践中定型的，比较完备和规范，很适合常规性业务活动。无论是条文式合同，还是表格式合同，一份较完整的合同文书应具备以下四个部分：

1. 标题

标题，即合同的名称。一般只写明合同的种类，如"供用电合同"、"承揽合同"。此外，标题还有以下几种写法：将经营范围和合同名称写在一起，如"纺织品购销合同"、"针棉织品购销合同"；将合同有限期和合同名称写在一起，如"×××年第一季度购销合同"；将签约单位名称并列写在合同名称的前面，如"×××公司购销合同"。

2. 签约当事人的名称或姓名

在合同标题的下方，分行并列写明签订合同当事人双方的单位名称（全称）或者姓名和住所，有的在单位名称之前还写明合同的性质。如为了行文方便，可在括弧里注明一方是"甲方"或"供方"，另一方是"乙方"或"需方"，但不能写成"我方"和"你方"。

3. 正文

一般包括两个方面的内容：

(1) 双方签订合同的依据或目的。常见的写法如"为了……经双方协商议定，特订立如下条款，以资共同恪守"。根据不同的合同内容，这部分在写法上可有适当变化。

(2) 双方协议的内容。根据《中华人民共和国合同法》规定，合同应具备以下条款：

①标的。是合同中双方当事人权利和义务的所指对象。任何合同都必须有标的，没有标的或标的不明确，双方的权利和义务就没有所指，合同就无法履行。如：购销合同中的标的是某种产品；建设工程合同中的标的是某项设计或工程等。合同的标的，必须有利于当事人的权利、义务的具体实现，因而不能含糊、抽象，要有明确的限制、清楚的界限。

②数量。是衡量合同双方权利、义务大小的尺度，包括数字和计量单位。除了数字要具体、准确外，计量单位的度量必须明确。有些产品数量较难做到十分精确，则应规定交货数量允许的超欠幅度、正副尾数和途耗。有些工业产品附带给予易耗备品、配件和安装修理工具，合同上要注明件数并标明已计入成本或另行收费。

③质量。是标的的外观形态和内在素质的综合体现。产品质量的技术要求，包括物理（或机械）性能、化学性能、使用特征、耗能指标、工艺要求、卫生和安全要求等。凡是有法定标准可依的，要指出遵循的是国家标准、部颁标准还是地方或企业标准；没有法定标准的，要明确双方协议的具体标准以及检验方法，验收、检疫方法，按国家的有关规定执行，没有规定的由当事人双方协商确定。有些分等级的产品，要规定等级品率。

④价款或报酬。是指取得对方的产品、劳务或智力成果所支付的表现为货币的代价。以实物为标的的叫价款，以劳务为标的的叫报酬。报酬以货币数量表示，是经济合同双方等价有偿交换的经济关系的标志。报酬除了数额以外，还要明确计算依据（根据某项国家规定的价格，或是由当事人协商议定的价格），规定支付方式。国内经济关系，除法律另有规定的以外，必须用人民币计算和支付；除国家允许使用现金履行义务的以外，必须通过银行办理转账或者票据结算。

⑤履行的期限、地点和方式。履行的期限是指交货或完成劳务等的日期。明确期限有利于双方安排生产和工作，有计划有步骤地完成任务。合同对当事人双方应履行的权利和义务都要规定明确的期限，同时，期限也是判定当事人双方能否按期履约的客观标准。履行的地点和方式，是指当事人在什么地点、以什么方式履行合同，这些直接影响费用的计算，应明确规定。如：自提产品应明确规定提供地点、送货单位，要对交货地点、运费的承担、运价标准和途中损耗等。

⑥违约责任。又称“罚则”，是对不按合同规定履行义务的制裁措施。合同的核心问题是责任，明确违约责任对于维护合同的法律严肃性、督促当事人信守合同义务，具有重要意义。违约的经济制裁措施主要是违约方给对方支付违约金和承担由于违约造成的经济损失。

⑦解决争议的方法。当事人可以通过和解或者调解解决合同争议。当事人不愿和解、调解或者和解、调解不成的，如有仲裁约定的应根据仲裁协议向仲裁机构申请仲裁。当事人没有订立仲裁协议或者仲裁协议无效的，可以向人民法院起诉。

此外，根据法律规定的或按合同性质必须具备的条款以及当事人有要求必须规定的条款，也是合同应包括的内容。

4. 结尾

结尾是合同合法性和有效性的标记，一般包括双方公章、法定代表人或委托代理人签章，还应写明地址、电话、开户银行和账号，条款式合同最后还要注明签字时间和地点。如果该合同需经过鉴证或公证，还要载明鉴（公）证意见以及经办人签章和鉴（公）证机关公章。

3.9.4 合同写作的基本要求

合同关系到签约人的法律责任和经济利益，所以在写作时应特别慎重、严谨。一般来讲，订立合同有以下几点要求：

1. 签订合同要遵守一定的原则

在签订合同的时候，明确双方应遵循的原则，是必不可少的前提，否则订立合同时就很难达成协议，或者订立的合同无法执行，甚至成为无效合同。签订合同的基本原则有：

（1）订立合同应当遵守国家的法律和行政法规。只有当事人双方订立合同的行为合乎法律要求，方能得到应得到的权利并受到法律的保护。相反，违反法律和行政法规的强制性规定而订立的合同都属于无效合同，将得不到所要得到的权利和法律的保护，严重的还要依法追究责任。任何单位和个人不得利用合同进行违法活动，扰乱社会经济秩序，损害国家利益和社会公共利益，牟取非法收入。

（2）订立合同，应当遵循平等、自愿、公平、诚实信用的原则。订立合同的双方无论是大、小组织或单位，或者是上下级组织或单位，都不存在领导和被领导的关系。双方在合同中的地位是平等的，在合同中所产生的权利和义务是对等的。订立合同的双方当事人，应认真协商，取得对合同的一致意见。任何一方都不得把自己的意志强加给对方。任何单位和个人都不得非法干预。签订合同，一定要坚持实事求是的原则。所订立的合同一定要有实现的可能性，绝不能弄虚作假，买卖假冒违禁商品，损害当事人和社会的利益。

2. 签订合同要注意一些文面要求

（1）书写要工整，字迹要清晰。最好用正楷，不写潦草字，尽量不在合同上进行修改，如有修改，应于修改处另盖双方印章，以示认可。

（2）金额要大写。如果用表格式合同，不需要的空格要划去，以示不必要而不是缺漏。

（3）条款合同表示层次时，第一层用“第一条”，第二层用“（一)”，第三层用“1)”第四层用“（1)”。

（4）标点符号要规范。因句号、逗号用错或位置点错而造成巨大损失的事例并非少见。

（5）签订非统一文本，即当事人自行草拟、自行书写的合同，用纸也要注意，宜选择质地坚韧耐久、不易涂改挖补、适合长时间保存的纸张。

3. 签订合同要履行公证、鉴证的程序

合同拟定后，如果地方人大及其常委会或地方人民政府的有关管理部门，在其职权范围内，以地方法规或行政措施规定，或者是国家法规、法令规定某种合同必须通过有关管理机关审核或核准登记、鉴证或公证程序时，合同需要经过这一程序后才算成立。如果订立合同当事人一方要求对合同进行鉴证或公证时，也一定要请业务主管部门或工商行政管理部门进行鉴证或公证。

4. 签订合同的双方都不得单方面终止合同的履行或随意涂改合同

单方面终止合同的履行或随意涂改合同都是违反《合同法》的。签订合同的双方如果由于未预料到的客观原因，合同的部分条款或全部条款无法继续履行、需要进行修改时，应事先书面向对方提出理由，经过双方共同协商认可方能修改。

3.9.5 合同示范文本制度

随着合同在经济领域中的作用日益增大和我国对合同管理的不断完善，从1990年开始，我国开始推行合同示范文本制度。所谓合同示范文本制度，是国家合同管理机关会同有关主管机关，对各类合同的主要条款、式样等制订出规范化的文本，当事人在签订合同时采用规范文本，以规范当事人的签约行为，避免当事人因意向表达不确切而导致的合同纠纷。示范文本分以下三类：

1. 统一文本格式

这是由合同管理机关制订的，适用于购销合同、建设工程合同、承揽合同、租赁合同、仓储合同、保管合同等。这些合同的当事人双方以及合同事项涉及的权利、义务是不定的。合同内容需经双方洽谈而达成协议，使用统一文本是非常必要的。

2. 部门文本格式

这是由有关业务主管部门制订的，用于该行业事务的合同文本格式。这些合同的一方当事人是确定的，即特定的专管部门。合同的内容专业性强，有其特殊要求，已由专管部门一方规定了签约条件。另一方只要接受规定的条件就可填写货物运单、投保单等单据，也就是订立了合同。其合同具有法律效力，其他形式文本不能代用。

3. 参考文本格式

凡暂无统一文本格式和部门文本格式的部门，当事人可以选择参考文本格式签订合同，也可以自行拟定文本格式。参考文本格式已有供用电合同，联营合同，企业承包或租赁经营合同，技术转让、咨询、服务合同，中外货物买卖、合资经营、来料加工、补偿贸易合同等种类。这类文本格式不具有强制规范性，但有号召引导性。

上述各类示范文本格式均见于国家工商行政管理局合同司编写、法律出版社出版的《中国合同统一文本格式》一书。需要使用时，可向当地工商行政管理机关或业务主管部门购买有关的合同纸，也可按照示范文本格式自行印刷使用，但只限本单位使用，不得对外销售。

3.9.6 范例

北京市房屋租赁合同

合同编号：

北京市房屋租赁合同

出租方：________________

承租方：________________

北京市国土资源和房屋管理局
北京市工商行政管理局

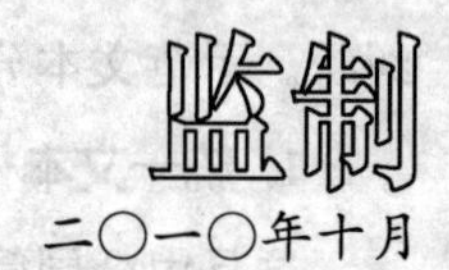

二〇一〇年十月

特别告知

一、本合同为北京市国土资源和房屋管理局与北京市工商行政管理局共同制订的示范文本，供房屋租赁双方当事人约定使用，但不适用于执行政府规定租金标准的公有房屋的租赁关系。签订合同前，双方当事人应仔细阅读合同各项条款，未尽事宜可在第十八条“其他约定事项”或合同附件中予以明确。

二、签订合同前，租赁双方应相互交验有关身份证明及房屋权属证明。

三、接受他人委托代理出租房屋的，应在签订本合同前出示委托人开具的授权委托书或出租代理合同，向承租方明示代理权限。

四、租赁双方应共同查验房屋内的设施、设备，填写《房屋附属设施、设备清单》并签字盖章。

五、合同内的空格部分可由租赁双方根据实际情况约定填写。

六、本合同签订之日起 30 日内租赁双方应按规定到房屋所在地的区县国土资源和房屋管理局或其委托的机构办理房屋租赁合同登记备案手续。

七、租赁关系由房地产经纪机构居间或代理的，房地产经纪机构和房地产经纪持证人员应在落款内签字、盖章，并注明经纪资格证书编号。

北京市房屋租赁合同

出租方（甲方）：

承租方（乙方）：

依据《中华人民共和国合同法》及有关法律、法规的规定，甲乙双方在平等、自愿的基础上，就房屋租赁的有关事宜达成协议如下：

第一条　房屋基本情况

该房屋坐落于北京市______区（县）__________________。

该房屋为：楼房______室______厅______卫，平房______间，建筑面积______平方米，使用面积__________平方米，装修状况________，其他条件为__________________，该房屋（□已/□未）设定抵押。

第二条　房屋权属状况

该房屋权属状况为第______种：

（一）甲方对该房屋享有所有权的，甲方或其代理人应向乙方出示房屋所有权证，证书编号为：____________。

（二）甲方对该房屋享有转租权的，甲方或其代理人应向乙方出示房屋所有权人允许甲方转租该房屋的书面凭证，该凭证为：____________。

第三条　房屋用途

该房屋用途为：____________。乙方保证，在租赁期内未征得甲方书面同意以及按规定经有关部门审核批准前，不擅自改变该房屋的用途。

第四条　交验身份

（一）甲方应向乙方出示（□身份证/□营业执照）及__________等真实有效的身份证明。

（二）乙方应向甲方出示（□身份证/□营业执照）及__________等真实有效的身份证明。

第五条　房屋改善

（一）甲方应在本合同签订后______日内对该房屋做如下改善：__________________，改善房屋的费用由（□甲方/□乙方）承担。

（二）甲方（□是/□否）允许乙方对该房屋进行装修、装饰或添置新物。装修、装饰或添置新物的范围是：__________________，双方也可另行书面约定。

第六条　租赁期限

（一）房屋租赁期自______年______月______日至______年______月______日，共计______年______个月（期限超过20年的，超过部分无效。）

（二）租赁期满，甲方有权收回该房屋。乙方有意继续承租的，应提前______日向甲方提出（□书面/□口头）续租要求，征得同意后甲乙双方重新签订房屋租赁合同。

如乙方继续使用租赁房屋甲方未提出异议的，本合同继续有效，租赁期限为不定期，双方均有权随时解除合同，但应提前______日（□书面/□口头）通知对方。

第七条　租金

（一）租金标准：＿＿＿＿＿元/（□月/□季/□半年/□年），租金总计：＿＿＿＿＿元（大写：＿＿＿＿＿＿＿＿＿＿＿＿元）。该房屋租金＿＿＿＿（□年/□月）不变，自第＿＿＿＿（□年/□月）起，双方可协商对租金进行调整。有关调整事宜由双方另行约定。

（二）租金支付时间：＿＿＿＿，＿＿＿＿，＿＿＿＿，＿＿＿＿，＿＿＿＿＿＿＿＿＿＿＿＿＿＿＿＿＿＿＿＿。

（三）租金支付方式：□甲方直接收取/□甲方代理人直接收取/□甲方代理人为房地产经纪机构的，乙方应在银行开立账户，通过该账户支付租金，房地产经纪机构不得直接向乙方收取租金，但乙方未按期到银行支付租金的除外。房地产经纪机构应于本合同签订之日起3个工作日内应将其中一份合同送交银行。

（四）甲方或其代理人收取租金后，应向乙方开具收款凭证。

第八条　房屋租赁保证金

（一）甲方交付该房屋时，乙方（□是/□否）向甲方支付房屋租赁保证金，具体金额为：＿＿＿＿元（大写：＿＿＿＿＿＿＿＿＿元）。

（二）租赁期满或合同解除后，房屋租赁保证金除抵扣应由乙方承担的费用、租金以及乙方应承担的违约赔偿责任外，剩余部分应如数返还乙方。

第九条　其他费用

租赁期内，与该房屋有关各项费用的承担方式为：

（一）乙方承担（□水费/□电费/□电话费/□电视收视费/□供暖费/□燃气费/□物业管理费/□＿＿＿＿＿＿＿＿＿）等费用。乙方应保存并向甲方出示相关缴费凭据。

（二）房屋租赁税费以及本合同中未列明的其他费用均由甲方承担。

第十条　房屋的交付及返还

（一）交付：甲方应于＿＿＿＿年＿＿月＿＿日前将房屋按约定条件交付给乙方。《房屋附属设施、设备清单》经双方交验签字盖章并移交房门钥匙及＿＿＿＿＿＿＿＿＿后视为交付完成。

（二）返还：租赁期满或合同解除后，乙方应返还该房屋及其附属设施。甲乙双方验收认可后在《房屋附属设施、设备清单》上签字盖章。甲乙双方应结清各自应当承担的费用。

乙方添置的新物可由其自行收回，而对于乙方装饰、装修的部分，具体处理方法为（□乙方恢复原状/□乙方向甲方支付恢复原状所需费用/□乙方放弃收回/□归甲方所有但甲方折价补偿）。

返还后对于该房屋内乙方未经甲方同意遗留的物品，甲方有权自行处置。

第十一条　房屋及附属设施的维护

（一）租赁期内，甲方应保障该房屋及其附属设施处于适用和安全的状态。乙方发现该房屋及其附属设施有损坏或故障时，应及时通知甲方修复。

甲方应在接到乙方通知后的＿＿＿＿日内进行维修。逾期不维修的，乙方可代为维修，费用由甲方承担。因维修房屋影响乙方使用的，应相应减少租金或延长租赁期限。

（二）对于乙方的装修、改善和增设的他物甲方不承担维修的义务。

（三）乙方应合理使用并爱护该房屋及其附属设施。因乙方保管不当或不合理使用，致使该房屋及其附属设施发生损坏或故障的，乙方应负责维修或承担赔偿责任。如乙方拒不维修或拒不承担赔偿责任的，甲方可代为维修或购置新物，费用由乙方承担。

（四）对于该房屋及其附属设施因自然属性或合理使用而导致的损耗，乙方不承担责任。

第十二条 转租

（一）除甲乙双方另有约定以外，乙方需事先征得甲方书面同意，方可在租赁期内将该房屋部分或全部转租给他人。

（二）乙方转租该房屋，应按规定与接受转租方订立书面转租合同，并向房屋租赁管理行政机关办理房屋租赁合同登记备案手续。

（三）接受转租方对该房屋及其附属设施造成损坏的，应由乙方向甲方承担赔偿责任。

第十三条 所有权变动

（一）租赁期内甲方转让该房屋的，甲方应当提前＿＿＿＿日书面通知乙方，乙方在同等条件下享有优先于第三人购买的权利。

（二）租赁期内该房屋所有权发生变动的，本合同在乙方与新所有权人之间具有法律效力。

第十四条 合同的解除

（一）经甲乙双方协商一致，可以解除本合同。

（二）有下列情形之一的，本合同终止，甲乙双方互不承担违约责任：

1. 该房屋因城市建设需要被依法列入房屋拆迁范围的。

2. 因地震、火灾等不可抗力致使房屋毁损、灭失或造成其他损失的。

（三）甲方有下列情形之一的，乙方有权单方解除合同：

1. 未按约定时间交付该房屋达＿＿＿＿日的。

2. 交付的房屋不符合合同约定严重影响乙方使用的。

3. 不承担约定的维修义务致使乙方无法正常使用该房屋的。

4. 交付的房屋危及乙方安全或者健康的。

5. 其他：＿＿＿＿＿＿＿＿＿＿。

（四）乙方有下列情形之一的，甲方有权单方解除合同，收回该房屋：

1. 不支付或者不按照约定支付租金达＿＿日的。

2. 欠缴各项费用达＿＿＿＿＿＿＿＿＿＿元的。

3. 擅自改变该房屋用途的。

4. 擅自拆改变动或损坏房屋主体结构的。

5. 擅自将该房屋转租给第三人的。

6. 利用该房屋从事违法活动的。

7. 其他：＿＿＿＿＿＿＿＿＿＿。

第十五条 违约责任

（一）甲方有本合同第十四条第三款约定的情形之一的，应按月租金的________%向乙方支付违约金。

（二）因甲方未按约定履行维修义务造成乙方人身、财产损失的，甲方应承担赔偿责任。

（三）租赁期内，甲方需提前收回该房屋的，应提前________日通知乙方，将已收取的租金余额退还乙方并按月租金的________%支付违约金。

（四）乙方有本合同第十四条第四款约定的情形之一的，应按月租金的________%向甲方支付违约金。

（五）乙方擅自对该房屋进行装修、装饰或添置新物的，甲方可以要求乙方恢复原状或者赔偿损失。

（六）租赁期内，乙方需提前退租的，应提前________日通知甲方，并按月租金的________%支付违约金。

（七）甲方未按约定时间交付该房屋或者乙方不按约定支付租金但未达到解除合同条件的以及乙方未按约定时间返还房屋的，应按________________________标准支付违约金。

（八）其他：________________________。

第十六条　无权代理

由甲方代理人代为签订本合同并办理相关事宜的，甲方代理人和乙方应在甲方开具的授权委托书或出租代理合同的授权范围内确定本合同具体条款，甲方代理人超越代理权或代理权终止后的代理行为，未经甲方书面追认的，对甲方不发生法律效力。

第十七条　合同争议的解决办法

本合同项下发生的争议，由双方当事人协商解决或申请调解解决；协商或调解不成的，依法向人民法院起诉，或按照另行达成的仲裁条款或仲裁协议申请仲裁。

第十八条　其他约定事项

（一）________________________。

（二）________________________。

（三）________________________。

本合同经甲乙双方签字盖章后生效。本合同（及附件）一式________份，其中甲方执________份，乙方执________份，房屋租赁管理行政机关备案一份，执________份。

本合同生效后，双方对合同内容的变更或补充应采取书面形式，作为本合同的附件。附件与本合同具有同等的法律效力。

出租方（甲方）签章：	承租方（乙方）签章：
住所：	住所：
证照号码：	证照号码：
法定代表人：	法定代表人：
电话：	委托代理人：
出租方代理人（签章）：	电话：

住所：

电话：

签约时间：年月日

签约地点：

租赁关系由房地产经纪机构居间或代理的，房地产经纪机构和持证经纪人员应填写以下内容：

房地产经纪机构（签章）：

房地产持证经纪人员姓名：

经纪资格证书编号：

附件一：　　　　　　　　房屋附属设施、设备清单

注：甲乙双方可直接在本清单填写内容并签字盖章，也可将自行拟定并签字盖章的《房屋附属设施、设备清单》附在本页。

本章小结

1. 商品广告写作的基本要求是真实准确、简明扼要、通俗易懂、生动有趣、独特新奇。

2. 商品说明书的作用包括解释说明、促销商品、指导消费和传播知识。

3. 聘书是某单位邀请专业人才担任某项职务或承担某项工作所用的一种专用文书。

4. 经济新闻的特点是内容新、事实准、报道快、篇幅短。

5. 市场调查与预测是在对商品市场的现状、发展趋势进行调查研究、综合分析的基础上所撰写的书面报告。

6. 招标和投标是市场经济条件下常用的一种贸易方式。

7. 合同是协作关系的具体反映，是管理的有效手段，也是合同双方为保证完成计划、达到一定目的的有效方法。

基础与提高

一 单项选择题

1. 经济新闻的开头部分是(　　)。

A. 消息头　　B. 导语　　C. 主体　　D. 正文

2. 关于经济新闻中背景材料的说法，不正确的是(　　)。

A. 背景材料并不是每篇经济新闻都必须具有的

B. 常见的背景材料的类型有：对比性、说明性、注释性

C. 背景材料是为消息主题服务的

D. 背景材料的位置在消息结构中是固定的

3. 标题新闻、一句话新闻、百字新闻都体现了经济新闻的(　　)的特点。

A. 真　　B. 快　　C. 短　　D. 活

4. 预测企业产品市场需求量及变化的报告是(　　)。

A. 市场预测报告　　B. 销售预测报告

C. 技术发展预测报告　　D. 成本预测报告

5. 通过对市场产品的销售量、市场占有率、产品竞争力的分析预测，从而改善企业的经营管理，扩大营销。这是(　　)。

A. 市场预测报告　　B. 销售预测报告

C. 技术发展预测报告　　D. 成本预测报告

6. 对分析期内的生产增减、成本升降、利润多少、资金收支、费用大小等各项指标进行整体分析而写成的报告是(　　)。

A. 综合分析报告　　B. 专题分析报告
C. 单项分析报告　　D. 简要分析报告

二 多项选择题

1. 协议书的使用范围很广，常见的协议书从内容性质上来分，包括(　　)。
A. 联营协议书　　B. 委托协议书
C. 调解协议书　　D. 补充协议书
E. 捐赠协议书

2. 市场调查与预测的常用方法(　　)。
A. 实地考察　　B. 样品征询
C. 座谈问询　　D. 资料调查
E. 实验研究

3. 以下说法错误的有(　　)。
A. 调查报告的撰写应结合运用说明、抒情、议论的表达方式，做到叙议结合
B. 撰写总结报告，一般兼用说明、叙述和议论三种方式，重点使用议论方式
C. 总结报告简单地说，就是关于提炼经验（教训）的报告
D. 请示可以不按机关隶属关系，越级报送
E. 经济信息是反映经济活动的一种消息报道

三 案例练习

1. 按照信息标题的一般写法，为下面一篇经济新闻补写标题。

标题：________________________________

南方的大米要调往北方，北方的玉米要运到南方，自然造成粮食销售成本的增加甚至浪费，近年来，这一格局正在悄然发生变化。据不完全统计，东北地区近年水稻种植面积已达1 800万亩，水稻产量占粮食产量的比重上升了10多个百分点；与此同时，南方种植玉米也日益普遍，稻谷产量大省的湖南省今年玉米将发展到600万亩，可基本解决所需。

昔日长江流域及其以南地区为我国水稻主产区，以北地区为玉米主产区，伴随近年来农业生产结构调整步伐的加快，北方对南方稻谷的调入量急剧下降，加之水稻产区广泛推广杂交水稻，大幅度提高了单产，稻谷产量大增，形成供过于求的局面。

长江流域的气候、土壤都适宜玉米生长，且由于气温比北方高，加上地膜玉米栽培等新技术的运用，使南方玉米产量不断提高，平均单产已达400公斤左右，略高于早稻。据悉，有关专家已着手研究发展南方玉米生产的诸多配套工作。

2. 分析下面的聘书存在的问题，并加以改正。

聘　书

×××先生：

兹聘请您担任我公司人力资源部主任，聘期自2004年6月1日至2007年6月1日。

聘任期间享受我公司一切福利待遇，只要您勤奋工作，我决不会亏待您。若蒙俯就，不胜荣幸之至。

×××公司总经理

2004年5月10日

3. 根据材料写出招标书。

巴西水利当局对利加辛水利工程项目所需的各种服务用车辆进行国际招标，包括服务用吉普车、服务用小吨位运输汽车和大型推土机。必须运交到工地，负责装配、维修。允许制造商分别对个别项目进行投标。巴西水利当局已从世界银行获得一笔贷款，用于支付本合同所需的外汇，其余费用自筹解决。只接受来自世界银行成员的享有盛誉的车辆注册商标的制造商的投标，合同凭商标交易，而且必须保证随时提供各种备件和维修设备。有意者可以在2002年3月31日后按下列地址以每份5美元的价格购买招标文件，多买不限，售后不退。要求投标人随同投标单一起提供附有资格证书的材料，并交纳投标保证金2万美元。所有投标文件应于2002年5月20日前递交招标人，晚于此日期将被视为无效。定于2002年5月25日在巴西水利局采购工程项目处会议厅内公开开标。

联系人、地址、电话、传真等略。

4. 根据下面的材料写一份买卖合同，要符合合同的写作格式。

××水果批发公司（以下简称甲方）的代表黄××与××鲜果种植公司（以下简称乙方）的代表蔡××在2002年1月9日签订了一份买卖合同。合同中提到甲方2003年购买乙方种植的水蜜桃2万公斤（单个50克以上），汤山梨3万公斤（单个100克以上），苹果4万公斤（单个100克以上）。各分五批交货，由乙方用国家统一的水果纸箱包装，包装费用由甲方负担。乙方要按时将货运到甲方指定的水果仓库，运输费由甲方负担。各类水果按质论价，以当地的平均收购价为准，货款在甲方验收货物后立即付款。本合同一式四份，双方各执一份，各自的主管部门各一份。

第4章 经济类专业文书

学习目标

1. 掌握财务分析报告的概念、作用和写法。
2. 掌握经济活动分析报告的概念、作用和写法。
3. 掌握纳税检查报告的概念、作用和写法。
4. 了解审计报告的概念、种类和写法。
5. 掌握经济纠纷文书的概念、种类、作用和写法。

4.1 财务分析报告

4.1.1 财务分析报告概述

1. 财务分析报告的概念

财务分析报告是全面、系统、深入、集中地反映企业财务状况和经营成果的总结性书面报告。财务分析报告是企业过去一段生产经营业务的记录，也是进一步经营的现实依据，还是分析、解释、评价企业生产经营状况的既客观又具体的分析报告式文件。

财务分析报告是企业对一定时期（通常为年度）内的财务、成本等情况进行分析和总结所做的书面报告。财务分析报告是会计报表的必要补充，也是决算报告的组成部分。通常是根据有关会计报告和计算资料，结合调查研究的情况编写而成的。财务报告的分析内容通常包括：财务成本计划的完成情况和存在的问题；固定资产、流动资金增减变化的原因和使用情况；改善企业管理、加速流动资金周转、降低产品成本（商品流通、企业管理）、增加利润或减少亏损等方面的具体措施和意见等。它全面地反映企业的生产经营活动情况，分析和总结企业生产经营过程中的成绩和缺点、企业的领导和职工以及企业生产经营过程中的成功和失败，是企业的领导和职工以及企业的主管部门和财政、银行部门了解和考核企业状况的重要参考资料。

2. 财务分析报告的作用

编制财务分析报告的作用是提供企业财务状况的信息，为企业领导层、投资人、政府主管部门以及有关业务部门等提供财务资料，以便其据此做出经营管理、投资贷款等的科学决策。它是企业向外界介绍自身实力状况的工具和手段，也是上级与外界有关方面了解该企业，以协调处理彼此关系的窗口与渠道。

4.1.2 财务分析报告的种类

财务分析报告的种类较多，根据不同的标准，可以得出不同的情况。

（1）从报告的主从关系划分，有主报告和辅助报告两类。主报告反映企业总体经济状况，包括资产、资金流动及损益等多方面的情况；辅助报告用以具体反映主报告分项内容的实际，或说明企业财务工作的有关详情，包括各种表格及其财务情况说明书。

（2）从资金状态方式划分，有动态财务报告和静态财务报告两类。静态财务报告用以反映某时点（如年末、月末）资金的分布情况，主要反映平衡与否、盈利还是亏损和资金运用的合理性等；动态财务报告用以系统地反映报告期内企业资金运动情况（趋势、形势与结果）。

（3）从报告反映的财务活动内容划分，有资金变动情况报告、企业经营损益情况报告、税务完成情况报告、流动资金运用情况报告、企业负债情况报告等。

（4）从报告作用对象划分，有对内财务报告和对外财务报告两类。对内财务报告有管理费用明细表、企业成本计划表、利税计划报告等，用以满足企业管理经营人员的需要；对外财务报告则有资产报告、财务状况报告等，如资金总额及其分布状况的报告。

4.1.3 财务分析报告的格式和写法

1. 明确财务分析报告的目标

财务分析报告的目标是了解企业财务状况，判定企业筹资与投资是否合理，估测企业的获利能力与偿债能力，发现和解决问题，为决策提供依据，并预测企业正常运营的扩大再生产能力。只有明确了目标，才能有个正确的出发点和看问题的最佳角度，才有利于透过纷繁复杂的经济现象，抓住主要因素、关键问题，把握本质。

2. 财务分析报告的结构

财务分析报告一般由标题、前言、主体、结尾、落款与时间六个部分组成。

（1）标题。标题常由单位名称、财务年度、文种组成。如果是专项财务分析，须在年度与文种间注明属于何种专项分析。

（2）前言。前言包括报告概述、依据、原则、目的和意义等内容。概述部分要点明会计年度，简括地回顾一年来的财务状况，然后交代报告和分析的依据、应遵循的原则、要达到的目的以及这一分析的意义。前言之后，用习惯性过渡语过渡到主体。

（3）主体。财务分析报告的主体部分包括企业名称、性质、财务基本状况、总结、成绩与问题，抓住突出矛盾。其中要用确凿的数据来说明问题，要有客观准确的总体评价。报表上有标题、年份、计量单位、表格项目与数据、报表说明、编制单位等。以下是主体分析，这部分要突出重点，全面兼顾，合理使用指标，科学运用分析方法，有理有据，鞭辟入里，抓住总趋势与关键问题，抓到点子上，分析到本质，看到高远处。分析要注意做好各个结合：经济因素与非经济因素相结合；内部因素与外部因素相结合；动态因素与静态因素相结合；主要因素与次要因素相结合；定量分析与定性分析、动态分析相结合；专业分析人员与领导群众相结合；财务状况与获利能力相结合；分析现状、历史与未来相结合。

（4）结尾。结尾部分包括总体评价。

（5）落款。落款写分析组织或分析人员。

（6）时间。写全年月日。

3. 财务报告的分析方法

财务分析报告的分析技术要点是选择发挥重要作用的因素、信息，找出各因素间的关联与相互影响，对经济现象进行解释，对经济结果进行评价。

常用的分析方法有趋势分析法与比率分析法。

1）趋势分析法。趋势分析法是以企业的一个会计年度为基年，以该年的各项财务数据为基准数，将自这一年起连续几个会计年度（少则二至三年，多则五至十年）的各项财务数据与相对基准数的比组成的数据系列各点进行比较，观察某项目一连串相对数据变化的运动轨迹，判断这种经济态势与趋向的性质和经济意义。

趋势分析法的具体方法有两种：

（1）统计图表分析法，是将要分析的几个会计年度财务报告上的相同项目的数据进行比较。其中数据可以是各年度相同项目的绝对数位，也可以是各年度各项目对于基数的相对数（百分数）。

（2）比较财务报告分析法，是在一个年度的财务报告主表上列出分析期各年度的对应项目数据，以观察、分析企业经济发展趋势的分析方法。

趋势分析法的具体做法是：求出分析期各年度各项目增减百分数系列。方法是以某年某项目实际数为分母，以其余各年该项目数据与某年对应数据的差为分子求出增或减的百分数；其余仿此组成增长或降低的百分比系列。估量其在导致某种变化中所发生的作用，看它们究竟是积极的还是消极的影响。当然各种因素的影响是不完全平衡的，一定要抓住影响最大的几种关键因素来分析，并注意关键因素的深层原因。

2）比率分析法。比率分析法是将企业同一会计年度财务报告中交互影响的相关项目的相互比率相比较，以反映和判定企业财务状况和经营成果某一方面情况的分析方法。

比率分析法涉及企业生产经营管理的方方面面，指标有三大类：

（1）流动资产状况比率。这类比率包括两方面，即流动资产与流动负债的比率，以及流动比率、速动比率、变现比率等运营资金与总资产的比率。

(2) 经营成果比率。经营成果比率的直接反映指标是利润率，这也是企业成员、股东和潜在投资人关注的问题。反映经营成果的比率有投资报酬率、投资周转率、销售利润率、每股净收益率、股利发放率、股利对市价的比率等。

(3) 权益状况的比率。权益状况的比率分析包括两方面：企业长期债务偿还能力；企业资本构成情况。常用比率有债务总额与股东红利额的比率，已获股利与股金总额的比率（或倍数），固定资产与长期负债的比率，固定资产与权益总额的比率等。

以上比率因行业不同而应各有一个合理的可比标准，这些标准通常有目标标准（计划指标）、历史标准（本企业最高历史纪录标准）、行业标准（同行业最高指标）和绝对标准（如在不同行业里，反映企业流动资产与流动负债的最佳比率公认为2∶1）。

4.1.4 财务分析报告写作的基本要求

财务分析报告写作的基本要求如下：

(1) 内容要全面、扼要。全面即要求报告能全面反映企业以至行业的整体情况，但这种全面，并非要事无巨细，眉毛胡子一把抓，而是要在抓趋势、抓关键的基础上兼顾全局；扼要就是抓住重点项目和作用最大的几个因果，深入分析。

(2) 项目齐全，分类明确。项目齐全是全面分析的基础；分类明确是精确分析的前提。分类项目在明确的基础上还要依次排列，反映出经济事务间的必然联系。

(3) 文字分析与报表内容相吻合。报表数据是分析的依据和基础，两者之间是观点和论据、材料的关系，必须统一、吻合，材料为观点服务。在组织结构上要注意文字与表格之间的衔接与过渡，使之成为一个有机整体。

(4) 语言要通俗质朴。为了适应不同层次读者的需要，报告的语言要通俗、直白。使用专业术语，要进行适当解释、说明。

(5) 数据要准确。数据要准确，单位要统一规范，计算要准确无误，分析要全面、深刻、精确、科学。

(6) 编制要及时。上期财务报告通常是下期决策的依据，为了保证适时决策，维护生产经营的连续性，财务分析报告的编制一定要及时报出。

4.1.5 范例

××局财务分析报告

20××年度，我局所属企业在改革开放力度加大，全市经济持续稳步发展的形势下，坚持以提高效益为中心，以搞活经济强化管理为重点，深化企业内部改革，深入挖潜，调整经营结构，扩大经营规模，进一步完善了企业内部经营机制，努力开拓，奋力竞争。销售收入实现×××万元，比去年增加30%以上，并在取得较好经济效益的同时，取得了较好的社会效益。

(一) 主要经济指标完成情况

本年度商品销售收入为×××万元，比上年增加×××万元。其中，商品流通企业销售实现×××万元，比上年增加5.5%，商办工业产品销售×××万元，比上年减少10%，其他企业营业收入实现×××万元，比上年增加43%。全年毛利率达到14.82%，比上年提高0.52%。费用水平本年实际为7.7%，比上年升高0.63%。全年实现利润×××万元，比上年增长4.68%。其中，商业企业利润×××万元，比上年增长12.5%，商办工业利润×××万元，比上年下降28.87%。销售利润率本年为4.83%，比上年下降0.05%。其中，商业企业为4.81%，上升0.3%。全部流动资金周转天数为128天，比上年的110天慢了18天。其中，商业企业周转天数为60天，比上年的53天慢了7天。

（二）主要财务情况分析

1. 销售收入情况

通过强化竞争意识，调整经营结构，增设经营网点，扩大销售范围，促进了销售收入的提高。如南一百货商店销售收入比去年增加296.4万元；古都五交公司比上年增加396.2万元。

2. 费用水平情况

全局商业的流通费用总额比上年增加144.8万元，费用水平上升0.82%，其中：①运杂费增加13.1万元；②保管费增加4.5万元；③工资总额3.1万元；④福利费增加6.7万元；⑤房屋租赁费增加50.2万元；③低值易耗品摊销增加5.2万元。

从变化因素看，主要是由于政策因素影响：①调整了“三资”、“一金”比例，使费用绝对值增加了12.8万元；②调整了房屋租赁价格，使费用增加了50.2万元；③企业普调工资，使费用相对增加80.9万元。扣除这三种因素影响，本期费用绝对额为905.6万元，比上年相对减少10.2万元。费用水平为6.7%，比上年下降0.4%。

3. 资金运用情况

年末，全部资金占用额为×××万元，比上年增加28.7%。其中：商业资金占用额×××万元，占全部流动资金的55%，比上年下降6.87%。结算资金占用额为×××万元，占31.8%，比上年上升了8.65%。其中：应收货款和其他应收款比上年增加548.1万元。从资金占用情况分析，各项资金占用比例严重不合理，应继续加强“三角债”的清理工作。

4. 利润情况

企业利润比上年增加×××万元，主要因素是：

(1) 增加因素：①由于销售收入比上年增加804.3万元，利润增加了41.8万元；②由于毛利率比上年增加0.52%，使利润增加80万元；③由于其他各项收入比同期多收43万元，使利润增加42.7万元；④由于支出额比上年少支出6.1万元，使利润增加6.1万元。

(2) 减少因素：①由于费用水平比上年提高0.82%，使利润减少105.6万元；②由于税率比上年上浮0.04%，使利润少实现5万元；③由于财产损失比上年多16.8万元，使利润减少16.8万元。以上两种因素相抵，本年度利润额多实现×××万元。

（三）存在的问题和建议

(1) 资金占用增长过快，结算资金占用比重较大，比例失调。特别是其他应收款和销货应收款大幅度上升，如不及时清理，对企业经济效益将产生很大影响。因此，建议各企业领导要引起重视，应收款较多的单位，要领导带头，抽出专人，成立清收小组，积极回收。也可将奖金、工资同回收贷款挂钩，调动回收人员积极性。同时，要求企业经理要严格控制赊销商品管理，严防新的三角债产生。

(2) 经营性亏损单位有增无减，亏损额不断增加。全局企业未弥补亏损额高达×××万元，比同期大幅度上升。建议各企业领导要加强对亏损企业的整顿、管理，做好扭亏转盈工作。

(3) 各企业程度不同地存在潜亏行为。全局待摊费用高达×××万元，待处理流动资金损失为×××万元。建议各企业领导要真实反映企业经营成果，该处理的处理，该核销的核销，以便真实地反映企业经营成果。

××市商业局财会处

20××年×月×日

4.2 经济活动分析报告

4.2.1 经济活动分析报告概述

1. 经济活动分析报告的含义

经济活动分析报告是企业或经济部门在国家经济方针政策和正确经济理论的指导下，根据计划指标、会计核算、统计资料和调研情况，运用科学的方法对一定范围或时间内经济活动状况及其相互关系进行科学系统的分析研究、评估后写成的书面报告。

经济活动分析报告和市场预测报告都是通过调查研究分析经济现象来指导经济工作。但二者又有所不同，主要是侧重点不同。经济活动分析报告侧重点在分析，通过经济指标、各种数据等方面的分析来改善经济，往往写于事后；市场预测报告侧重预测，通过阐述经济活动的客观规律，对未来的经济趋势进行预测，往往写于事前。

2. 经济活动分析报告的特点

(1) 定期性。经济活动分析报告是对一定时期内已完成的生产、种植、经营、销售或其他经济活动的分析与总结，一般在年终或一个生产周期、经营环节后进行，具有明显的定期性、及时性。

(2) 检验性。经济活动分析报告是对已经运行过的经济活动过程的检验与评估，所以其经济运行过程要符合党和国家相关的方针政策、法令法规、计划指标及社会主义市场经济的要求。

(3) 数据对比性。经济活动分析报告主要运用数据对比的方法分析经济运行规律，通过数字对比来表示、说明、检验每一项经济指标的完成情况以及相关因素等。

(4) 指导性。分析经济运行状况的目的是为了更好地指导下一阶段的经济运行。在分析过程中总结成功的经验，找出薄弱环节和关键问题，提出解决问题的建议、措施等以指导今后的经济工作。

4.2.2　经济活动分析报告的作用

在经济活动领域中，经济活动分析报告具有重要的作用。

(1) 反映现有经济状况，进行科学评估。通过对各种经济指标完成情况的分析研究，来检验本期经济计划的执行情况，而通过比较研究，更可以比较客观、全面地认识经济活动现状，从而做出正确评估，为修订原计划和决策、编制新的计划、做出新的决策提供依据。

(2) 及时总结经验，认识经济规律，提高管理水平。经济活动分析是经济管理工作的重要组成部分。而计划、核算、分析这三个既联系又独立的环节反映了经济管理的整个过程。通过经济活动分析，可以为管理者及时反馈信息，为决策者提供科学的依据。

(3) 提高经济效益，发挥职能作用，明确努力方向。随着社会主义市场经济的发展，经济活动更加复杂，所以原有的一些管理手段、管理措施等日渐难以适应新的经济形势发展的需要，这就需要经常对经济活动进行认真细致的分析研究，掌握各种经济活动的运行情况，及时采取有力的调控措施或政策，挖掘各方面潜力，发挥经济职能部门的作用，明确前进的方向，使经济活动健康迅速地发展，以提高经济效益。

4.2.3　经济活动分析报告的种类

经济活动分析报告按其分析的目的、范围、内容的不同，主要有以下几种。

(1) 综合分析报告。综合分析报告又叫全面分析或系统分析报告。它是对某单位或某部门一定时期经济活动进行全面总结、系统分析之后写出的书面报告。

(2) 专题分析报告。它是对经济活动中某个突出的专项问题进行深入细致调查分析后写成的书面报告。

(3) 简要分析报告。它是对某项经济计划执行过程中一两个重点问题或几个主要经济指标进行分析，以便及时观察经济活动的趋势和工作进程的书面报告。它是在年、季、月末结合报表进行分析写成的，所以又称为定期分析报告。

(4) 进度分析报告。它是对生产或经营进度进行分析所写成的书面报告。

4.2.4　经济活动分析报告的格式和写法

经济活动分析报告，在格式上不同于经济合同等经济应用文那样有固定的模式。这是由其内容决定的。经济活动的内容因行业而异，在同一行业中又因时期不同而不同。但它有大致的结构。

1. 标题

标题写在报告用纸第一行居中的位置上。标题的形式有两种。

(1) 公文式。一般由单位名称、时间、分析内容和文种四要素构成。如《××企业××年度经济活动分析报告》。从题目上我们可以看出这是一份全面分析报告。又如《××企业资金使用情况分析报告》。从题目上我们可以看出这是一份专题分析报告。有的标题可以省略单位和时间，如《饲料生产发展趋势分析》。

(2) 论文式。标题直接揭示分析的内容或观点。可以是单标题，也可以是双标题。正标题揭示中心，副标题注明分析范围、对象、内容等。如“农业发展的关键在于增加科技投入”、“加强农业结构调整，实行战略大转移——分析2007年黑龙江经济形势和发展方针”。

2. 正文

正文一般包括前言、主体和结尾三方面的内容。

(1) 前言。亦称导言、引言和导语。是经济分析报告的开头部分，概括说明经济活动分析的内容、范围、对象、目的、背景等基本情况。要求简要，以能引起下文、帮助读者理解正文内容为目的，即只起引导作用。

(2) 主体。全文的核心是评估分析部分，主要阐释经济活动“怎么样（状况）”、“为什么这样（原因）”、“应该怎么办（措施建议）”等内容，一般由以下内容组成：

①基本情况。运用对比、分解、综合的方法，以大量数据介绍情况，找出差距。

②原因剖析。运用经济分析的方法对各项指标进行比较分析，从而判定所分析单位或对象的经济效益，找出主客观因素，给予恰当评价。

③意见建议。在科学分析的基础上，得出正确的结论，有针对性地提出合理的措施和建议，以指导实践。

在主体部分的分析中，既要分析经济活动的成效，总结经验，又要分析影响经济效益的原因，揭露矛盾。数据和文字要协调统一，做到有理有据。同时要分清主次、突出重点。只有做到数据准确、分析符合实际、概括有理论性、建议措施有针对性，才能揭示经济活动的客观规律。

(3) 结尾。或总结全文，或展望未来，也可补充说明或强调某个观点和看法。

3. 落款

在正文右下方写明报告单位和负责人及日期，也可写在标题下方。

以上只是一般而论的结构写法，有的分析报告没有独立的开头和结尾两部分，通篇分析到底。无论采取哪种结构，只要能把分析活动的内容完整准确地表达出来就可以。

4.2.5 经济活动分析报告写作的基本要求

(1) 以党和国家的方针政策及科学理论为指导。要想抓住问题的关键和实质，从而做出符合经济规律及实际情况的分析，必须熟悉和掌握党和国家的有关方针政策，并以此为据，在科学理论的指导下进行。

(2) 做好写作的准备。这是写好报告的基础。在动笔之前，一定要确定写作的目的，制订分析计划，搜集、整理资料，运用科学的方法进行分析研究，做出正确评价。

(3) 选用恰当的分析方法。常用的分析方法有比较分析法、因素分析法、动态分析法、平衡分析法、调查分析法等。一篇分析报告，可以运用一种分析方法，也可以综合运用几种分析方法。所以在具体的经济分析活动中，应根据实际需要，灵活运用各种方法。

(4) 分析态度严谨，实事求是。写作过程中要注重科学性，坚持实事求是的态度，科学地分析问题，使经济活动分析报告建立在科学论证的基础上。只有这样才能推动经济活动正常健康地发展。

(5) 分析对象要集中，重点要突出。写作中要抓住问题的本质，集中运用材料，主次分明，重点突出，把报告写深写透，并提出具有预见性的具体方案。

4.2.6 范例

AA（集团）有限公司2010年上半年经济活动分析报告

第一节 集团基本面分析

2010年上半年，AA集团公司在党政的直接领导下，全体员工紧紧围绕年初职代会“坚持严、细、实，遵循高、大、新，实现AA集团公司新一轮快速发展”的工作目标，克服了原材料持续上扬、业务承接量不足等诸多不利因素的影响，完成机械加工总量17 194吨，M产品106台，N产品8台，创造工业总产值7 760万元，实现合并营业收入8 315.68万元，营业利润331.73万元，利润总额303.45万元。若剔除SS公司的影响，则上半年完成机械加工总量12 700吨，创造工业总产值5 969万元，实现合并营业收入6 485.18万元（其中主营收入6 435.22万元、外销257.50万元），营业利润256.36万元，利润总额255.48万元，与上年同期相比，分别增长了915万元、1 676.41万元、18.92万元和15.93万元，增长率分别为18.10%、34.86%、7.97%和6.65%；营业收入、外销收入和利润总额分别完成年度计划11 100万元、400万元和610万元的58.43%、64.38%和41.88%；但合并销售毛利率、合并销售利润率和合并净资产收益率分别由上年同期的16.98%、4.98%和2.17%下降至14.90%、3.94%和1.69%，这说明集团公司在营业收入强劲增长34.86%的同时，由于成本费用以比营业收入更快的速度增长，使利润总额仅增长6.65%，经营成果与“时间过半，任务达半”的目标有一定差距。

从资产状况来看，截至6月末，资产总额13 277万元，资产结构（流动资产与长期资产之比）为1.83∶1，权益比率（负债与股东权益之比）为1.16∶1，流动比率为126.01%，这说明流动资产足够偿还短期债务，但同时部分股益资本被流动资产占用，对营利能力势必造成一定的影响。

为了便于与上年同期数据相比较，及与年度计划口径一致，以下对经营成果的分析应剔除SS公司的合并财务数据。

第二节　具体分析

一、实现产值、营业收入、利润分析

上半年完成工业总产值 5 969 万元，实现营业收入 6 485.18 万元（其中主营收入 6 435.22万元，外销 257.50 万元），利润总额 255.48 万元。

合并营业收入完成年度计划的 58.43%，比上年同期增加 1 676.41 万元，主要呈现为乙公司和丙公司的销售增长，而母公司的销售相对萎缩。

合并利润总额完成年度计划的 41.88%；与上年同期相比，各母子公司都有所增加，其中母公司在营业收入下降的同时实现了增利，丙公司实现扭亏，稍有盈余，开创了良好发展的新局面。

母公司的营业收入与上年同期相比下降了 248.87 万元，但利润总额增加 71.88 万元，除投资收益增加 36.17 万元外，其他归功于成本费用的有效控制。

乙公司 PP 产品销售量与上年同期基本持平，但由于 5 月份某公司（客户）补差价 566.97 万元（含税），使平均结算价格（含税）由上年同期的 3 576.34 元/吨增至4 455.53 元/吨，增加了 879.19 元/吨，从而营业收入增加 779.58 万元，实现增利 16.05 万元。

丙公司积极、主动地开发市场，实现外销 183.70 万元，同时采取到现场包换 N 产品的售后服务等有效措施，基本上占领了 B 市内 N 产品市场。与上年同期相比销售收入增加 821.93 万元，实现盈余 3.16 万元。

丁公司营业收入和利润总额与上年同期相比分别增加 23.32 万元和 9.23 万元，可见正处于持续性发展中。

产值、营业收入、外销及利润总额比较图

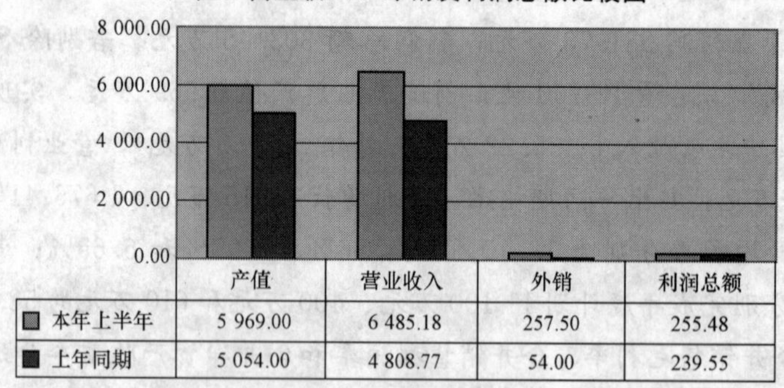

产值、营业收入、利润总额比较表

指标名称	合并完成	与上年同期相比		为年度计划的%	备　注
		增加额	增长率（%）		
工业总产值	5 969	915	18.10		
甲公司	1 549	741	91.71		
乙公司	3 250	21	0.65		
丙公司	994	91	10.08		
丁公司	176	62	54.39		

续表

指标名称	合并完成	与上年同期相比		为年度计划的%	备　注
		增加额	增长率（%）		
营业收入	6 485.18	1 676.41	34.86	58.43	
甲公司	1 339.23	−248.87	−15.67		
乙公司	4 080.41	779.58	23.62		
丙公司	1 384.15	821.93	146.19		
丁公司	137.41	23.32	20.44		
内部抵消	−456.02	300.45	−39.72		
外销	257.50	203.5	376.85	64.38	
甲公司	66.30	19.3	41.06		
丙公司	183.70	183.7			
丁公司	7.50	0.5	7.14		
利润总额	255.48	15.93	6.65	41.88	投资收益：29.29 万元
甲公司	60.72	71.88	−644.09		投资收益：35.66 万元
乙公司	201.30	16.05	8.66		投资收益：27.29 万元
丙公司	3.16	51.25	−106.57		
丁公司	23.96	9.23	62.66		
内部抵消	−33.66	−132.48	−134.06		抵消投资收益：33.66 万元

二、成本费用分析

上半年，营业成本为 5 519.06 万元，较上年同期 3 992.36 万元增加 1 526.70 万元，增长率为 38.24%；期间费用为 826.72 万元，较上年同期 546.19 万元增加 280.53 万元，增长率为 51.36%。

由于总体成本费用的增长率 39.58%大于营业收入的增长率 34.86%，使得今年上半年的销售成本费用率达 98.38%，比上年同期 95.06%相比增长了 3.32%，增长幅度为 3.49%，最终使利润总额以比营业收入少 28.21 个百分点的速度增加。

原材料价格的持续上扬是成本费用上升的主要原因，虽然 5 月份有所回落，但自 6 月初以来又出现强势反弹，与上年平均原材料采购成本相比，上半年由于涨价因素对生产成本的影响金额为 1 135.47 万元，其中母公司 39.19 万元、乙公司 992.85 万元、丙公司 103.43 万元。

值得一提的是，母公司与整个集团的情况正好相反，与上年同期相比，母公司的营业成本下降了 495.61 万元，期间费用增长 214.21 万元，成本费用总额下降了 283.60 万元，下降幅度大于营业收入的下降幅度，致使母公司由上年同期亏损 11.16 万元扭转为盈利 60.72 万元。这一方面与各分公司的成本控制意识是分不开的，另一方面是为了更加如实地反映成本，今年对收所属分公司的管理费由以往冲减管理费用改为冲减制造费用，若剔除此因素的影响，管理费用应是相对节约的。

乙公司上半年平均单位生产成本达 3 675.35 元/吨，比计划单位成本 3 650 元/吨上升

0.69%，比上年同期生产成本2 434.31元/吨上升50.98%。根据吨生产成本原材料配比，由于涨价因素使原材料生产成本比上年平均增加了993.73元/吨。与上年同期相比，上半年营业成本增加了914.70万元，比营业收入的增加多出135.12万元。管理费用较上年同期节约了138.66万元，营业费用与财务费用基本持平。

丙公司上半年平均单位生产成本M产品为9 020.33元/吨，N产品为5 268.44元/吨，分别比上年同期增长3 690.27元/吨和410.60元/吨。与上年同期相比，营业收入的增长比营业成本的增长多出107.53万元；期间费用增长52.43%，其中由于销售特别是外销的增长和本年增加外行贷款400万元，而增加营业费用20.15万元和财务费用4.33万元。

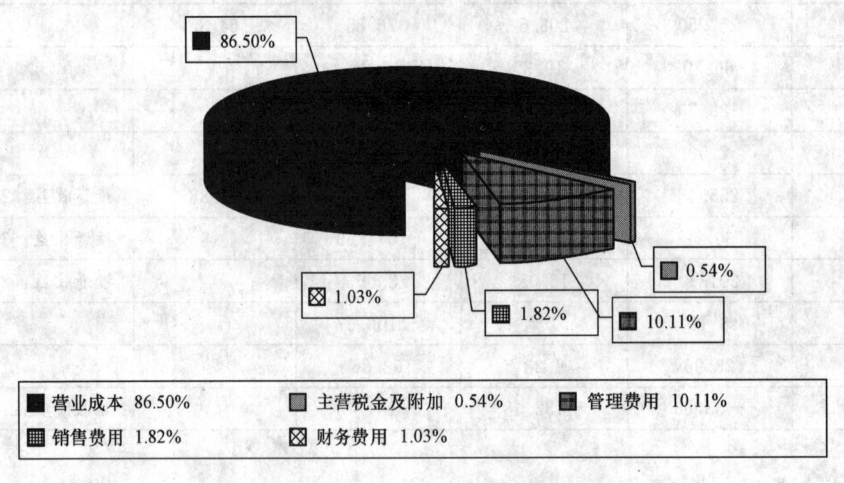

成本费用构成变动情况表（占营业收入的比例）

项目名称	本年上半年		上年同期	
	数值（万元）	百分比（%）	数值（万元）	百分比（%）
营业收入	6 485.18	100.00%	4 808.78	100.00%
成本费用总额	6 380.40	98.38%	4 571.25	95.06%
营业成本	5 519.06	85.10%	3 992.36	83.02%
主营税金及附加	34.62	0.53%	32.70	0.68%
管理费用	644.81	9.94%	466.43	9.70%
销售费用	115.88	1.79%	39.26	0.82%
财务费用	66.03	1.02%	40.50	0.84%

可控性管理费用为年度财务计划216.10万元的48.55%，与上年同期相比节约了60.57万元。其中修理费、运输费节约较多，控制较好，这主要是公司认真落实了上级关于对车辆进行效能监察的精神，对车辆运输费、修理费进行有效控制；办公费较上年同期增加3.60万元，主要是因为今年增加了物资验收单、结算中心委托收款书等印刷品，使印刷费增加3.60万元；业务招待费超支较严重，其中母公司和乙公司已超出税务允许扣除标准的4.18万元和1.83万元，这应引起足够的重视，下半年应严格控制。

可控管理费用执行情况对照表

项目名称	本年上半年（万元）	与上年同期相比		为年度财务计划的%
		增加额（万元）	增长率（%）	
办公费	20.58	3.71	22.02	51.83
差旅费	15.99	−1.41	−8.12	48.76
修理费	25.27	−55.88	−68.86	53.77
运输费	10.27	−16.44	−61.55	24.00
业务招待费	32.80	9.45	40.49	60.97
合计	104.92	−60.57	−36.60	48.55

三、资产营运效率分析

上半年总资产周转次数为 0.66 次，比上年同期周转速度加快，周转天数从 750 天缩短到 545.45 天。上半年平均资产规模较上年同期扩大，增长幅度为 31.38%，但营业收入较上年同期增长幅度更大，为 34.84%，公司总资产的周转速度有所上升，运用总资产赚取收入的能力有所提高。

从存货、应收账款、应付账款占用资金数量及其周转速度的关系与上年同期相比较来看，除应收账款由于成立结算中心的关系周转天数缩短外，总体经营活动的资金占用有较大幅度的增加，其中库存商品平均占用资金 3 510.57 万元，占平均资产总额的 27.91%，非现金资产转变为现金的周期变长，从而使总资产的营运能力有所下降。当然，由于成立了结算中心，资金的统筹统配在一定程度上也延缓了现金的持有时间。

资产周转速度表

项目名称	本年上半年	上年同期	相比增加
总资产周转率（次）	0.66	0.48	0.18
固定资产周转率（次）	1.90	1.29	0.61
流动资产周转率（次）	1.08	0.81	0.27

营运能力指标表

项目名称	本年上半年	上年同期	相比增加
存货周转天数	250.89	186.17	64.72
应收账款周转天数	58.08	106.53	−48.45
应付账款周转天数	85.39	132.98	−47.59
营业周期	308.97	292.71	16.26

四、偿债能力

从支付能力看，比上年同期及上年末有所好转，但流动比率、速动比率与国际标准值相比较落后。目前流动资产大于流动负债，只要库存商品的变现能力加快，公司不能偿还短期债务的风险较小。

从资产负债率、产权比率和利息保障倍数来看，公司的资本结构趋于合理、稳定，长期偿还债务本息的能力有一定保障。

偿债能力指标表

项目名称	本年上半年	上年同期	上年末
流动比率	1.26	1.33	1.31
速动比率	0.52	0.50	0.40
利息保障倍数	5.60	6.91	8.67
资产负债率	0.54	0.45	0.47
产权比率	1.17	0.82	0.88

五、营利能力

综上所述，由于成本费用的增长大于营业收入的增长，公司的营利能力与上年同期相比有所下降。销售毛利率为14.90%，销售利润率为3.94%，成本费用利润率为4.00%，资产收益率为0.51%，净资产收益率为0.94%，资产和净资产的收益率均小于企业实际贷款利率，营利能力偏低。

营利能力指标表

项目名称	本年上半年（%）	上年同期（%）	相对增长（%）
销售毛利率	14.90	16.98	−2.08
成本费用利润率	4.00	5.24	−1.24
销售净利率	0.64	1.32	−0.67
资产收益率	0.51	0.63	−0.12
净资产收益率	0.94	1.10	−0.16

六、资金分析

公司通过销售商品、提供劳务所收到的现金为7 806万元，这是公司当期现金流入的最主要来源，约占公司当期现金流入总额的80.10%。但是，由于公司原材料价格的上扬，购买商品、接受劳务支付的现金增加，上半年经营业务的现金支出大于现金流入，因此经营业务自身不能实现现金收支平衡，经营活动出现了360万元的资金缺口，公司通过增加外行资金500万元，预计下半年经营活动的资金缺口会更大，为此需要继续增加产品的销售，加快资金的周转速度，及时收现，加速资金回笼。

4.3 纳税检查报告

4.3.1 纳税检查报告概述

纳税检查也叫税务检查，是税务机关以国家的法律、法规政策和税收征收管理制度为依据，对纳税人履行纳税义务情况及其偷逃税行为的审核和查处行为的总称。税务机关依法进行的检查是：在《税收征管法》及其《实施细则》以及其他有关税收法律、行政法规、政策规定的范围内进行；程序上合法，必须持有税务检查证；在检查纳税人存款账户时，经县以上税务局（分局）局长批准；凭全国统一格式的“检查存款账户许可证明”进行；查核纳税人的储蓄存款，须经银行县、市支行或者市分行的区办事处核对，指定所属储蓄所提供资料。针对检查情况和结果提交给上级部门的书面报告称为纳税检查报告。

4.3.2 纳税检查报告的作用

纳税检查是税务部门为履行税收监督职能而进行的一项具体的工作，征收、管理、检查是税务部门不可缺少的三个重要组成部分。其主要作用有：

（1）是行使财政监督职能的具体体现。税收的监督职能是指税务机关依据国家的税收政策、法律和制度在税收征收管理活动中，对国民经济各方面的活动，包括国家征税与企业纳税活动进行有效监督，从而更好地发挥社会主义市场经济的作用。通过纳税检查，不但可以发现纳税人的偷、漏税问题，而且能够发现纳税人不正当的、非法的经营活动，纳税检查报告正是监督检查的结果，通过纳税检查，可以促使企业增强纳税的自觉性，确保国家财政税收的完成。

（2）有利于严肃财经纪律，增强法制观念。在社会主义市场经济的发展中，我国税收体制尚处于不断建设和完善的阶段。在这种情况下，有的地方、部门、纳税单位和个人从本位主义、局部利益、个人利益出发，无视图家税收法规和财经纪律的存在，偷税、漏税，乱摊成本费用，侵占国家财政收入，有的甚至私设小金库，私设账外账，转移收入，减少应纳税款，并从中贪污盗窃，行骗受贿，大搞经济犯罪活动。通过经常性的纳税检查工作和纳税检查报告的形式，可以及时地发现和纠正这些违法乱纪行为，宣传国家的税法，严肃财经纪律，并提高纳税单位和个人的法制观念。

（3）有利于帮助企业加强经济核算，提高经济效益。纳税检查报告的材料来源于纳税单位已经发生的经济业务的财务会计记录，并涉及企业生产经营的各个方面。通过对企业履行纳税义务真实情况的了解分析，能够发现和揭露企业在人、财、物管理和销、供、产等诸多方面存在的矛盾和问题，促进企业加强成本核算、改进措施、降低成本费用，堵塞漏洞，提高经济效益。

（4）有利于密切征纳关系，提高征管质量。纳税检查报告既是检查和监督纳税人履行纳税义务的凭证和结果，又是纳税机关工作的记录。通过纳税报告，也可以检验征收管理工作质量。通过纳税检查报告，可以了解税企双方执行税收政策的情况，也可以发现税收征管方面的薄弱环节，不断促进征管工作科学化、规范化。

4.3.3 纳税检查报告格式和写法

1. 纳税检查报告的主要内容

（1）反映检查纳税人、扣缴义务人执行税收政策、法律、法规的情况。是否遵守国家财政税收的各项政策，依法履行纳税义务，有无隐瞒收入、乱摊成本、虚报费用、截留利润，有无偷税、漏税、欠税和截留税款行为。若发现有违法行为，应按《税收征管法》的有关处罚规定处理，情节严重触犯刑法的，要追究其刑事责任。

(2) 反映检查各项税种的缴纳情况。如流转税类检查内容：征税范围、计税依据、纳税环节、适用税率与减、免税及退税情况、税款入库情况等。收益税类检查内容：企业收入和所得、成本和费用核算、各项所得利润计算是否正确、应纳税所得额是否按规定享受减、免税等。

(3) 反映检查纳税人、扣缴义务人执行财经纪律和税款核算情况。是否遵守《企业会计准则》和有关会计制度，会计凭证、科目、账户的设置是否合理，成本核算是否符合国家规定，会计报表的填报是否准确及时，在资金使用上有无违规现象等。

(4) 反映检查纳税人、扣缴义务人的发票使用、保管情况以及其他有关事项的情况。

2. 纳税检查报告的结构

纳税检查有多种形式。如从纳税主体上可分为纳税人自查互查、税务机关专业检查和税务机关与其他机关的联合检查；从检查方式上可分为查账和实地调查；从检查时间上可分经常性检查和定期检查；从检查范围上可分为全面检查和专题检查。所以，查账报告因检查的目的和纳税部门的经济业务以及发生的问题不同而有多种写作形式。

纳税检查报告基本上由报表式和文章式构成，包括报表式纳税检查报告和文章式纳税检查报告，大体有如下部分：

(1) 表述被查单位的基本情况。被检查单位或个人的名称，经济业务的性质、特点，经营管理情况以及检查的时间、范围、目的和要求等。

(2) 表述检查的内容和查出的问题。这部分是文章的重点，要说明依据哪种查账方法，查出了哪些问题，有多少错漏金额，属于哪些税种，问题性质如何，是计算差错、不了解政策而错记账户，还是有意偷税。

(3) 对所查出的问题做出结论。对错漏税问题产生的原因、性质和影响要进行分析，依据税法做出结论。要提出明确的处理意见。要根据实际情况说明是补税，还是调整账务；是协商解决还是扣款等。规定补税、退税和调整账务及扣款的具体时间期限。对一时查不清的问题作悬案处理，应写入报告中，留待以后解决。针对企业财务核算和经营管理薄弱环节，提出改进意见或建议。

(4) 附件。包括：有关的财务报表、查账的底稿、有关的凭证复印件、证明材料及其他有关资料。

(5) 署名和日期。报告结尾的右下方写上税务检查人员的姓名、所在税务机关的名称，并加盖图章，注明年、月、日。

4.3.4 纳税检查报告写作的基本要求

(1) 要充分行使检查权，检查报告才能做到内容真实、具体。税务机关的权力：查账权；实地检查权；责成提供资料权；询问权；存款账户检查权；调查税务违法案件时，有与案件相关的记录、录音、录像、照相的复制权。行使这些权力进行查账，使检查建立在公证、客观的基础上，才有可能实事求是地做出正确结论，举证也有说服力。

(2) 数据计算和文字表达都要准确。查账报告附表所列各项数据，均应认真细致地计算，做到准确无误，否则会造成返工或多收少缴税款等问题。不能使用“或许”、“可能”、“大概”等模糊词语。

(3) 税务检查报告初稿写成后，应由全体检查人员讨论，再征求有关单位意见。对被查单位提出的不同意见要认真听取，但原则性问题应坚持。

4.3.5 范例

对××××动物营养有限公司的纳税检查报告

纳税人识别号

案件编号　(2003) 356#

登记注册类型　有限责任公司

纳税人名称　××××动物营养有限公司

法定代表人姓名　×××

检查期间　2001.01.01—2002.12.31

检查类型　专项检查

检查人员　××××××

稽查实施时间　2003.10.20—2003.12.11

根据《税务稽查任务通知书》××国税稽〔2003〕第 356 号的工作安排，我检查组于 2003 年 10 月 20 日至 12 月 11 日对××××动物营养有限公司 2001 年 1 月 1 日至 2002 年 12 月 31 日的税法执行情况进行了检查，现已检查完毕，报告如下：

一、企业基本情况：

××××动物营养有限公司成立于 2000 年 8 月 21 日，为小规模纳税人；主管税务机关××市××区国家税务局，经营地址在××市××××，登记注册类型为有限责任公司。注册资本：人民币 118 万元；主要经营范围：添加剂预混料、饲料添加剂、浓缩饲料的生产和销售。该公司于 2001 年被批准为饲料免税企业，当年按照主管税务机关的免税批复对免税产品的税金进行了免税。

该厂 2001 年销售收入总额 128 991.18 元，销项税金 7 739.47 元，应纳税额 7 739.47 元；已缴税金 7 739.47 元，当年根据免税批复（×国税发〔2001〕150#文件）免税，退税 7 739.47 元。2002 年销售收入总额 1 519 966.30 元，销项税金86 035.83元，应纳税额 86 035.83 元；当年根据免税批复（×国税发〔2003〕33#文件）免税 86 035.83 元；无欠税。

经查，该公司的会计核算不健全，主要表现在：

(1) 未按财务、会计制度的规定设置“银行存款”、“现金”日记账对货币资金进行核算。该公司在购、销货物后，记账时其款项大量自行填写为“现金”收付。经查，无收付原始凭据，且“现金”的收付大部分都未通过该公司设立的银行账户，采取的是坐支现金方式。该公司账上不能完整反映出经营活动中货币资金的实际收付情况。

(2) 该公司未按财务、会计制度及税收相关法律对免税企业的要求，对原材料的购领和产品的存销都未设立“原材料明细账”和“产成品库存明细账”进行核算，实际该公司对原料购进和产品销售，都是以非常简单的流水账和人工记忆相结合来管理产成品和原料。

(3) 该公司既为免税企业，对其所生产的免税产品和应税产品未登记翔实的“生产记录”和“产品成本明细账”，仅在现设的账目中将每月免税产品按一定的总额计入账中，而产品的实际生产情况和成本明细构成都无从考证。

二、发现问题及处理依据

(一) 增值税

问题1：该公司应税产品销售未作销售收入。

该公司2000年3月至2003年6月将应税产品“8种微量元素”分别销售给了“××市×县成佳汇银饲料厂”、“××市远望饲料添加剂有限公司”和“××市××区创奇粮油有限责任公司”，应税产品实现销售收入金额合计163，500.25元，应交增值税9，254.73元；而该公司对上述已实现的销售收入未入账，也未向主管税务机关申报纳税。[详见《税务稽查底稿(2)》No.1#及案卷资料复印件1#第31至35页；复印件7#（第129至131页）；复印件8#（第133至141页）；复印件11#（第154至195页）；《情况说明》279至280页、第281至283页、第296和297页。]

处理依据：《中华人民共和国增值税暂行条例》第十九条第一款、二十三条第二款，《中华人民共和国增值税暂行条例实施细则》第三十三条第一款和《中华人民共和国税务征收管理法》第六十三条。

企业意见：承认事实，接受处理。

检查组意见：对该公司销售应税产品未作销售收入计入增值税的行为，对其追缴增值税9，254.73元并处以一倍的罚款，即处以9，254.73元的罚款，且加收滞纳金4，057.74元。(详见《滞纳金计算表》第297页)

问题2：该公司应税产品销售收入按免税产品销售收入入账。该公司2001年3月至2002年6月销售应税产品“8种微量元素”给“××市××区创奇粮油有限责任公司”，其应税收入(含税)39，344.50元按免税收入入账，在当年已享受免税税金2，227.05元。[详见《税务稽查底稿(2)》No.2#及案卷资料复印件1#第31至35页；复印件11#（第154至195页)。]

处理依据：《中华人民共和国增值税暂行条例》第十九条第一款、二十三条第二款，《中华人民共和国增值税暂行条例实施细则》第三十三条第一款，《中华人民共和国税务征收管理法》第六十三条，《中华人民共和国税务征收管理法实施细则》第四十三条。

企业意见：承认事实，接受处理。

检查组意见：对该公司应税产品收入按免税产品收入入账且已申报，并在当年享受免税政策；对已享受的免税追缴增值税2，227.05元，并处以一倍的罚款即2，227.05元；

加收滞纳金 758.05 元。(详见《滞纳金计算表》第 297 页)

(二) 普通发票

问题 1:该公司违规领购并使用他人空白发票。该公司于 2000 年 3 月至 10 月销售应税产品一批,取得由“××市巴尔饲料药物添加剂厂”提供的加盖其财务专用章的空白普通发票五份(发票号码分别为 No. 7001320#、No. 7024341#、No. 7024345#、No. 7024348#、No. 7024291#),并将此五份普通发票开具给“××市××区创奇粮油有限责任公司”。[详见《税务稽查底稿(2)》No. 3#及案卷资料复印件 11#(第 154 至 195 页)。]

处理依据:《中华人民共和国发票管理办法》实施细则第四十七条第一款、第四款和《中华人民共和国发票管理办法》第三十六条。

企业意见:承认事实,接受处理。

检查组意见:对该公司违规领购并使用他人空白发票行为处以 3 000 元罚款。

问题 2:该公司开具的普通发票上下联货物名称不一致。该公司于 2001 年 6 月至 2002 年 7 月销售应税产品一批,开具普通发票三份(发票号码分别为 No. 5005078#、No. 5014172#、No. 5005100#),经查此三份发票的发票存根联及发票联货物名称填写不一致。[详见《税务稽查底稿(2)》No. 3#及案卷资料复印件 1#(第 31 至 35 页)、复印件 11#(第 154 至 195 页)。]

处理依据:《中华人民共和国发票管理办法实施细则》第四十八条第二款、第六款、第七款和《中华人民共和国发票管理办法》第三十六条。

企业意见:承认事实,接受处理。

问题 3:该公司开具的普通发票上下联填写的购货单位名称不一致。该公司于 2001 年 6 月至 2003 年 5 月销售应税产品一批,开具普通发票三份(发票分别为 No. 5005547#、No. 5011205#、No. 5011222#),经查,上述三份普通发票的发票存根联及发票联填写的购货单位不一致。[详见《税务稽查底稿(2)》No. 3#及案卷资料复印件 2#(第 37 至 45 页)。]

处理依据:《中华人民共和国发票管理办法》第二十三条、三十六条和《中华人民共和国发票管理办法实施细则》第四十八条第二款、第六款。

企业意见:承认事实,接受处理。

检查组意见:对该公司开具的普通发票上下联填写的购货单位名称不一致行为处以 2 000元的罚款。

问题 4:该公司开具发票的发票联未加盖其“财务专用章”。该公司于 2001 年 3 月 5 日销售应税产品一批,开具普通发票一份,发票号码 No. 5014164#,发票字轨“×国税×字(2000)(03)”,发票的发票联上加盖的财务专用章是“××××动物药业有限公司财务专用章”,而非该公司的财务专用章。[详见《税务稽查底稿(2)》No. 3#及案卷资料复印件 11#(第 154 至 195 页)。]

处理依据:《中华人民共和国发票管理办法》第二十三条、三十六条和《中华人民共和国发票管理办法实施细则》第四十八条第六款、第十五款。

企业意见:承认事实,接受处理。

检查组意见：对该公司开具发票的发票联未加盖其“财务专用章”的行为处以2 000元罚款。

综上所述，该公司以上问题共计应补增值税22，963.56、滞纳金4，815.79元、罚款10，000元。

检查 人员

年 月 日

稽查科意见

年 月 日

4.4 审计报告

4.4.1 审计报告概述

1. 审计报告的含义

审计报告是审计小组在审计工作结束后，向派出机关或委办单位汇报审计情况、结果、意见和建议的一种书面报告。无论是国家审计，还是独立审计，在审计实施阶段结束时，都要写出和提交（出具）审计报告。

审计报告就其内容来说，很像揭露问题的调查报告；而就其形式来看，又很像公文中的报告。审计报告是兼具调查报告和报告二者特点的一种独特的应用文，是以第一人称的方式报告、用第三人称的方式写成的一种特殊的报告。

2. 审计报告的特点

审计报告具有三个方面的特点：

（1）总结性。审计报告是汇报审计任务完成情况及其结果的工作总结。审计小组完成一个单位（项目）的审计任务后，都要总结工作，向审计机关或授权单位书面汇报审计的对象、审计的范围、审计的重点、审计的方式、所用的时间和审计的结果等，也就是行业内俗称的“交账”。审计报告实际上就是审计工作的总结报告，具有总结性质。

（2）答复性。审计报告是递交给交办或委办单位的关于审计结果的答复，是说明审计结果及审计意见的书面文件。审计能把复杂的经济活动中的合法行为与违法行为分清，并据此作出恰如其分的结论。审计机关和授权单位便可以根据审计报告中的结论和意见，对有关问题进行必要和适当的处理。

（3）公证性。无论是国家审计机关的审计人员还是注册会计师，他们写出的审计报告都具有以原来会计人员以外的第三者身份所作的公证的性质。审计报告不仅要对被审计单位负责，而且要对所有阅读审计报告的单位负责，因此写作审计报告必须十分慎重和认真。

4.4.2　审计报告的作用

1. 督促作用

审计报告可以督促审计机关和有关部门制止违纪行为。对于违反财经法纪的单位，审计报告有权依法提出处理意见，处理意见一经审计机关批准便成为审计结论和审计决定，被审计单位和有关部门必须遵照执行。

2. 鉴证作用

审计报告可以据以证明被审计单位的财务状况、经营成果、偿债能力、投资效益及厂长经理履责情况，也可供被审计单位的上级主管部门据以判断其经济效益情况。司法机关可据以办理经济案件。

3. 决策参考作用

审计报告还可以起到很好的决策参考作用。被审计单位的上级主管部门、投资者、债权人等，可依据审计报告的内容，做出正确的决策。

4.4.3　审计报告的种类

审计报告可以按照不同的标准进行分类。

(1) 按审计报告的内容可分为财政财务审计报告、财经法纪审计报告、经济效益审计报告。

①财政财务审计报告。财政财务审计报告又可分为财政审计报告和财务审计报告。财政审计报告还可分为财政收支审计报告和决算审计报告。财政收支审计报告要对预算收入、预算支出以及预算外收支情况作出审计结论。决算审计报告是对政府机关和事业单位进行决算审计后的结论。财务审计报告可以是对企业的财务状况、经营成果和企业的财务活动全面审查后的结论，也可以只对企业的财务报表甚至只对资金平衡表作出评价。

②财经法纪审计报告。财经法纪审计报告一般是专案审计报告，是对被审计单位的某一专案财经纪律遵守情况作出评价的报告。这种报告往往还对违反财经法纪行为提出处理意见，审计机关则据以作出审计决定。

③经济效益审计报告。经济效益审计报告是进行经济效益审计之后做出的审计报告。它要对被审计单位存在的浪费现象、效率不高、效益不佳的情况进行分析，要对被审计单位的管理素质和管理水平作出评价，并对被审计单位提高经济效益提出具体建议。

(2) 按审计报告的形式可分为叙述式审计报告、条文式审计报告、表格式审计报告、综合审计报告。

(3) 按审计报告的篇幅可分为短文式审计报告和长文式审计报告。

①短文式审计报告。短文式审计报告篇幅比较简短，适用于查无问题的审计报告。独立审计一般多用短文式审计报告。

②长文式审计报告。长文式审计报告篇幅较长，是正式完备的审计报告，一般适用于查有问题的审计报告。国家审计一般多用长文式审计报告。

4.4.4 审计报告的格式和写法

1. 国家审计报告的格式

（1）标题。包括被审计单位名称、审计事项的主要内容和时间。

（2）主送单位。即派出审计组的审计机关。

（3）审计报告的内容。主要包括：审计的范围、内容、方式、时间；被审计单位的基本情况、财政财务隶属关系、财政财务收支情况等；实施审计的有关情况，如与审计事项有关的事实，对遵守国家规定的财政收支、财务收支情况的揭示，采取的审计方法和有关情况的说明等；审计评价意见，如对已审计的财政收支、财务收支及相关资料的概括表述，结合审计方案确定的重点，财政收支、财务收支的真实、合法、效益，对被审计单位应负的经济责任的评价；对违反国家规定的财政收支、财务收支行为的定性、处理、处罚建议及其依据。

（4）审计组长签名。

（5）报告日期。

2. 独立审计报告的格式

（1）标题。统一规范为“审计报告”。

（2）收件人。指审计业务的委托人。审计报告应当载明收件人的全称。

（3）范围段。范围段应当说明以下内容：

①已审计会计报表的名称、反映的日期或时间；

②会计责任与审计责任；

③审计的依据，即“中国注册会计师独立审计准则”；

④已实施的主要审计程序。

（4）意见段。意见段应当说明以下内容：

①会计报表编制是否符合《企业会计准则》和国家其他有关财务会计法规的规定；

②会计报表在所有重大方面是否公正地反映了被审计单位资产负债表的财务状况和所审计期间的经营成果、资金变动情况；

③会计处理方法的选用是否遵循了一贯性原则。

当注册会计师出具保留意见、否定意见或拒绝表示意见的审计报告时，应当在范围段与意见段之间增加说明段。在说明段中，应当清楚地说明所持意见的理由。

当注册会计师出具无保留意见的审计报告时，如果认为必要，可以在意见段之后，增加对重要事项的说明。

④签章和会计师事务所地址。应由注册会计师签名、盖章，加盖会计师事务所公章，并标明会计师事务所的地址。

⑤报告日期。指注册会计师完成外勤审计工作的日期。注册会计师在出具审计报告时，应同时附送已审计的被审计单位的会计报表。

3. 审计报告的语言

（1）表达方法。审计报告的表达方法主要是议论和说明。议论主要用于审计结论和建议的写作，说明主要用于审计概况、审计过程、审计结果的写作。

审计报告运用的议论表达技法，有证明性的议论、常用归纳法和演绎法等。

审计报告运用的说明表达技法，有文字说明、图表说明、数字说明等。无论运用哪一种方式进行说明，都必须真实、准确、具体、细致，不得有任何虚假和粗疏。

在审计报告中，说明是议论的前提和基础，议论是说明的发展和深化，二者相辅相成，缺一不可。

(2) 语言要求。审计报告的语言应该准确、严密、庄重、得体。凡属确凿无疑的事实，写作时就要选用准确、严密的词句，不要用“据称”、“据悉”、“据说”，以免被认为不负责任；凡属批评建议的地方，写作时就要选用庄重、得体的词句，不要用偏激的甚至谩骂讥讽的词句，以免使人产生恶感。要正确使用反映数量的词，如全部、绝大部分、大部分、一部分、一小部分、多数、少数、极少数、个别、唯一等词；要正确使用反映程度的词，如性质恶劣、情节严重、十分严重、一般、轻微、较轻、很轻等词；要正确使用判断性质的词，如完全符合、符合、基本符合、比较符合、不符合、违反等词。这些词都要慎重斟酌，掌握分寸，使用得体。

4.4.5 审计报告写作的基本要求

1. 掌握政策，精通业务

写作审计报告是一项政策性很强的工作，撰写人员除了要有较高的政治理论素养、严谨的工作作风和强烈的工作责任感，还要熟练掌握国家的有关政策、法规及规章制度。只有掌握政策，才能旗帜鲜明，从维护国家整体利益出发，敢于排除各种干扰，坚持原则，实事求是，客观公正地下判断、作结论。写作审计报告又是一项业务性很强的工作，撰写人员要熟悉各行各业的会计制度和会计准则，具备较高的业务水平，有较丰富的财务会计工作经验和审计工作经验。只有精通业务，才能明察秋毫，在众多的数据材料中发现问题和疑点，找出症结所在。

2. 抓住本质，分清错弊

写作审计报告要善于对大量的第一手材料进行综合分析，透过现象抓住本质，找准问题，分清错弊。“错”和“弊”是两个性质不同的概念。所谓“错”，指的是财务收支项目处理不当，会计手续不完备，应在报告中指出违反制度之处，以便被审计单位把错误改正过来。所谓“弊”，指的是被审计单位违反国家法规和财经纪律，有意识地舞弊，应在报告中明确指出：是违反什么财经纪律、性质如何、手段怎样、责任人是谁、造成后果及舞弊金额等，并提出处理意见，以达到解决问题的目的。

3. 主次分明，详略得当

写作审计报告要抓住主要矛盾，不要面面俱到，写成一篇流水账。审计报告的重点，一般要放在影响全局或影响很大的事上，如性质严重、情节恶劣的事，金额巨大、举足轻重的事，以及积年悬案、群众关注的事。对重点、关键问题要充分展开，讲透讲清；对一般、次要问题可只简略提及，甚至可以略而不提。与此相应，在结构上，要注意主次分明，详略得当；不能眉毛胡子一把抓，事无巨细地罗列现象，堆砌数据。

4. 表述明确，把握分寸

审计报告要提供给有关单位和人员作判断决策之用，因此写作审计报告要表述准确，把握分寸。陈述的事实、列举的数据、对问题的定性都要准确无误。处理意见要具体明确，宽严适度。特别是结论性的语句、关键性的词语，一定要把握分寸，字斟句酌。

4.4.6 范例

审计报告

××××审字〔××××〕第×××号

企业名称：

我们接受委托，审计了贵公司××××年××月至××××年××月“科技型中小企业创新基金（以下简称创新基金）”的收支使用情况以及“科技型中小企业技术创新基金资助项目合同（以下简称项目合同）”中“经济指标”的执行情况。

贵公司的责任是提供真实、合法、完整的审计资料，包括如实编制的创新基金支出明细表和项目产品（服务等）收入明细表（清单），恰当界定项目产品（服务等）的具体范围，并对报表编制、材料提供过程实施内部控制，以使资料不存在由于舞弊或错误而导致的重大错报。

我们的责任是在实施审计工作基础上对创新基金的收支使用情况及合同经济指标的执行情况发表审计意见。我们的审计是按照《中国注册会计师审计准则》与《专项审计报告编制要求》的规定，依据《科技型中小企业技术创新基金资助项目合同》进行的。在审计过程中，我们结合贵公司的实际情况，实施了包括抽查会计记录等我们认为必要的审计程序，我们相信，我们获取的审计证据是充分的、适当的。现将审计情况报告如下：

一、企业及项目基本情况

××××××公司系××××年××月××日注册成立的有限责任公司（或有限公司），由××××工商行政管理局颁发企业法人营业执照，注册号××××××××××；注册资本：人民币××××万元；法定代表人：××××；公司住所：××××××××。公司经营范围：××××。

项目基本情况：（简述项目基本情况）

二、基金合同有关规定

（1）贵公司于××××年××月××日申报“×××××××××××××”项目，并与科技部科技型中小企业技术创新基金管理中心于××××年××月××日签订了《科技型中小企业技术创新基金资助项目合同》，立项代码：×××××××××××××，取得创新基金总额为××万元（其中科技部创新基金××万元，地方立项资助××万元）人民币的资金，用于“×××××××××××××”项目的投入。

（2）项目投资总额为××万元，在项目合同签订时，已完成投资××万元，计划新增投资××万元，其中科技部创新基金资助××万元（先行拨付××万元，剩余的××万元将视项目进展及验收情况再予拨付)。

(3) 创新基金用途规定：创新基金主要用于项目研究开发及中试阶段的必要补助，包括人工费、仪器设备购置费和安装费、商业软件购置费、租赁费、试制费、材料费、燃料费及动力费、鉴定验收费、培训费等与本项目直接相关的支出；或用于贷款付息。

(4) 项目执行阶段的经济指标：

项目合同规定，项目执行期内实现：

累计销售收入　　××××万元

累计缴税　　××××万元

累计净利润　　××××万元

三、项目合同中各项经济指标的执行情况

经审计，项目合同执行情况如下：

(1) 项目投资到位情况：

我们根据银行存款账、进账单及银行对账单，确认项目投资到位情况如下：

截至××××年××月××日，本项目已到位的总投资额为××××万元，其中立项时已完成投资××万元，新增投资××万元，其中：

科技部创新基金　　××××万元

地方资助　　××××万元

企业自筹资金　　××××万元

银行贷款　　××××万元

(2) 项目资金支出情况：

我们根据相关账簿及凭证，确认项目资金支出情况如下：

截至××××年××月××日，本项目实际支出资金××××万元（开发费用中××万元为合同签订时已投入的资金)，其中：

项目产品开发及试制　　××××万元

购置仪器、设备　　××××万元

购置生产设备　　××××万元

流动资金　　××××万元

销售费用　　××××万元

基建　　××××万元

其他　　××××万元

合计　　××××万元

(3) 经济指标完成情况：

截至××××年××月××日，贵公司各项经济指标完成情况如下：

①项目实现收入：

经审计贵公司提供的创新基金资助项目“×××××××××××××”的收入明细清单等资料，项目实现收入为贵公司“×××××××××××××”项目的销售收入和技术服务收入，项目实现收入总额为××××元，其中：

项目收入	××年×月—××年×月	××年×月—××年×月	××年×月—××年×月	累计
项目销售收入				
技术服务收入				
合计				

②项目成本：

根据贵公司提供的销售成本总账、明细账及相关资料，确认项目成本总额为××××元，其中：

项目成本	××年×月—××年×月	××年×月—××年×月	××年×月—××年×月	累计
项目销售成本				
技术服务支出				
合计				

③项目税金：

根据项目应计缴的税金——增值税、营业税及其附加、企业所得税等，确认贵公司在项目执行期间共应计缴税金的总额为××××元，税项及对应税额明细如下：

税　种	××年×月—××年×月	××年×月—××年×月	××年×月—××年×月	累计
增值税				
营业税				
城建税				
教育费附加				
企业所得税				
合　计				

④项目应承担的期间费用：

贵公司生产、销售的产品仅为创新基金资助项目包含的产品。根据贵公司提供的费用总账、明细账及凭证确认，项目执行期间共发生期间费用合计××××元，其中创新基金资助项目产品所发生的期间费用分摊为××××元。

项　目	××年×月—××年×月	××年×月—××年×月	××年×月—××年×月	累计
管理费用				
销售费用				
财务费用				
合计				

⑤项目实现利润：

项目执行期间累计实现利润总额××××元，其中：

项　目	××年×月—××年×月	××年×月—××年×月	××年×月—××年×月	累计
利润总额				
净利润				

⑥企业成长情况：

经审计贵公司提供的项目立项（申请）至验收时的企业会计报表，确认在项目执行期内企业成长情况如下：

指　标	项目立项（申请）时值	项目验收时值	增长率（%）
总资产/元			
总收入/元			
净利润总额/元			
缴税总额/元			

注：增长率$=\frac{(\text{项目验收时值}-\text{项目立项时值})}{\text{项目立项时值}}\times 100\%$

四、审计意见

我们认为，贵公司已在企业会计准则框架下编制的创新基金支出明细表和项目产品（服务等）收入明细表，在所有重大方面均反映了贵公司项目资金支出和收入情况。

五、使用限制

本报告是按照《专项审计报告编制要求》出具的，不适用于其他目的，仅供“科技型中小企业技术创新基金资助项目合同”验收使用。

附送：创新基金申请项目财务报告附注

（会计师事务所全称）　　　　　　中国注册会计师（签名、盖章）：

××××年××月××日　　　　　　中国注册会计师（签名、盖章）：

4.5 经济纠纷诉讼文书

4.5.1 经济纠纷诉讼文书概述

1. 经济纠纷诉讼文书的含义

在当今社会生活中，由于社会经济的迅速发展而带来的财产、债权债务、保险、遗产、合同、商标使用权等的经济纠纷问题越来越多。如何解决这些经济纠纷问题，对当事人双方都是至关重要的。

解决经济纠纷的途径，可以协商，可以诉讼。在经济活动中，双方当事人发生分歧，产生纠纷，如果双方本着互谅互让的原则，通过谈判、协商达成共识，找到双方都能接受的解决问题的办法，这就是协商解决经济纠纷问题。但也有许多经济问题，通过双方的协商无法得到双方都满意的解决办法，在这种情况下，可以通过诉讼，请法院来审理解决。我们把发生经济纠纷的当事人向人民法院起诉，以及人民法院依法对经济纠纷进行审理和判决的过程，称为经济诉讼。

经济纠纷诉讼文书，是指经济诉讼程序中使用的文书总称。其中由当事人拟写的主要有起诉状、反诉状、上诉状、答辩状和申诉状等类型，统称为经济纠纷诉讼状；由人民法院拟写的主要有调解书、判决书、裁定书等。本节介绍的是经济纠纷诉讼状。

2. 与经济纠纷诉讼有关的法律问题

在经济纠纷诉讼中要涉及许多法律概念、法律术语等法律问题。这些问题法律上有固定的解释和界定。在经济纠纷诉讼中当事人理解和掌握这些法律概念、法律术语，对于拟写诉讼文书、维护自己的合法权益都有着非常重要的意义。

1）民事诉讼和民事诉讼参加人。民事诉讼是人民法院根据一方当事人的请求，在双方当事人和其他诉讼参与人参加下，审理和解决民事案件、经济案件的活动，以及由这些诉讼活动所产生的诉讼法律关系。

民事诉讼参加人在诉讼活动中所处的地位不同，所使用的诉讼文书也不一样。但是，各种诉讼文书都要写明诉讼参加人的称谓及其基本情况。因此，在制作诉讼文书时，要明确诉讼参加人的范围，要掌握诉讼参加人在诉讼活动中的称谓，相互之间的关系，以及他们的诉讼权利和义务，以便于恰当准确地拟写诉讼文书。

（1）当事人。

①民事诉讼当事人的概念及种类。民事诉讼当事人是指因民事权利义务发生纠纷或者民事权利受到侵犯，以自己的名义参加诉讼，并受人民法院判决裁定或调解协议约束的利害关系人。狭义的当事人即通常称的原告和被告，广义的当事人还包括诉讼中的第三人。民事诉讼当事人的种类主要有：公民、法人、非法人的其他组织、个体工商户、农村承包经营户、联营等。

②民事诉讼当事人的资格。民事诉讼当事人的资格是指当事人的诉讼权利能力和诉讼行为能力。当事人必须具有诉讼权利能力。凡具有民事权利能力的人，也具有诉讼权利能力。具有民事行为能力的人，也具有诉讼行为能力。未成年人，被宣告为行为能力人，虽具有诉讼权利能力，但没有诉讼行为能力，应由其法定代理人或指定代理人代为进行诉讼。企事业单位、机关、团体的诉讼行为能力，由其法定代表人实现。

③民事诉讼当事人的权利和义务。当事人有委托代理人进行诉讼、申请回避、提供证据、请求调解、提起上诉、申请执行、自行和解以及查阅本案材料等诉讼权利。其义务主要有：必须依法行使诉讼权利，遵守诉讼程序，履行发生法律效力的法律文书等。

④民事诉讼当事人的称谓。当事人在第一审程序中称原告和被告，在第二审程序中称为上诉人和被上诉人；在审判监督程序中，如依第一审程序进行再审称申诉人和被申诉人，如依第二审程序进行再审，仍称上诉人和被上诉人；在执行程序中称申请权利人和被申请权利人。

（2）共同诉讼人。当事人一方或双方为二人以上，其诉讼的是共同民事诉讼，或者诉讼标的是同一种类，人民法院认为可以合并审理的民事诉讼，称共同诉讼。共同诉讼分必要的共同诉讼、普通共同诉讼和集体诉讼三种。

凡双方当事人对争议标的具有共同权利义务关系的共同诉讼，是必要的共同诉讼。如财产共有人之一以其他各共有人为被告提起的请求分割该共有财产之诉讼。对于必要的共同诉讼，人民法院必须合并审理。在必要的共同诉讼中，由于一方多数当事人对诉讼标的有共同权利义务，其中一人的诉讼行为经全体确认后即对全体发生效力。

诉讼标的是同一种类的共同诉讼，是普通的共同诉讼。如房管机关对所管某栋房里的几个承租人提起的追索租金之诉讼，虽然各承租人和房管机关的租赁合同是分别订立的，各有自己的租赁关系，但由于诉讼标的是同一种类的，所以可以同时一并向他们提起交付租金之诉讼。如分开起诉，法院也可合并审理。但因数被告对诉讼标的没有共同的权利义务，故其中一人的诉讼行为对其他共同诉讼人并不发生效力。集体诉讼是指当事人一方或双方人数众多，其诉讼标的是同一种类，由具有相同权益的当事人共同推举一人或数人作为他们的代表参加诉讼，法院作出的判决、裁定或调解协议的效力及对全体相同权益人的诉讼。

(3) 第三人。对当事人双方的诉讼标的，有独立请求权或者案件的处理结果同他有法律上的利害关系，而参加到已经进行的诉讼中的人，称为第三人。就他们对已进行的诉讼标的有无独立请求权，可分为有独立请求权的第三人和无独立请求权的第三人。有独立请求权的第三人，是指对当事人争议的诉讼标的，主张有全部或一部分的权利而参加到已进行的诉讼中的人。这种第三人实际上以原诉讼的双方当事人为被告，自己处于原告的地位，享有原告的诉讼权利和承担原告的诉讼义务。原来的诉讼称为本诉或原诉，与第三人参加的诉讼合并审理。无独立诉讼请求的第三人，是指对当事人争议的诉讼标的，自己没有独立公利，但案件的处理结果同他有法律上的利害关系，申请参加或由法院通知其参加到已进行的诉讼中去的人。

(4) 诉讼代理人。民事诉讼中，代理当事人一方，以被代理人名义，在被代理人授权范围内，代被代理人行使诉讼权利，进行诉讼的人，称诉讼代理人。依照我国民事诉讼法的规定，诉讼代理人有法定代理人、指定代理人和委托代理人三种。

2) 管辖。管辖是指各级人民法院之间以及同级人民法院之间，行使国家审判权处理民事案件的职权范围。

(1) 地域管辖。《中华人民共和国民事诉讼法》规定，经济纠纷案件的地域管辖的一般原则是“原告就被告”，即由被告住所人民法院管辖。同时对下列案件实行特别地域管辖。合同纠纷案件由被告住所地或合同履行地法院管辖；保险合同纠纷由被告住所地或保险标的物所在地法院管辖；票据纠纷案件由票据支付地或被告所在地法院管辖；交通运输合同纠纷案件由运输始发地、目的地或被告住所地法院管辖；侵权纠纷案件由侵权行为地或被告住所地法院管辖；交通事故损害赔偿纠纷案件由事故发生地或车辆、船舶最先到达地、航空器最先降落地或被告住所地法院管辖；船舶碰撞或其他海损事故损害赔偿纠纷案件由碰撞发生地、碰撞船最先到达地、加害船舶被扣留地或被告住所地法院管辖；海难救助费用纠纷案件由救助地或被救助船舶最先到达地法院管辖；共同海损纠纷案件由船舶最先到达地、共同海损理算地或航程终止地法院管辖。除此之外最高人民法院还对共同地域管辖、专利侵权纠纷案件的地域管辖等作了具体的规定。

（2）级别管辖。民事案件的级别管辖，是指各级人民法院之间受理第一审案件的分工和权限。《民事诉讼法》中规定：基层人民法院管辖除该法规定由其上级人民法院管辖以外的所有第一审案件。中级人民法院管辖以下三类案件：重大的涉外案件；在本辖区有重大影响的案件；最高人民法院确定由中级人民法院管辖的案件。高级人民法院管辖在本辖区有重大影响的案件。最高人民法院管辖在全国有重大影响的案件和认为应当由该院审理的案件。依照法律规定，最高人民法院管辖的案件实行一审终审，所作判决裁定一旦送达即发生法律效力。

（3）专属管辖。专属管辖，是指按照诉讼标的特殊性与管辖的排他性而确定的管辖。根据《民事诉讼法》第 34 条的规定，以下案件按专属管辖办理：因不动产纠纷提起的诉讼，由不动产所在地法院管辖；因港口作业中发生纠纷提起的诉讼，由港口所在地法院管辖；因继承遗产纠纷提起的诉讼，由被继承人死亡时住所地或者主要遗产地所在人民法院管辖。

在拟写经济纠纷诉讼文书时，除应特别注意以上几个法律问题外，还应注意民事诉讼的证据、诉讼的期限、诉讼的提起等有关问题。

3. 经济纠纷文书的作用

（1）可以明确诉讼当事人在经济事务中的是非责任。

（2）可以使法人或其他经济组织在经济上免受或少受损失。

（3）有利于法院了解情况和处理案件，提高办案质量。

4.5.2　经济纠纷诉讼文书的格式和写法

1. 经济纠纷诉讼文书的基本结构

根据最高人民法院制定发布的《法院诉讼文书样式》，拟制式诉讼文书的结构由首部、正文和尾部三大部分组成，各部分的内容和排列次序也有明确的规定。现将拟制式诉讼文书的结构内容和排列顺序，概括如下：

首部	1. 标题 2. 双方（或一方）当事人基本信息 3. 案由
正文	1. 请求事项 2. 事实与理由 3. 证据及其来源、证人姓名和住址
尾部	1. 致送机关 2. 附项（写作实践中，附项常写在署名和日期之后） 3. 署名和日期

以上是拟制式诉讼文书的基本结构形式，在具体的拟制过程中，因经济纠纷诉讼文书的种类不同，需要不同，会有差异。

经济纠纷诉讼文书的各种规范式样如下：

1）起诉状规范式样。

式样一

起诉状

原告名称　　　　　住所地

法定代表人（或负责人）姓名　　　　职务

被告名称　　　　　法定代表人（或负责人）姓名　　　　职务

住所地　　　　　　　　　　电话

案由：　　　　　　　　请求事项

事实与理由

证据及其来源，证人姓名和地址

此致

人民法院

附：1. 本诉讼状副本　　份

2. 有关证据、证人情况

起诉人：

年　月　日

注：①本诉状供法人或其他组织提起民事、行政诉讼用。

②被告是法人、组织或行政机关的，应写明其名称和所在地址；民事诉讼的被告是公民的，应写明其姓名、性别、出生年月日（或年龄）、民族、籍贯、职业或工作单位和职务、住址等。

式样二

起诉状

原告名称　姓名　性别　出生　年　月　日　民族　住所地　职业

被告　姓名　性别　出生　年　月　日（或年龄）　民族　住所地　职业

诉讼请求

事实与理由

证据及其来源，证人姓名和住址

此致

人民法院

附：1. 本诉讼状副本　　份

2. 有关证据、证人情况

起诉人：

年　月　日

注：本诉状供公民提起民事、行政诉讼用。

2）民事反诉状的规范式样。

反诉状
反诉人（本诉被告）
被反诉人（本诉原告）
反诉请求
事实与理由
证据及其来源，证人姓名和住址
此致
人民法院
附：1. 本反诉状副本　　份
2. 有关证据、证人情况
反诉人：
年　月　日

3）民事上诉状的规范式样。

式样一

上诉状
上诉人
被上诉人（原审原告、被告、第三人）
上诉人因　　　　　一案，不服　　　　　人民法院
（　）字第　　　　号民事　　　　　　，现提起上诉。
上诉请求
上诉理由
此致
人民法院
附：1. 本上诉状副本　　份
2. 有关证据、证人情况
上诉人：
年　月　日

注：本上诉状供民事、行政案件的公民当事人对一审判决、裁定不服提出上诉用。

式样二

上诉状
上诉人名称（原审原告、被告、第三人）　　　住所地
法定代表人（或负责人）姓名　　　职务　　　电话
被上诉人名称（原审、原告、被告、第三人）
上诉人因　　　　　一案，不服　　　　　人民法院
（　　）字第　　　　号　　　　，现提起上诉。
上诉请求
上诉理由
此致
人民法院
附：1. 本上诉状副本　　份
2. 有关证据、证人情况
上诉人：
年　月　日

注：本上诉状供民事、行政案件的法人、其他组织或行政机关不服一审判决、裁定提起上诉用。

4）答辩状的规范式样。

式样一

民事答辩状
答辩人名称　　　　　住所地
法定代表人（或负责人）姓名　　　职务　　　电话
关于　　　　　　　　　　一案，提出答辩如下：
此致
人民法院
附：本答辩状副本　　份
答辩人：
年　月　日

注：本答辩状供法人或其他组织对民事起（上）诉状提出答辩用。

式样二

民事答辩状
答辩人及基本情况
关于　　　　　　　　一案，提出答辩如下：
此致
人民法院
附：本答辩状副本　　份
答辩人：
年　月　日

注：本答辩状供公民对民事起（上）诉提出答辩用。

5）申诉状的规范式样。

式样一

申诉状
申诉人（原审原告、被告、第三人）
被申诉人（原审原告、被告、第三人）
申诉人因　　　　　　　　一案　不服
民事　　　　，现提起申诉。
申诉请求
此致
人民法院
附：1. 本申诉状副本　　份
2. 其他证据、证人
申诉人：
年　月　日

注：本申诉状供民事、行政案件的公民当事人对一审判决、裁定不服提出申诉用。

式样二

申诉状
申诉人姓名（原审原告、被告、第三人） 住所地
法定代表人（或负责人）姓名 职务 电话
申诉人因 一案，不服 人民法院 （ ）字第 号，现提起申诉
申诉请求
此致
人民法院
附：1. 本申诉状副本 份
2. 其他证据、证人
申诉人：
年 月 日

注：本申诉状供民事、行政案件的法人，其他组织或行政机关不服一审判决、裁定提出申诉用。

2. 经济纠纷诉讼文书的写作

经济纠纷诉讼文书的写作，都有严格的格式，特别是首部和尾部都有很明确的规定。有些内容按格式要求填写即可。

1）民事起诉状的写作。

（1）首部。起诉状首部的写作应依次写明下列事项：

①标题，应在文书正中写上“民事起诉状”或“起诉状”。

②原告的身份等情况，如原告有委托代理人的，可以在原告的下一行写委托代理人的姓名、年龄、职务、住址及其与被代理人的关系。如委托律师为代理人的，则只写律师的姓名和律师事务所（或法律顾问处）的名称。其他的按照民事起诉状的规范式样填写即可。

③被告的身份等情况的写法与上同。

（2）正文。起诉状的正文部分由“诉讼请求”、“事实与理由”和“证据及其来源、证人姓名和住址”三个项目组成。

①诉讼请求。就是原告提起诉讼所要求解决的问题、所要求达到的目的。写作的内容要具体，目的要清楚，要求法院解决的事项要明白，如要求支付违约金的具体数额、要求赔偿损失的具体内容、要求违约方继续履行合同规定的义务等。诉讼请求是诉讼人的最终目的，写作时不能含糊不清。

②事实与理由。是原告提出“诉讼请求”的依据，也是人民法院审理案件的依据，是整

个诉讼的核心内容。起诉状仅有“诉讼请求”还不行，还必须写明赖以提出诉讼的事实与理由。写事实时要实事求是地陈述纠纷发生的时间、地点、原因、经过，要着重把被告违约或侵权行为造成的后果、应承担的责任、双方争执的焦点等实质性问题写清楚。理由的诉说，主要是依据被告的行为，结合有关的法律论述“请求事项”的合法性、合理性，因此，理由部分必须在叙述案件事实的基础上，抓住要害，概括而精确地分析纠纷的性质和被告应负的责任，阐明自己提出诉讼请求的合理性和合法性。叙述事实一般有两种写法：一是按民事纠纷的顺序写，即以时间为线索进行写作；二是交代清楚当事人的关系之后，可以先写当事双方争执的标的情况，后写争执的原因和焦点。理由的常用写法也有两种：一是先写案件事实，再写理由，最后援引法律条文作为理由的根据；二是在叙述事实的过程中进行概括，提出理由，最后援引法律条文作为根据。写事实和理由，在行文上，可写“为此，特向贵院提起诉讼，请依法判决”，或者写“据上所述，要求……请依法判决”。

③证据及其来源、证人姓名和住址。这一部分一般不独立成段，通常把它写在附项里，在正文叙述时，如涉及哪个证据或证人，就加以说明“见附项×”。

(3) 尾部。在正文之后，另起一行写明致送机关；然后在其右下方，由起诉人（又称具状人）签名或者盖章，注明起诉的年月日。具体写法是：

附项的写作在司法实践中一般都写在最后，其具体写法如下：

附：①本诉状副本×份

②物证××件

③书证××件

④证人姓名、住址

2）民事反诉状的写作。其写法与起诉状的写法大致相同。只是当事人的称谓略有改变，即称为“反诉人”、“被反诉人”。

3）民事上诉状的写作。

(1) 首部。上诉状的首部应依次写明：

①标题。在文书正中写“民事上诉状”或“上诉状”。

②当事人的身份等情况。在上诉人与被上诉人之后，用括号注明是原审原告，还是原审被告，如“上诉人（原审被告）”、“被上诉人（原审原告）”。其他的写法与起诉状相同。

③案件来源。在当事人下面另起一行，写明第一审人民法院的全称、文书名称、文书编号和对第一审判决或裁定不服。如上诉人因×××（案名）一案，不服×××人民法院于（年度）××民字第××号民事判决（或者裁定），现提出上诉。上诉的请求和理由如下：……

(2) 正文。上诉状正文的内容有：

①上诉请求。针对原裁判的不当，向第二审人民法院提出撤销、变更原裁判的上诉请求。根据司法实践，上诉请求应针对下列情况提出：第一，原判认定的事实不清，证据不足；第二，原判适用的法律错误；第三，原判诉讼程序不合法等。

②上诉理由。根据事实和法律，针对第一审判决、裁定的不当，予以辩驳。具体来说，应从以下几方面着手：第一，从认定事实方面分析。指出原判决认定事实错误，或原

判决认定事实不清、证据不足。第二，从适用法律方面分析。如果原判决适用法律错误，其结果必然错误。第三，从诉讼程序上进行分析。原判决如果违反民事诉讼程序，就有可能影响到裁判的公正。

(3) 尾部。尾部的写法与起诉状相同，只是将起诉人改为“上诉人”。送至机关为原审人民法院的上一级法院。

4) 民事答辩状的写作。

(1) 首部。答辩状的首部要依次写明：

①标题。在文书开头正中写“答辩状”。

②答辩人的身份等基本情况，与民事起诉状相同。

(2) 正文。答辩是针对起诉状或上诉状的答辩，具有针对性。因此，一审答辩状应针对原告的起诉状所列的事实、理由、证据进行答辩。二审的答辩状应针对上诉状所列各点进行答辩。

(3) 尾部。尾部的写法与起诉状相同，但应改称为“答辩人”；附项与起诉状相同，但应将起诉状副本改称为答辩状副本。

5) 民事申诉状的写作。申诉状的写法，与上诉状基本相同。申诉，必须简明叙述原判或原裁定的内容，针对其中的错误进行申诉，提出事实上、法律上的依据，必须有理有据。

4.5.3 经济纠纷诉讼文书写作的基本要求

在拟制经济纠纷诉讼文书时，要符合以下几方面的要求。

1. 以事实为根据，以法律为准绳

我国民事诉讼法规定，人民法院审理案件“必须以事实为根据，以法律为准绳”。因此，经济纠纷的当事人在撰写诉状时，必须选取真实客观的材料作为依据，绝不容许有半点的虚假。既不能夸大，也不能缩小，更不能罗织、编造。拟写经济纠纷诉讼文书，在尊重事实的基础上，要准确适用法律条文。诉讼当事人在诉状中提出请求理由进行反驳，既要以事实为基础，又要符合有关的法律规定，准确援引有关法律的条文，以体现其合法性。不可感情用事，强词夺理，乱扣帽子，甚至“斩”对方一刀。同时要遵守法定的诉讼程序，如当事人对一审法院的判决或裁定不服，一定要在上诉期限内提出上诉，否则，法院就拒绝受理。

2. 以规范的格式进行书写

经济纠纷诉讼文书的写作有固定的格式。一般分为首部、正文、尾部三部分，各部分的结构也是固定的，不能随意置换、取舍，同时，字迹要工整、清楚，以便于人民法院存档、审阅。

3. 用语要准确

经济纠纷诉讼文书的语言除有程式化的承接、照应用语外，其他用语还有严格的法律要求，如当事人的称谓、身份与尾部的写法等，都有固定的用语。在拟写时，要准确使用各种不同的用语，不可任意改写。

4.5.4 范例

【范例 1】

经济纠纷起诉状

原告人：××市××区××公司

地址：××市××区××路×号

法人代表：×××，系公司经理

被告人：××市××区××商店

地址：××市××区××大街×号

法人代表：×××，系商店经理

案由：追索货款，赔偿损失

诉讼请求：

1. 责令被告偿还原告货款 3 万元。

2. 责令被告赔偿拖欠原告货款 3 个月的利息损失。

3. 责令被告赔偿原告提起诉讼而产生的一切损失，包括诉讼费、请律师费等。

诉讼事实和理由：

原告和被告 2005 年 10 月 18 日商定，被告从原告处购进西凤酒 200 箱，价值人民币 3 万元。原告于当年 10 月 19 日将 200 箱西凤酒用车送至被告处，被告立即开出 3 万元的转账支票交付原告，原告在收到支票的第二天去银行转账时，被告开户银行告知原告，被告账户上存款只有 1.2 万余元，不足清偿货款。由于被告透支，支票被银行退回。当原告再次找被告索要货款时，被告无理拒付。后来原告多次找被告交涉，均被被告以经理不在为由拒之门外。

根据《中华人民共和国民法通则》第 106 条第一款和第 134 条第一款第七项的规定，被告应当承担民事责任，原告有权要求被告偿付货款，并赔偿由于被告拖欠货款而给原告带来的一切经济损失。

证据和证据来源：

1. 被告收到货后签收的收条 1 份

2. 银行退回的被告方开的支票 1 张

3. 法院和律师事务所的收费收据×张

此致

××区人民法院

起诉人：××市××区××公司（公章）

二OO五年十一月二十日

附：1. 本状副本 1 份；

2. 书证×份。

【范例 2】

经济纠纷上诉状

上诉人：张某，女，汉族，19××年×月×日出生

居住地：北京市丰台区×号院×号楼×单元×室

联系电话：××××××

被上诉人：赵某，男，汉族，19××年×月×日出生

住址：北京市海淀区×号楼×单元×室

联系电话：××××××

被上诉人：吕某，女，汉族，19××年×月×日出生

住址：北京市海淀区×号楼×单元×室

联系电话：××××××

案由：房屋买卖合同纠纷

上诉人因不服北京市海淀区人民法院（2009）海民初字第 26885 号判决，认为一审法院认定事实不清，适用法律错误，特提起上诉，请求依法撤销一审判决、依法改判。

上诉请求

请求二审法院依法撤销北京市海淀区人民法院（2009）海民初字第 26885 号判决，改判：确认被上诉人与原告丈夫之间《房产转让协议》无效，被上诉人立即搬离该房屋。

事实与理由

一、一审法院推定上诉人知道并同意转让涉案房屋有误

一审法院根据上诉人未交房款未入住、被上诉人支付税费、上诉人签订户口协议等情节推定上诉人知悉并同意转让涉案房屋，事实依据不足。

1. 购房款、税费等发票上姓名为“张某”，法院在没有其他任何证据的情况下，仅凭被上诉人陈述便推定张某没有缴纳上述费用，有失偏颇；相反，我们认为，上诉人缴纳费用之后，李某（上诉人之夫）因为转让房屋将其交给被上诉人。

2. 张某同意被上诉人居住，并不表示其同意将房屋转让给被上诉人。从现有证据来看，除被上诉人居住涉案房屋外，没有其他任何证据证明张某同意将房屋转让给被上诉人。

3.《房产转让协议》中李某仿冒张某签名，被一审法院误读为李某代张某签字。这是性质完全不同的两种情形，一审法院的误读，将无权代理变成合法代理。一审过程中，上诉人主张签字系仿冒，被上诉人也认可了签字不是张某本人所签，一审法院仍然作出如此的误读，令人费解。

4. 综合全案，没有任何证据证明张某知道并同意转让该房屋。

本案中，没有任何一项证据直接或间接证明张某同意转让该房屋；一审法院作出的推断完全替代了被上诉人的举证义务，造成了诉讼过程中诉讼地位实际上的不平等。

5. 知道转让并不必然同意转让。

即使如一审法院所说，张某知悉转让该房屋，也并不必然同意该房屋转让事宜。根据

交易习惯，转让夫妻共有的房屋时，应取得双方一致同意，当场的共有人须出具未到场一方同意出售或授权的书面材料，本案中没有相关材料。

二、一审法院遗漏重要待决事项未予处理

1. 一审判决中认定的事实与所适用的法律不匹配。

在认定事实时，一审法院用大量的篇幅集中五个理由推定上诉人张某知悉并同意转让涉案房屋，从而认定该协议系张某真实意思表示；但是，针对上诉人主张有关经济适用房转让问题（被上诉人庭审中表示知悉该房屋系经济适用房），一审法院不加重视，并没有认定相关事实，仅仅用“不违反法律、行政法规的强制性规定”一笔带过。

2. 经济适用房5年内不得转让，法官未予重视。

合同法第52条第1项、第4项规定的无效情形，均能够用以认定该转让行为的无效。经济适用房系国家的民生工程，用以保障无住房人拥有一个安身立命的处所；本案中，被上诉人当庭认可其已经拥有他处住房的前提下，一审法官视而不见，仍然支持被上诉人购买涉案房屋，与国情法理不符。

此致

北京市第一中级人民法院

具状人：

二〇〇九年×月×日

【范例3】

经济纠纷答辩状

答辩人：利通实业公司

地址：××××区××××街××××号

法定代表人：夏××，男，30岁，经理

对原告××省××地区时光贸易公司上诉的占用拖欠货款及第三人高××麻袋货款一案答辩如下：

一、对××省××地区时光贸易公司诉告我方拖欠货款问题的答辩如下：

1. ××××年4月18日时光贸易公司的吴××和韩××来我公司，要求一次性购买麻袋10万条。原因是他们与××省××县湘东贸易货栈签订了麻袋购销合同，在合同行将到期的情况下，拿不出货物，请我们帮助解决燃眉之急。我方答应了对方的要求，对方汇入我方人民币20万元整。除去10万条麻袋货款16.8万元整之外，尚余3.2万元整。当时我方要求将余款退回，但对方的吴××和韩××一再要求我方不要退款，要用这笔余款办理麻袋发运和其他业务，并请我方出具介绍信、公章等，为其向××铁路分局装卸公司办理了2万元的发运杂费汇款手续，将麻袋顺利发往目的地。一直到10月末这一段很长的时间内，吴、韩等人几次往返于我市，都没有提起结算退款之事，我方多次提出结算问题，他们都以同对方发生合同纠纷和铁路装卸公司收费不合理为由，拒绝同我方结算。由此可见，对方诉我方拖欠货款是毫无根据的，也是缺乏起码的职业道德的。

2. 从一审法院的卷宗里可以查到，吴××和韩××在调查记录中承认，准备用这笔余款在我市搞业务活动，直到××××年×月×日之前的调查中，他们都直言不讳，说准备在我市使用这笔钱办理其他事宜。因此，对方在上诉状中说“早已要求退款”和“占用拖欠款”等，纯属编造出来的假话。从上述事实可以看出，我方与对方的经济往来，属于正常业务交往，而且我方为对方的业务活动提供了诸多方便条件，对方这种以怨报德的行为是令人气愤的，所以，我方根本不存在“占用拖欠”对方货款问题。一审法院判处我方支付余款，我们同意，但基于上述情况，我方不同意支付余款银行利息。

3. 原告违反国务院〔××××〕××号文件精神，利用经济合同买空卖空，应予以取缔。从表面上看，时光贸易公司买利通实业公司的麻袋，利通公司欠时光贸易公司的剩余款，时光贸易公司催要款项是正确的；而实质上，时光贸易公司从根本上违背了国务院〔××××〕××号文件精神，利用经济合同买空。据湘东贸易货栈张××提供，在麻袋这笔生意上，时光贸易公司一无资金，二无货源。时光贸易公司向湘东贸易货栈大吹有麻袋现货 1 300 万条，导致湘东贸易货栈上门订货，于××××年 3 月 16 日双方签订了麻袋一号合同。数量为 100 万条，总额 167 万元，执行日期是 4 月 20 日前，湘东贸易货栈付给时光贸易公司 52.1 万元预付款。时光贸易公司拿着湘东货栈的预付款大买麻袋，随即又签订二号合同 200 万条，三号合同 350 万条。开始给大连侯家沟批发部 30 万元买麻袋未成，后又拿 20 万元给我方，买了 10 万条麻袋，仅就一号合同而言，只买了 10 万条麻袋，其余 90 万条全部落空，造成了时光贸易公司同湘东贸易货栈的合同纠纷，而在本案一审判决时，时光贸易公司却隐瞒了××县经济合同仲裁调解书，提供了假证，致使一审判决我方“支付从××××年 7 月 13 日起到付款日止的银行存款利息”。根据张××提供的确凿证据，此 20 万元系湘东贸易货栈的预付款，而不是时光贸易公司的款。湘东贸易货栈不要求付息，而时光贸易公司要求付息是没有道理的。以上事实可见，我方不但不应付给对方所谓银行贷款利息，而且认为对方因违反国务院文件精神应予取缔。

二、对第三人高××的答辩

高××原系我公司工作人员，此案发生时已调出。时光贸易公司从我公司购买的 10 万条麻袋，经××铁路分局装卸公司运用 4 车皮之后，剩余麻袋存放在装卸公司，而高××不经原告同意，将剩余麻袋发往西安庆丰公司。在本案运输麻袋短缺纠纷中，一审判决第三人高××返还原告麻袋 6 450 条，而高××在一审法院的庭前调查及开庭中均一口咬定，在给时光公司发麻袋时曾多发 6 450 条，并说我公司欠高 3 000 条麻袋，以此 3 000 条麻袋顶款。事实上我公司与高××从未发生过买卖关系，也不存在麻袋顶款问题。据了解，高××是××××年 1 月 5 日将 6 450 条麻袋发往西安的，而事隔两个月之后，高××于××××年××月××日，骗拉我公司库内的 3 000 条麻袋，被我方发现后及时追回，此事纯属我公司内部事务，与时光贸易公司麻袋事件毫不相干，高××硬把两件不相干的事件搅在一起，其目的是想把水搅混，从中捞一把，请二审法庭详查。

此致

××中级人民法院

具状人：利通实业公司（盖章）

法定代表人：××（签章）

××××年××月××日

【范例 4】

经济纠纷答辩状

申诉人：××省A县××银行信用社

地址：A县××街××号

法定代表人：×××主任

案由：

申诉人A县××银行某信用社因与B县××银行贷款纠纷一案，对××省高级人民法院××××年×月×日××字第×号经济纠纷判决不服，现提出申诉。

申诉请求：

请求重新审理A县××银行某信用社与B县××银行贷款纠纷案，纠正××省高级人民法院××××年×月×日×字第×号经济纠纷判决。

申诉理由：

一、你院终审判决认为，我方并不是与借贷人个体户于某串通，骗取B县银行的贷款，也不是明知个体户于某拿B县××银行的贷款来抵贷，因而收贷时并没有过错。但事后知道此还贷之款系B县××银行的贷款，就应该退还B县××银行，而保留向个体户于某追收贷款的权利。我方认为，既然收贷时没有过错，就应该保护我方合法的收贷行为，保护我方的合法权益。

二、B县××银行在向个体户于某放贷时，没有进行资信调查，也没有令其提供贷款担保单位，就将大笔款项借贷给他，事后又不监督其用贷，有很大过错。依照法律规定，有过错的一方对造成的经济损失也应承担一定的经济责任。而终审法院令我方全数归还B县××银行贷款，没有体现B县××银行因过错而负经济责任的法律要求，这样，使得积极清贷、控制不法分子于某行为的我方反而大受损失，在国家已经收紧银根的时候仍毫无顾忌地向不法分子于某贷款的B县××银行，反而不承担丝毫经济损失，违反了有过错则有责任的基本法律原则。

根据上述理由，请求再审此案，重新作出公正合法的裁判。

此致

××省高级人民法院

申诉人：A县××银行某信用社（盖章）

××××年×月×日

本章小结

1. 财务分析报告是全面、系统、深入、集中地反映企业财务状况和经营成果的总结性书面报告。财务分析报告是会计报表的必要补充，也是决算报告的组成部分。

2. 财务报告的分析方法有趋势分析法与比率分析法。

3. 经济活动分析报告是企业或经济部门在国家经济方针政策和正确的经济理论的指导下，根据计划指标、会计核算、统计资料和调研情况，运用科学的方法对一定范围或时间内经济活动状况及其相互关系进行科学系统的分析研究、评估后写成的书面报告。

4. 经济活动分析报告的特点包括：定期性；检验性；数据对比性；指导性。

5. 纳税检查也叫税务检查，是税务机关以国家的法律、法规政策和税收征收管理制度为依据，对纳税人履行纳税义务情况及其偷逃税行为的审核和查处行为的总称。

6. 审计报告具有总结性、答复性、公证性三个方面的特点。

基础与提高

一 单项选择题

1. 将提出的意见和建议作为标题，这种标题形式常见于哪种财务分析报告。(　　)

A. 全面分析报告　　B. 简要分析报告
C. 专题分析报告　　D. 典型分析报告
E. 分列对比分析报告

2. 对企业的资金、费用、盈亏的情况进行比较全面、系统的分析，以便考核企业经营活动过程中取得的成绩和存在的问题，这种财务分析报告是(　　)。

A. 全面分析报告　　B. 简要分析报告
C. 专题分析报告　　D. 典型分析报告
E. 分列对比分析报告

3. 对所属单位的某些主要财务指标采取分列对比的分析，以便以点带面，推动全面工作，这种财务分析报告是(　　)。

A. 全面分析报告　　B. 简要分析报告
C. 专题分析报告　　D. 典型分析报告
E. 分列对比分析报告

4. 经济活动分析报告的标题各项内容中不能省去的一项是(　　)。

A. 单位名称　　B. 分析期限　　C. 分析内容　　D. 文种

5. 经济纠纷起诉状形式的程式性特点，体现在(　　)两个方面。

A. 格式和语言　　B. 格式和内容
C. 内容和效力　　D. 内容和论证

6. 诉讼法规定，当事人不提交(　　)，不影响人民法院对案件的审理。

A. 经济纠纷起诉状　　B. 经济纠纷答辩状
C. 经济纠纷上诉状　　D. 经济纠纷申诉状

7. 当事人不服一审判决，可在收到判决书的第二天起(　　)内向上一级人民法院提起上诉。

A. 5 日　B. 10 日　C. 15 日　D. 20 日

8. 经济纠纷起诉状的结构包括三部分，它们是(　　)。

A. 标题、首部、正文　B. 标题、正文、附项

C. 首部、内容、尾部　D. 首部、正文、尾部

9. 下列内容，(　　)项属于经济纠纷诉讼范畴。

A. 合同纠纷　B. 离婚

C. 聚众斗殴　D. 交通违章罚款

二 多项选择题

1. 财务分析报告的主体部分常用的结构方式有(　　)。

A. 叙述式　B. 条文式

C. 表格式　D. 总分式

E. 纵横交叉式

2. 会计专业文书的特点有(　　)。

A. 政策性　B. 专业性

C. 真实性　D. 分析性

E. 说明性

3. 会计专业文书常用的说明方法有(　　)。

A. 定义说明　B. 比较说明

C. 数字说明　D. 图标说明

E. 举例说明

4. 每张会计报表反映的内容不同，但其基本结构一般由(　　)组成。

A. 表首　B. 正表

C. 补充资料　D. 主送单位

E. 落款

5. 审计报告的基本思路包括(　　)。

A. 什么任务　B. 查账范围有多大

C. 查出什么问题　D. 下什么结论

E. 怎么处理

6. 审计报告的表达方法有(　　)。

A. 证明性议论　B. 文字说明

C. 图表说明　D. 数字说明

E. 定义说明

7. 下列税务文书中属于狭义的税务专业文书范畴的是(　　)。

A. 税务行政公文　B. 税务分析报告

C. 税务稽查报告　D. 税务行政处罚决定书

8. 税务分析报告的正文包括(　　)。

A. 基本情况　　　　　　　　　　B. 工作实绩
C. 基本原因　　　　　　　　　　D. 经验与问题
E. 对策与建议

9. 税务稽查报告的正文内容除了检查的基本情况、检查依据外，还包括(　　)。

A. 被查纳税人的基本情况　　　　B. 违法事实及结论
C. 基本原因　　　　　　　　　　D. 处理建议
E. 其他要说明的事项

三 案例练习

1. 对下列审计报告进行评析，指出不足之处并修改。

关于对××县罐头厂全面审计的报告

根据省市审计会议的部署精神，县审计局于2000年3月7日至15日，对本县唯一的亏损户××县罐头厂2000年1月至10月的全部会计凭证、账表进行了全面审计。查实的主要问题和处理意见如下：

一、审计结果

该厂1～10月经营管理情况不好，损失浪费433 862.78元，"两清"损失多报62 098.66元，不合理占用资金686 105元，漏提税款1 624.36元，做厂服挂账占用资金14 600元。在管理岗位上责任制不落实，对车间、科室签订的合同不兑现等，没有摆脱吃大锅饭的局面。

二、情况说明

(一) 损失浪费严重

这次审计查处的损失共计433 862.73元。

1. 该厂生产的食品变质、生虫损失达63 463元。其中：

(1) 产品果丹皮……共损失56 165元。

(2) 库存产品饮料变质损失7 298元。

2. 次品、废品损失10 201.99元。该厂由于岗位责任制没落实，各种产品的次品、废品较多……

(二)"两清"时多报包装物掉库损失

审计组进厂后发现账面待处理财产损失420 287.4元，其中包装物格瓦斯瓶掉库36 819.23元，格瓦斯箱掉库25 270.43元，审计组怀疑这两个品种为什么掉库这么多，所以进行了抽查，结果是该厂将原饮料厂转入的已冲减赊销的箱瓶验收小票，又冲减赊销数，误算实务掉库。

(三) 漏计税款

1. 1～9月汽车收入17 810.64元，没有税款，按5%计税，应纳税890.53元。

2. 1～9月次品商品销售收入24 461.06元，没提税款，按3%计税，应纳税 733.83 元。

三、对该厂问题的处理意见

1. 该厂的损失浪费主要是经营管理不善造成的，问题严重。为达到教育全县各单位的目的，促进各行各业加强经营管理，减少或避免损失，请政府批转这份报告，通报全县。

2. 建议其主管公司派专人对厂领导班子进行整顿，摆问题，查原因，落实领导责任制，端正经营思想。

3. 对“两清”损失要重新认真清理，其中多报的掉库损失要作调账处理。

4. 健全资金管理制度，应收销货款 294 807 元，要逐笔落实清回；如果有清不回的呆账损失，要报告主管局、财政和税务研究处理。

5. 加强基本建设的计划管理，今后要杜绝基建超支，对现在已超支的部分要提出处理意见，要报告主管局、财政和税务研究处理。

6. 少提税款 1 624.36 元，12 月份补交。

7. 做厂服占用的资金，要根据县政府规定办理。

8. 加强物资管理和财务管理。物资要按月清点，严格出入库手续，建立严密的物资管理制度。财务要全面核算，包装物的押金账要分户记载，专人管理，逐户清理以前的包装物押金账，清不回来的要说明原因，报告主管局和财税部门，如实反映，制止有数无实的做法。

××县审计局

××月××日

2. 下面是一份经济合同执行过程中由于“变更”而引起的诉讼案例。请代商场（需方）写起诉状。

【案由】 某商场（需方）与某服装厂（供方）签订了一份 800 套时装购销的合同，货款达 50 000 元。合同中规定了服装厂交货的时间与商厂验收时装后的付款时间。后来，由于市场疲软，服装滞销，商场为了避免积压，即以电传方式通知服装厂要求变更合同内容，将原 800 套时装改为 200 套。服装厂收到电传后，不同意商场的变更合同请求，也没有给商场作出任何答复，仍按原合同生产后将 800 套时装送至商场。商场即以“合同已变更”为由，只同意收 200 套，并出示了要求变更合同的电传底稿。双方争执不下，服装厂便以商场违约为由起诉到法院，要求商场赔偿经济损失。

【参考】 结果法院查明情况后，判定合同变更有效，商场不应承担违约责任。

法院为什么会认定合同已变更、商场不承担责任呢？

原来，我国《工矿产品购销合同条例》第一条第二款规定：要求变更（或解除）合同的一方应及时通知对方，对方应在接到通知后 15 天内予以答复，逾期不答复的，视为默认。同时还规定变更或解除合同协议，应当采用书面形式，包括文书、电报（编者注：以上条文在《农副产品购销合同条例》《纺织品、针织品、服装购销合同暂行办法》中也有类似规定）。

3. 根据下面提供的材料代李大有撰写一份答辩状。

2007年8月20日，周武状告李大有借钱不还。基本情况是这样的：2006年8月1日李大有因开餐馆急需30 000元资金，他想到已成大款的好朋友周武，便前去借钱。周武和他的妻子王小梅均是李大有中学同学。夫妻俩热情地接待了他，并很爽快地借给了李大有30 000元，李大有当场写了借条，答应一年之内还清借款，并将借条交给了王小梅。2007年6月10日，王小梅找到李大有，说她最近开办美容院手头有些紧，李大有心领神会，拿出30 000元交给王小梅，并从王小梅手中要回了当初自己借钱时写的借条。不料想，两个月后周武起诉了李大有。李大有找到周武说借款已还给了王小梅。周武告知李大有他与王小梅已经离婚了（离婚日期是2007年6月1日），还给王小梅的钱不算数，要求李大有必须将钱还到自己手里。

第5章 常用公务文书

学习目标

1. 掌握法令公文的概念、作用和种类。
2. 掌握命令和决定的概念、作用、区别和写法。
3. 掌握公告的概念、作用和写法。
4. 掌握通知和通报的概念、作用、区别和写法
5. 掌握意见的概念、作用和写法。
6. 掌握报告和请示的概念、作用、区别和写法。
7. 掌握批复和函的概念、作用和写法。

5.1 法定公文概述

5.1.1 法定公文含义

在解释法定公文之前，我们首先解释公文的含义。

公文，即公务文书，是国家机关及其他社会组织在行使职权和实施管理的过程中形成的具有法定效力与规范体式的文书，是进行公务活动的重要工具。

公文的这一基本含义，可以从以下几个方面来理解：

(1) 公文形成的主体是国家机关及其他社会组织。这些机关或组织都是依据宪法和有关法律、章程、决定建立起来的，是具有法定地位的。这种法定的地位赋予了这些机关与组织在自己的职权范围内有制定和处理公文的权力。

(2) 公文形成的条件是行使职权和实施管理。具有法定地位的机关与组织都有自己的组织系统、领导关系和职权范围，有自己主管的事务与办事意图。它们在行使职权和实施管理的公务活动中，必然会产生体现自身意志的文件材料，这是公文形成的必要条件。

(3) 公文是具有法定效力和规范体式的文书。这是公文区别于其他文章和图书资料的

主要特点。公文的法定效力应在各级机关与组织的职权范围内发挥，不能失职也不可越权。公文体式的规范化是由公文具有法定效力这一特性决定的。公文体式如果不规范，不仅影响公文的质量和版式的美观大方，更重要的是影响公文的严肃性和应有作用的发挥，有时还会给工作造成重大失误。因此，强调公文体式的规范化，是增强公文的权威性与有效性。

法定公文主要指国务院于 2000 年 8 月 24 日发布的《国家行政机关公文处理办法》(以下简称《办法》)中所规定的13种公文文种以及《中国共产党机关公文处理条例》(以下简称《条例》)中所规定的党的机关公文。《办法》第二章公文种类中规定，行政机关的公文种类主要有：命令；决定；公告；通告；通知；通报；议案；报告；请示；批复；意见；函；会议纪要。《条例》中规定，党的机关公文种类主要有：决议；决定；指示；意见；通知；通报；公报；报告；请示；批复；条例；规定；函；会议纪要。

5.1.2 公文、文书和文件

广义的公文就是指公务文书，而公务文书是相对于私人文书而言的，着重指出公文的形成者——法人组织及其代表以及公文的形成背景——在公务活动中产生。因此，公务文书所包含的类型除了《办法》和《条例》中所规定的法定公文文种外，还应当包括专用文书（如起诉书、协议书等）、常用事务性文书（如计划、总结等）等一切由法定的社会组织在处理公务过程中所形成并使用的文书。

在各级各类单位的日常工作活动中，“公文”、“文书”和“文件”这三个概念是经常使用的，如拟写公文（文书、文件)，文书（公文、文件）处理，文件（公文、文书）归档等。在实际工作中，事实上这三个概念常常是通用的，即泛指的情况下，这三个概念的含义基本相同。但在特指的情境中，它们的概念所指是有区别的，“文书”，它可以指公务文书，也可以指私人文书；也可以是某一时期所有文书材料的总称，如“把今年行政办公会议的文书整理出来”；“文书”还可以指一种职业，如“文书小王”。“文件”除了一般情况下与“公文”、“文书”通用外，还有其特指意义，如“中共中央2号文件”。

5.1.3 公文的作用

公文的作用在于它是党和国家具体领导和管理政务，单位之间相互进行联系以及单位内部处理工作事务的一种工具。充分认识公文的作用是使用好公文这一工具的重要前提。具体地说，公文的作用主要表现在以下几个方面：

1. 领导与指导作用

党和国家的各级领导机关，可以经常通过制发公文来部署各项工作，传达自己的意见和决策，对下级机关或部门的工作进行具体的领导与指导。例如，党的中央领导机关通过它所制发的各项指示、决议等重要公文，阐明重大方针政策、战略措施和工作步骤，用以领导和指导各个地区、各条战线的工作。党的领导是政治领导，党对国家事务实行政治领导的主要方式，是使党的主张通过法定程序变成国家意志，通过党组织的活动和党员的模范作用带动广大人民群众，实现党的路线、方针和政策。党发布的领导性文件不是国家法规，但我们国家的法规，包括法律、法令以及行政法规和规章，都是党的政策的具体化。因此，党的政策性文件，代表党的权威，各级机关组织都要贯彻执行，并作为领导和指导各项工作的依据。国家各级行政领导机关和业务主管部门则根据党的政策性文件，制定和发布各种有关的文件，如决定、计划、意见、通知来领导和指导下级机关或下级业务部门的工作。上级机关传达领导意图与下级机关贯彻执行相结合，就使公文成为联系上下级机关的纽带，发挥其领导与指导的作用。

2. 行为规范作用

公文具有行为规范作用，这是公文本身所具有的强烈政治性与法定权威性等特点赋予的。这种行为规范作用又称为法规约束作用。国家的各种法规和规章都是以文件的形式制定和发布的。这些规范性公文一经发布，便成为全社会的行为规范，无论社会组织或个人都应当依照执行，不可违反。它对于维护正常的社会秩序、安定社会生活以及保障人民的合法权益有着极其重要的作用。

必须指出的是，规范性公文的行为规范作用与社会道德规范不同，违反社会公德将受到舆论的谴责，而公文的行为规范作用是带有强制性的。国家以强制手段保证它的权威，谁违反了法律、法规或规章，就要受到法律制裁和行政处分或经济处罚。例如，《中华人民共和国宪法》是国家的根本大法。根据《宪法》又制定与颁布了《民法》《刑法》《兵役法》《婚姻法》等基本法。对这些法律、法令如有违反，国家的执法机关就要"惟你是问"。如违反了法规、规章（如条例、规定、办法、章程、规则等），虽不至于犯法，但要受到批评、警告、记过直至开除等行政处分，有的还要处以罚款。这就说明，这些规范性公文在它的有效范围内，必须成为人们的行为规范，而且强制执行。

3. 传递信息作用

公文是传递信息的重要渠道。党和政府的上下左右机关之间，其决策、方针、设想和意图等政务信息，常常是通过公文的传递而取得的。例如，各级党政领导同志的工作活动情况，各地的突发事件、社会动态、经济技术情况等信息的收集、传递和处理，工作情况的汇报，上级决策、指示的下达，下级贯彻落实上级指示的经验总结和存在问题的报告等都离不开公文这一工具。上级领导机关通过批阅下级机关送来的报告、请示、汇报、调查报告以及简报、总结汇报材料等，就及时掌握了下级机关的信息动态。这就为上级机关指导工作、解决问题以及进行各项决策提供了客观依据。又如，下级机关通过阅读上级机关的指示、决议、通报、通知等文件，就能及时掌握从上级机关传递过来的信息动态，根据这些信息动态，下级机关就可以及时开展工作和完成规定的任务。至于平级和不相隶属机关之间相互使用的"函件"等文件，更多是用于直接为沟通信息及联系各种事务的。公文的这种信息传递作用，使得各级机关组成了一个四通八达的信息网络，机关工作靠公文传递的信息得到处理和解决；上下左右机关之间的关系，靠公文传递的信息得到调整。从而保证了各级各类机关组织的工作正常地、有秩序地运转。

4. 公务联系作用

各机关单位在处理日常事务工作中，经常要与上下左右有关的机关单位进行联系。随着改革开放的不断深化，各机关单位之间的横向联系日趋频繁。机关公务文书的协调联络作用就显得越来越重要、越来越广泛了。一个机关的工作活动，不是孤立地进行的，有时要向它的上级领导机关报告情况、请示问题；有时要与一般机关单位就工作业务进行商洽、询问、回答或交流情况和经验；有时要与有关企业、部门或单位签订合同、协议书等。公文在同一系统的上下级机关之间、平级机关之间以及不相隶属机关之间，都能够起到沟通情况、商洽工作、协调关系、处理问题的公务联系作用。

5. 凭据记载作用

公文是机关公务活动的文字记录。一般来说，绝大多数公文在传达意图、联系公务的同时，也具有一定意义上的凭据作用。这是因为，既然每一份文件都反映了制发机关的意图，那么，对受文机关来说，就可将文件作为安排工作、处理问题的依据。有些文件，则具有比较明显的凭证作用。如经过当事人双方共同签订的协议书、合同等文件，它的凭证作用是作为证实签约双方曾经许诺和承担的责任和义务的依据。谁违反了协议和合同的条款，就要追究谁的责任。可以说，形成这类文件的目的，就是为了作文字凭证的。

还有一些公文具有明显的记载作用，例如会议记录、电话记录、会议纪要、机关大事记、值班日记、各种登记等，都是机关工作活动的真实记录，具有记载作用，可以供日后的利用查考。公文不仅在机关的现行工作中具有凭据记载作用，同时，对于过去的事情，它又成为各级党政机关公务活动的历史记录，是机关史料的积累，是解决矛盾、澄清是非的凭证，也是若干年后编史修志的重要依据。所以，每一份对日后工作具有查考利用价值的公文在完成其现实使命以后，都要整理归档保存，以备查找利用。例如，制定一项新的政策，为了保持政策的连续性，还要参考过去制发的有关这方面内容的公文；机构调整、人事任免、调解矛盾、落实政策等也需要查看过去的有关文件规定，以作参考。因此，公文作为历史事件的记载与查找的依据，其凭据作用是不可忽视的。

以上是公文的主要作用，公文还有知照作用、协调作用、宣传教育作用等，就不一一详述了。实际上，从每一份具体的公文所起的作用来看也并不是单一的，往往同时具有几种作用，我们应该结合起来认识和理解。

5.1.4　公文的种类

公文分类情况简表

	标准	分类			
1	按行文方向上行文	1）平行文	2）下行文		
2	按公文来源收进公文	1）外发公文	2）内部公文		
3	按作者性质党的公文	1）行政公文	2）行业类公文		
4	按办理时间要求特急公文	1）急办公文	2）常规公文		
5	按机密程度绝密公文	1）机密公文	2）秘密公文	3）普通公文	
6	按特点和作用规范性公文	1）指挥性公文	2）报请性公文	3）知照性公文	4）记录性公文

5.1.5 公文的体式

公文的体式是指公文的文体、版面构成要素及其在格式上的安排。公文具有特定的格式，这是公文的特点之一。公文的格式是公文具有权威性和行政约束力在形式上的表现。国家质量技术监督局为此发布了《国家行政机关公文格式》(GB/T 9704—1999)(以下简称《格式》，见附录A《国家行政机关公文格式》)，其中注明，“本标准规定了国家行政机关公文通用的纸张要求、印制要求、公文中各要素排列顺序和标识规则。本标准适用于国家各级行政机关制发的公文，其他机关公文可参照执行。”党和国家法规文件及国标的颁布，对全国各级各类机关公文的标准化、规范化、科学化起到了重要作用，对公文作用的发挥起到了保证作用。

5.1.6 公文的稿本

公文的稿本是指公文的文稿和文本，同一内容和形式的公文，在撰写印刷过程中，以及根据使用时的不同需要，又往往形成不同的文稿和文本。

1. 公文的文稿

(1) 草稿。草稿是指内容和文字表述都还未成熟的原始稿件。文件在定稿之前的历次文稿都称为草稿。草稿主要供发文机关内部在撰拟公文过程中的讨论、修改和送审使用。草稿一般不向外发出，即使有例外，也只是为了征求意见，以便进一步修改。因此，草稿是未定型的非正式文稿。

按照公文文稿修改的次数，可称为初稿、二稿、三稿…… 按照文稿的作用和形成特点，可称为讨论稿、征求意见稿、修改稿、送审稿等。

(2) 定稿。定稿是指草稿经过修改、审阅，并由领导人签发或者会议讨论正式通过的最后完成的定型文稿。只有履行了法定生效程序的定稿才能形成正式文件。因此，定稿是机关制发文件的唯一可靠的标准稿本。

定稿与草稿的显著区别是：定稿是“孤本”，定稿的文面上有文件签发人的签发标记，经会议批准通过的定稿有会议批准通过情况的记载。定稿上面的签发标记决定了它的效力，它是印制正式文件和日后工作查考的直接凭证。从这一点上讲，它比正式文件具有更大的权威性。所以，公文的定稿应与正式文件的样本一同整理归档保存。

2. 公文的文本

同一份文件，根据它们的不同用途，可分为正本、副本、存本、修订本；一些法规性文件又有试行本、暂行本的形式。

(1) 正本。根据已经签发的定稿制发的正式文件，称为“正本”。正本最突出的特点是盖有发文机关的印章或领导人的亲笔签署，以证实文件的效力。

公文正本的形成，在实际工作中也常有例外。例如，各种记录性文件，包括会议记录、电话记录、值班记录、信访记录文件的正本，它们直接在工作进程中形成，并不经过由草稿到定稿、再转化为正本的过程，否则便不能真实、准确、详尽地反映工作情况。还有一些内容简单的公函、通知，领导同志的亲笔复信，原件批回的文件等，都是直接拟文盖章发出。

(2) 副本。凡是根据公文正本复制、誊抄的其他稿本称为副本，副本又称抄本。副本的作用，主要是代替正本供传阅、参考和备查之用。

(3) 存本。公文的存本，是指发文机关印制一份文件的正本后留在本机关的除草稿、定稿以外的印制本。它的特点是根据正本印制甚至同时印制出来，除印章或签署外，具有正本同样的文件格式和附加标记。

存本和副本都是从正本而来，它们的区别在于：存本是不外发的，一般不加盖印章或签署，只是作为正本的样本留在本机关以备查考之用。

(4) 修订本。修订本是对于已经发布生效的文件在实行一个时期以后，文件中的某些内容已不适合当前的情况需要进行修改补充，这种重新予以修改补充再行发布的文本，称为修订本。从修订本发布之日起，原文本即行失效。

(5) 试行本、暂行本。文件的试行本、暂行本一般都是以试行、暂行、试行草案等字样标在公文标题中的文种的后面或前面，比如，《中华人民共和国民事诉讼法（试行）》《××省道路交通事故处理暂行规定》等。这种试行或暂行的文本，大多用于一些法律、法规类文件，在制发机关认为文件内容还不十分成熟，还必须经过一定时期的实践检验，再行修订时所使用的。

5.1.7 公文的行文规范

按照一定的规定或准则来维护机关之间的行文秩序称为行文规范。公文行文规范的内容包括行文关系、行文方向与方式以及行文规则。

1. 行文关系

(1) 同一系统的机关，既有上级领导机关，又有下级被领导机关，上下级机关之间，构成领导与被领导的关系。

例如，党的系统：党中央与各省、自治区、直辖市党委；各省、自治区、直辖市党委与所属的各地、市、州、区（县）党委。政府系统：国务院与各省、自治区、直辖市人民政府；各省、自治区、直辖市人民政府与所属的各市、州、区（县）人民政府。

(2) 上级业务主管部门和下级业务部门之间具有业务上的指导关系。如国家教育部与各省、自治区、直辖市教育厅（局）；国家财政部与各省、自治区、直辖市财政厅（局）；省商业厅与县商业局等。

(3) 非同一系统的机关之间，无论级别高低，既无领导与被领导关系，又无上下级业务部门的指导关系，它们之间的关系，称为不相隶属关系。如省军区与县人民政府；省教委与县民政局，县人民政府与临近县的乡政府以及社会团体、企事业单位之间等。

(4) 同一系统的同级机关之间的关系，属于平行关系。如国务院所属各部、委办之间，省人民政府各厅（局）之间。

以上这四种情况的机关之间，根据工作需要往来公文，就构成了一定的行文关系。前两种情况的机关之间相互行文必须使用上行文或下行文；后两种情况的机关之间相互行文则应使用平行文。

2. 公文的行文方向与方式

根据机关之间不同的行文关系，可以将机关的行文分为上行、下行和平行三个方向，并根据机关工作的需要分为以下几种不同的行文方式：

1）下行文。下行文是指上级领导机关或业务主管部门对所属下级机关或业务部门的一种行文。根据发文的不同目的和要求，下行文可分为以下三种行文方式：

(1) 逐级下行文。逐级下行文，就是指采取逐级下达或者只对直属下级机关下达的一种行文方式。比如，国务院要部署一项工作，虽然是全国性的，但是由于需要各地结合本地区的情况具体布置安排，就可以考虑采用逐级下行文的方式。也就是说，国务院的文件先发到各省、自治区、直辖市人民政府，然后由各省、自治区、市人民政府结合本省的实际情况下达贯彻执行。

(2) 多级下行文。多级下行文，就是指党政领导机关根据工作需要，同时下达几级机关的一种行文方式。比如，党中央的一些文件，往往采取多级下行文的方式，发到县团级以上的各级党组织。采用这种多级下达的行文方式，可以使下属几级党组织迅速而及时地传达最高领导机关的文件，便于及时、全面地领会和贯彻文件的精神，免去了逐级传达和层层转发的环节，达到提高时效的目的和要求。

(3) 直达基层组织和群众的下行文。这种下行文是指党政领导机关直接发到最基层的党政组织或者直接传达到人民群众的一种行文方式。有些文件，可以采取登报、广播等形式，直接与广大群众见面。例如，党的全国代表大会的决议、全国人民代表大会上的政府工作报告，国家领导人在重大节日活动上的讲话，一般都是在报纸上全文刊登的。还有一些法律、法规性文件也直接在报纸上刊登。又如公安、司法等部门的文件，有的也采取张贴的方式，直接向人民群众公布。这种直接与人民群众见面的行文方式能使基层组织和广大人民群众及时地了解文件的精神和全部内容，使党和政府的方针政策与法律、法规文件能迅速地为广大人民群众所掌握，从而起到宣传教育群众和组织动员群众的作用。

2）上行文。上行文是指下级机关或业务部门向所属上级领导机关或业务主管部门的一种行文。根据发文机关的实际工作需要，上行文又可以分为以下三种行文方式：

(1) 逐级上行文。逐级上行文就是指下级机关直接向所属上级领导机关的一种行文方式。这是上行文中最基本、最常用的一种方式。在正常情况下，下级机关一般都应当采用这种逐级行文的方式向所属上级领导机关请示和报告工作，以保证正常的领导关系和业务工作关系。

(2) 多级上行文。多级上行文是指下级机关同时向自己的直属上级机关和更高级的上级领导机关的一种行文方式。比如，市委行文给省委并报党中央；市人民政府行文给省人民政府并报国务院等。但这种行文方式只是在少数特殊需要的情况下采用的，往往是问题比较重大，需要同时报请直接上级机关和更高级的领导机关了解、指示和批复。

(3) 越级上行文。越级上行文就是指在非常必要的时候，下级机关可以越过自己的直接上级领导机关，向更高一级的领导机关直至中央的一种行文方式。不过，这种越级上行文，切不可随意采用，而是在一些特殊必要的情况下才可以采用。如：由于发生特殊紧急的情况，发生战争或严重自然灾害（如地震、水火灾害等），逐级上报将会延误时机、造成损失的问题。

3）平行文。平行文是指同级机关，或者不相隶属的，没有领导与指导关系的机关、部门、单位之间的一种行文。

具体地说，平行文可以在不分系统、级别、地区的党、政、军机关以及社会团体、企业、事业等单位之间使用，这些机关单位之间相互联系工作都可以直接使用公函，采取平行文的方式行文。这样就可以免去按系统传递、增加运转层次的麻烦，以利于节省人力和时间，提高办事效率。

5.2　命令（令）、决定

5.2.1　命令（令）概述

命令是公布行政法规和规章，宣布施行重大强制性行政措施，嘉奖有关单位及人员时使用的文种。

（1）国家主席根据全国人民代表大会或其常委会的决定，公布法律，任免省部级以上官员，授予国家勋章和荣誉称号，发布特赦令、戒严令时使用命令文种。

（2）国务院及其各部根据法律和规章制定行政措施和行政法规。

（3）乡镇以上各级人民政府依照法律规定的权限，有权发布命令。

5.2.2　命令（令）的种类

依据命令的使用范围和作用来划分，有公布令、行政令、嘉奖令、任免令、动员令、戒严令、通缉令、特赦令等。最常用的是公布令、行政令、嘉奖令三种。

5.2.3　命令（令）的格式和写法

命令的主体部分由标题、编号、正文、签署四部分组成。

（1）标题。命令的标题有三种写法。①发文机关＋文种，如“中华人民共和国国务院嘉奖令”。②领导人职务＋文种，如“中华人民共和国主席令”。③发文机关＋主要事由＋文种，如“国务院关于在我国实行法定计量单位的命令”。

（2）编号。①单独编号，中央政府或国家首脑从任期始到任期末跨年度按时间顺序依次编号。②公文发文号。

（3）正文。命令的内容单一，一般一文一事，篇幅短小。除公布令和任免令直接说明公布事项和任免事项外，其他类型的命令正文写法基本相似，都是由命令原由、命令事项及结尾要求三部分组成，这三部分可以独立成段。

（4）签署。若是以机关领导人名义发文，那么签署应包括领导人职务和姓名，若是机关单位发文，应署单位全称。除此之外还应署日期。

5.2.4 范例

【范例1】

中华人民共和国主席令

第五十七号

《中华人民共和国农民专业合作社法》已由中华人民共和国第十届全国人民代表大会常务委员会第二十四次会议于2006年10月31日通过，现予公布，自2007年7月1日起施行。

中华人民共和国主席　胡锦涛

2006年10月31日

【范例2】

长葛市人民政府关于对市地税局的嘉奖令

（二〇〇八年元月十五日）

2007年，市地税局紧紧围绕我市“加快发展、争先进位”的目标，认真落实税收政策，严格税收执法，强化重点税源监控，积极推行科学化、精细化管理，税收征管质量和效率不断提高，全年共组织税收收入26 663万元，同比增长53.4%，为全市经济社会发展做出了突出贡献。鉴于市国税局、地税局取得的突出成绩，决定予以通令嘉奖。

希望市地税局以此为契机，在今后的工作中，团结拼搏，开拓进取，为全市经济建设再立新功。全市各级各部门要以先进为榜样，开拓创新，与时俱进，团结务实，奋力工作，为我市经济社会又好又快发展做出新的更大贡献！

印发单位：长葛市人民政府办公室

印发日期：2008年1月15日

5.2.5 决定概述

决定是党政机关对重要事项或重大行动做出决策和安排的指导性公文。其内容包括对重大事项作出安排；奖惩有关单位及人员；变更或者撤消下级机关不适当的决定，如“××市人民政府关于撤销××县《公路过往车辆收费暂行规定》的决定”。

5.2.6 决定的类型

决定通常可分为以下三种类型。

（1）指挥类决定。对于影响大的重要事项或重大行动作指挥和导向，如“中共中央关于加强党的作风建设的决定”。

（2）奖惩类决定。对于影响大的个人或事件作出决定，以引起注意或警示，如“××市公安局关于对王×所犯错误的处分决定”。

（3）知照类决定。用于机构设置、人事安排、撤销下级机关不适当的决定等。这类决定有“广而告之”之意，实际并不需要大家都去实施，如人大常委会关于人大全体会议何时在何地召开的决定等。

5.2.7 决定的写作

（1）标题。决定的标题一般采用标准式。即发文机关＋主要事由＋文种。标题之下有时会用括号标注该决定何时、何会议通过。

（2）正文。一般指挥类和奖惩类决定写法较为相似，由决定原由、决定事项和期望要求三部分组成；而知照类决定正文较为简单，只写明决定事项即可。

5.2.8 范例

关于×××同志的处理决定

×××同志，男，35岁，曾任本公司财务部出纳。

经人揭发，经本公司依据法律途径查明：×××同志××年×月至××年×月在担任公司出纳期间，将本公司存款5万元挪作其弟购房用。

经过本公司党组织的教育，×××同志已将挪用款全部归还，并加倍偿还了利息损失，并表示对此行为的悔意。

现根据以上情节及表现，经本公司人力资源部研究决定，并报本公司总经理批准，决定对×××同志作出如下处理决定：

1. 调离原工作岗位，到公司行政部门任职。

2. 每月降工资200元，至××年×月×日止。

××市××公司人力资源部

××年×月×日

5.3 公 告

5.3.1 公告概述

公告是向国内外宣布重要事项或法定事项时使用的文种。公告的告知对象具有广泛性特征，它的行文方式是通过新闻媒介（如报纸、电台、电视台等）公开宣布，直达社会和广大人民群众。

5.3.2 公告的类型

公告的种类主要有两种：一是宣布重要事项。凡是用来宣布有关国家的政治、经济、军事、科技、教育、人事、外交等方面需要告知全民的重要事项的，都属此类公告。常见的有国家重要领导岗位的变动，领导人的出访或其他重大活动，重要科技成果的公布，重要军事行动等。如中国人大常务委员会关于确认中国人大代表资格的公告，新华社受权宣布中国将进行向太平洋发射运载火箭试验的公告，都属此类公告。二是宣布法定事项。依照有关法律和法规的规定，一些重要事情和主要环节必须以公告的方式向全民公布。例如《中华人民共和国专利法》第三十九条规定：“发明专利申请经实质审查没有发现驳回理由的，专利局应当作出审定，予以公告。”

还有一类公告是属于专业性的或向特定对象发布的，如经济上的招标公告，按国家专利法规定公布申请专利的公告，属专业性公告；也有按国家民事诉讼法规定，法院递交诉讼文书无法送本人或代收人时，可以发布公告间接送达，是向特定对象发布的，这些都不属行政机关公文。

5.3.3 公告的写作

公告的标题写法有几种，除文种不能省略，发文单位名称和主要事由都可根据具体情况省略。例如：“中华人民共和国全国人民代表大会公告”，“北京市海淀区人民政府建设用地通告”，“国务院办公厅关于夏时制的公告”。

公告的发文字号有的用单独编号，有的发文字号省略，如一些通过媒体发布的公告等。若公告为周知性文体，则无主送机关。

公告一般一文一事，其正文通常由两部分组成，即事由（写公告或通告的原因及依据）和事项（写具体知照内容）。结尾常用“此布”、“特此公告”等惯用语。公告的成文时间可写在标题之下用括号括上，也可以写在落款之下。

5.3.4 范例

福建省2010年度春季考试录用公务员公告

根据公务员法和公务员录用的有关规定，中共福建省省委组织部、福建省公务员局、福建省人力资源开发办公室决定，组织实施福建省2010年度春季考试录用担任主任科员以下及其他相当职务层次非领导职务公务员和参照公务员法管理机关（单位）工作人员的工作。现将有关事项公告如下：

一、招考职位

（略）

二、报考条件

（略）

三、报名办法

（略）

四、考试

（略）

五、体检

（略）

六、考察

（略）

七、录用

（略）

八、咨询监督

（略）

九、注意事项

（略）

中共福建省省委组织部　福建省公务员局　福建省人力资源开发办公室

二〇一〇年一月七日

5.4 通知、通报

5.4.1 通知概述

通知是向特定受文对象告知或转达有关事项或文件，让受文对象知道或执行的公文。它适用于批转下级机关公文，转发上级机关和不相隶属机关的公文；发布规章；传达要求下级机关办理和有关单位需要周知或者共同执行的事项；任免或聘用干部。通知是以下行为主也可以平行的公文文种。

通知具有以下特点：

（1）使用范围的广泛性。通知不受发文机关级别高低的限制，党政各级机关、企事业单位、社会团体都可以使用通知这一文种。

（2）具有一定的权威性。大多数通知对受文单位总是有所指导和要求，提出需要贯彻执行或遵照办理的事项。特别是部署和布置工作、批转和转发文件等，都须明确提出处理某些问题的原则和方法，说明需要做什么，怎么做，达到什么要求，对有关单位和人员具有约束力，起指挥、指导作用。

（3）明显的时效性。通知是一种制发比较快捷、运用比较灵便的公文。通知的事项一般要求有关单位尽快知晓、办理或执行，不容拖延。

5.4.2 通知的类型

通知的适用范围较广，主要有：

（1）发布性通知，主要用于发布行政规章制度。

（2）转发性通知，用于转发上级机关和不相隶属机关的公文给所属有关人员，让他们周知或执行。

（3）批转性通知，用于上级机关批转下级机关的公文（如请示、报告、意见等）给所属有关人员，让他们周知或执行。

（4）指示性通知，上级机关对下级机关某一项工作作出指示和安排，而根据公文内容又不必用“命令”或“指示”时，可使用这类通知。

（5）任免性通知，用于任免国家机关工作人员职务等。

(6) 事务性通知，用于上级机关对下级就某一具体事项布置工作，交代任务及传达有关信息等。较常见的有开会通知、放假通知、成立某领导小组、举办培训班等。

5.4.3 通知的写作

通知的写作形式多样、方法灵活，不同类型的通知使用不同的写作方法。

(1) 印发、批转、转发性通知的写法。标题由发文机关，被印发、批转、转发的公文标题和文种组成，也可省去发文机关名称。正文须把握三点：对印发、批转、转发的文件提出意见，表明态度，如“同意”、“原则同意”、“要认真贯彻执行”、“望遵照执行”、“参照执行”等；写明所印发、批转、转发文件的目的和意义；提出希望和要求。最后写明发文日期。

(2) 批示性通知的写法。标题由发文机关、事由和文种组成，也可省去发文机关名称。正文由缘由、内容包括要求等部分组成。缘由要简洁明了，说理充分。内容要具体明确、条理清楚、详略得当，充分体现指示性通知的政策性、权威性、原则性。要求要切实可行，便于受文单位具体操作。

(3) 事务性通知的写法。通常由发文缘由、具体任务、执行要求等组成。会议通知也属事务性通知的一种，但写法又与一般事务性通知有所不同。会议通知的内容一般应写明召开会议的原因、目的、名称，通知对象，会议的时间、地点，需准备的材料等。

(4) 任免、聘用通知的写法。一般只写决定任免、聘用的机关和依据以及任免、聘用人员的具体职务即可。

5.4.4 通报概述

通报适用于在一定范围内表彰先进、批评错误、传达事项的下行公文。

通报有两个特点：

(1) 内容的真实性。真实性是通报的生命。通报的任何事实和情况都必须真实，不能有虚假和差错。因此，写通报，对正反两方面的事实都要认真核实，做到准确无误，没有水分，对先进事迹，不要拔高；对错误，也要实事求是，这样才能收到最佳效果。

(2) 目的的晓谕性。表彰先进的通报，对被表彰者是一种鼓励，对其他单位是一种教育鞭策，激励他们向先进学习。批评性通报，是让人们知道错误，吸取教训，引以为戒。交流情况的通报，是让人们了解通报事项。

5.4.5 通报的种类

(1) 表彰性通报。主要用来表彰先进，介绍单位或个人成功的经验、做法，以学习先进，见贤思齐，改进与推动工作。

(2) 批评性通报。用来批评后进，纠正错误，打击歪风，指出有关单位或个人存在的错误事实，提出解决办法或处理意见。

(3) 传达性通报。用于传达上级重要精神与重要情况，引起人们的警觉与注意，对当前的工作起指导作用。

5.4.6 通报的格式和写法

标题由发文机关、事由、文种或事由、文种构成。如《国务院关于一份国务院文件周转情况的通报》《关于人大建议、政协提案办理情况的通报》等。如果是机关内部内容较为简单的通报也可以只用“通报”二字。

表彰性通报和批评性通报的正文一般分为三部分：

(1) 主要事实。表彰性通报要突出主要先进事迹，批评性通报要突出主要错误事实。

(2) 分析指出事例的教育意义。表彰性通报，在阐述先进事迹的基础上，提炼出主要经验、意义和值得学习与发扬的精神。批评性通报要分析错误的性质、危害，产生的根源和责任，指出应吸取的主要教训等。

(3) 决定要求。表彰性和批评性的通报，应写明组织结论与予以表彰或处理的决定，同时提出对表彰或批评对象与读者的希望、要求。为了防范和杜绝类似错误发生，批评性通报的结尾处，通常要有针对性地提出防范的措施或规定。传达性通报一般不写决定要求。

情况通报有两种形式：一种只对有关事实作客观叙述；另一种还对有关情况加以分析说明，有时还针对具体问题提出应采取何种对策的指导性意见。

5.4.7 通知与通报的不同

(1) 内容范围不同。通知与通报都有告知的作用，但通知告知的主要是工作情况，以及需要共同办理或遵守、执行的事项；通报则是告知正反面典型事例，或者有关重要的精神或情况。

(2) 目的要求不同。通知的目的主要是布置工作，要求受文单位处理有关工作或事项，有严格的约束力，要求遵照执行；通报的目的主要是交流、了解情况，或通过正反面的典型事例去教育人们，宣传先进思想和事迹，提高人们的认识。

(3) 表现方法不同。通知的表现方法主要是叙述，告诉人们做什么，怎么做，叙事具体，语言平实；通报的表现方法则兼具叙事、说明、议论，有较强烈的感情色彩。

5.4.8 范例

【范例1】

国务院关于召开全国劳动模范和先进工作者表彰大会的通知

各省、自治区、直辖市人民政府，国务院各部委、各直属机构：

为了调动全国人民改革开放和建设社会主义的积极性，更好地完成各项任务，国务院决定，××××年“五一”国际劳动节前夕召开全国劳动模范和先进工作者表彰大会，表彰全国各行各业、各条战线在改革和建设中作出突出贡献的先进个人。现将有关事项通知如下：

一、表彰范围

这次大会拟表彰全国劳动模范和先进工作者3 000名。表彰范围是××××年以来，在改革开放、经济建设、工农业生产和各项社会事业中做出突出贡献的工人、农民、专业技术人员、管理人员、机关工作人员及其他人员。

二、组织领导（略）

三、工作要求

评选、表彰全国劳动模范和先进工作者是我国各族人民政治生活中的一件大事，为切实做好这项工作，各省、自治区、直辖市人民政府和各有关部门，一定要加强领导，认真做好表彰大会这项工作。评先全国劳动模范和先进工作者，要面向基层，面向经济建设第一线，评选出坚持党的基本路线，一贯勤勤恳恳、任劳任怨、改革创新、杰出的先进人物。妇女、少数民族应占一定比例。通过评选活动，广泛宣传各行各业先进人物的模范事迹和崇高精神，动员广大群众以先进模范人物为榜样，努力工作，为夺取改革开放和现代化建设事业的新胜利而努力奋斗。劳动模范和先进工作者评选条件、评选方法、评选数额分配等事项，由筹委会另行通知。

特此通知

国务院办公厅

××××年×月×日

【范例2】

通　报

技术部员工××受公司委派，担任华润雪花啤酒阜阳公司工地的临时负责人，带领工程部员工组三人在现场施工。期间一名工程队员请假回家处理重要事情，工地只剩二人作业，由于业主要求的工期紧，工程部从其他地方临时调配人员也需时间。这时××没有袖手旁观和消极等待，而是主动和工程队员一起进行施工作业，这一举动既缓解了现场人员不足的问题，又赢得了工程队员的赞扬。

公司认为××作为技术部工作人员，受公司委派临时到阜阳工地负责管理施工，在施工人员不足的时候能够主动顶岗与工程队员一起施工，没有任何抱怨，也没有部门之分。这种以公司利益为上的主动协助精神是×××公司一贯倡导的工作氛围和企业文化精神，是团队意识的具体体现。公司决定对××提出通报表扬。

公司希望所有在施工现场工作的项目经理、工地负责人和公司总部到施工现场的工作人员以××员工为榜样，急工程之所急，想员工之所想，和现场施工队员同甘共苦，树立公司管理人员的良好形象。

二〇〇一年七月十二日

5.5 意　见

5.5.1 意见概述

意见是上级领导机关对下级机关部署工作，指导下级机关工体活动的原则、步骤和方法的一种文件，指导性很强。

5.5.2 意见的种类

依据提出意见的机构地位的不同，可以把意见分为两类：

(1) 直接指导型。这是领导机关直接对重要问题发表意见，用以指导下级的工作，如《中共中央、国务院关于加强科学技术普及工作的若干意见》。

(2) 批转执行型。这类“意见”由职能部门提出，经领导机关同意，批转或转发各下级部门执行，如关于批转《昆山市市属生产经营型事业单位转企改制工作实施意见》。

5.5.3 意见的格式和写法

(1) 意见的标题，一般也是由发文单位、事由、文种组成，但如经上级机构批转或转发，则上级应用“通知”的形式下达，而将“意见”全文附在后面。

(2) 意见的正文，一般根据“意见”内容的多少，分部分或分条分点阐述，其第一部分或第一点，多半是提出意见的现实依据，后面部分则是对工作的具体要求及实施的原则、步骤、方法等。

5.5.4 范例

国务院办公厅关于加快发展服务业若干政策措施的实施意见

国办发〔2008〕11号

各省、自治区、直辖市人民政府，国务院各部委、各直属机构：

为贯彻党中央、国务院关于加快服务业发展的要求和部署，落实《国务院关于加快发展服务业的若干意见》（国发〔2007〕7号）提出的政策措施，促进“十一五”时期服务业发展主要目标的实现和任务的完成，经国务院同意，现提出以下意见：

一、加强规划和产业政策引导

（略）

二、深化服务领域改革

（略）

三、提高服务领域对外开放水平

（略）

四、大力培育服务领域领军企业和知名品牌

（略）

五、加大服务领域资金投入力度

（略）

六、优化服务业发展的政策环境

（略）

七、加强服务业基础工作

（略）

国务院办公厅

二〇〇八年三月十三日

5.6 报告、请示

5.6.1 报告概述

报告适用于向上级机关汇报工作，反映情况，答复上级机关的询问。它只能作上行文。

报告有以下特点：

(1) 内容的实践性。向上级汇报工作也好，反映情况也好，都是本单位已经做过的，或发生了的。怎样做就怎样写，做得好的总结经验，做得不好的指出其不足。那些没有做过的，尚在设想和计划中的工作或情况，一般不写到报告里去。

(2) 选材的灵活性。大部分的报告，其选材的自由度较大，写什么，不写什么，选择权掌握在发文单位手里。发文单位可根据本单位的实践挑选最有特色、最有价值、最有新意的材料来写。当然，答复报告则要按上级的要求实事求是地写。

5.6.2 报告的种类

(1) 工作报告。它是下级机关向上级机关汇报一段时期工作的报告，使上级了解下级的工作。

(2) 情况报告。它是向上级机关反映情况的报告，及时汇报本地区、本单位发生的重大事件，在一定范围内带有倾向性的情况。如遭受重大灾害、发生重大事故等，都必须尽快向上级报告有关情况。

(3) 建议报告。它是向上级机关提出工作建议、措施的报告。有的报告只要上级机关认可，这类建议报告称为呈报性建议报告；有的建议报告要求上级机关批准转发给下级机关执行，这类报告称为呈转性建议报告。呈转性建议报告政策性强，一旦经上级批转，就变成了上级机关的意志，体现了上级机关的意图，能指导下级机关的工作。

5.6.3 报告的格式和写法

不同类型的报告，其正文的写作，各有不同要求。

1. 工作报告

正文内容一般包括基本情况、主要成绩、经验体会、存在的问题、今后工作的意见等。它的写法与工作总结正文的写法有相似之处。

2. 情况报告

情况报告正文涉及的范围比较广泛，如灾情、民情、案情、财务、税收、物价、质量、安全、卫生等多方面。其写法不强求一律，但都要力求做到以下几点：

（1）内容集中、单一，突出重点，抓住本质，实事求是地反映情况；

（2）把情况讲得具体、清楚，把事情的经过、原委、结果、性质等写明白；

（3）提出处理的意见或建议；

（4）写作要及时，以便让上级机关尽快掌握有关情况。

3. 建议报告

建议报告的内容比较集中，它的正文一般分为情况分析和意见措施两部分。需要上级机关批转的，还要在结尾处写上“以上报告如无不妥，期批转”。

5.6.4 请示概述

请示是向上级机关请求指示、批准时使用的一种上行文。请示主要用于在实际工作中，遇到缺乏明确政策规定的情况需要处理；工作中遇到需要上级批准才能办理的事情；超出本部门职权之外，涉及多个部门和地区的事情，请示上级予以指示等。

具体来说，请示的适用范围有以下几方面：

（1）对上级有关方针、政策、指示或法律、规章不够明确或有不同理解，需上级机关做出明确解释或答复。

（2）从本地区、本单位的实际情况出发，需要上级对某项政策、规定做出变通处理，有待上级重新审定，明确答复。

（3）在工作中出现新情况、新问题需要处理而无章可循，无法可依，需要上级机关做出明确指示。

（4）需要上级解决本地区、本单位的某一具体问题或实际困难。

（5）按上级机关和主管部门有关政策规定，不经请示批准，无权自行处理的问题。

但应注意，凡自己职权范围内的工作，或经过努力可以处理和解决的问题、困难，都应尽力自行解决，不要动辄请示，把矛盾上交。

请示有如下特点：

（1）行文内容的请求性。请示是向上级机关请求指示和批准的，其内容必定有请求事项。

（2）行文目的的求复性。请示的目的是请求上级指示、批准，要求上级做出明确答复，或解决具体困难。

（3）行文时机的超前性。请示必须在事前行文，等上级机关批复后才能付诸实施，不能先斩后奏。

5.6.5 请示的类型

根据行文目的的不同，请示可分为请求批准类请示、请求帮助类请示、请求批转类请示。

5.6.6 请示的格式和写法

1. 请示标题的写作

请示标题与一般公文的标题写法基本相同。只是在写标题时要注意，不能将“请示”写成“报告”或“请示报告”。标题中尽可能不出现“申请”、“请求”之类的词语。

2. 请示正文的写作

请示正文包括以下三项内容：

(1) 缘由。请示的缘由就是提出请示事项的理由。请示的理由是写作请示的关键，写得充分与否，直接关系到请示事项能否成立，也关系到上级机关审批请示的态度。如缘由较复杂，必须讲清情况，举出必要的事实、数据，实事求是，具体明白。

(2) 请求事项。指需要上级机关批准、解答、帮助的具体问题。请求事项要符合国家法律、法规、政策，切合实际，具有可行性和可操作性。

(3) 结束语。结尾一般的写法有：“以上请示，请批复”、“以上意见当否，请批示”、“以上请示，请审批”。这虽然是很简单的一句话，但却是请示必不可少的内容。

5.6.7 请示写作的基本要求

(1) 一文一事。一份请示只能写一件事。如果一文多事，则可能导致受文机关无法批复。

(2) 单头请示。一份请示，只能主送一个上级机关，不能同时主送两个或两个以上的上级机关。受双重领导的机关向上级机关发文时，要根据请示内容，主送一个上级机关，抄送另一上级机关。

(3) 不越级请示。一般不越级请示，如果因情况特殊或事项紧急必须越级请示，则应同时抄送越过的上级机关。

(4) 不得抄送下级机关。请示是上行公文，不得同时抄送下级机关。

(5) 用语要得体。请示的用语要谦恭、庄重，结尾应用约定俗成的专用结语。

5.6.8 请示与报告的区别

(1) 行文目的不同。请示旨在请求上级批准、指示，需要上级批复，重在呈请；报告则主要是向上级汇报工作，反映情况，提出意见和建议，答复上级询问，一般不需要上级批复，重在呈报。

(2) 行文时间不同。请示须在事前行文；报告一般在事后或事中行文。

(3) 内容侧重点不同。请示和报告都有陈述、汇报的内容，但报告的重点在于汇报工作情况，不能夹带请求事项；而请示中所陈述的情况只是作为请示的原因，即使反映情况或阐述缘由所占的篇幅较多，其重点还是请求事项。

5.6.9 范例

【范例 1】

项目请款报告

广州市环保局：

（单位全称）建于 19××年，位于广州市××区××路，是（否）属广州市政府划定的高污染燃料禁燃区范围。本公司（厂）主要从事（经营）××业务，现有×台蒸发量×吨/小时的燃（重油、煤、柴油或其他燃料）蒸汽（导热）锅炉（或窑炉）。根据广州市政府发布的《关于划定禁止销售使用高污染燃料区域的通告》要求，我公司（厂）决定将现有锅炉（或窑炉）改为（管道天然气、液化石油气、管道煤气、电、太阳能或其他清洁能源）锅炉×台蒸发量×吨/小时。项目总投资××万元，其中财政补助资金××万元，计划××××年×月×日开工，××××年×月×日完成。现按照合同约定，向你局申请补助资金××万元。

开户银行名称：

账户名称：

账号：

申请单位（盖章）：

二〇一〇年×月×日

【范例 2】

××市人民政府关于建立××市体育学校的请示

××省人民政府：

我市体育事业在省委、省政府的关怀下，有了一定发展，在开展群众性体育活动、提高运动技术水平方面取得了一些成绩。但是，近年来我市运动技术水平与兄弟地、市相比有下降趋势。其原因之一是我市体育师资严重缺乏。全市有中小学 5 636 所，体育教师 1 600人，其中学过体育专业的只有 286 人，这种状况已影响到基础训练。此外，我市重点业余体校毕业生的出路问题不能解决，不仅造成了体育人才的大量外流，而且严重影响了这所体校的招生，使重点业余体校日渐失去生机与活力。这些问题的存在，对全面提高我市的教育质量，为国家培养和输送优秀人才，产生了十分不利的影响。

鉴于上述情况，我们认为，我市急需建立一所以培养体育师资和优秀运动员为目标的体育学校，因此，拟将市重点业余体校改办成中等专业性质的体育学校。具体办学意见如下：

一、学校名称：（略）

二、学制及课程设置：（略）

三、招生对象及规模：（略）

四、场地设施：（略）

五、师资：（略）

六、经费：（略）

以上妥否，请批示。

××市人民政府

2009 年 6 月 14 日

5.7 批复、函

5.7.1 批复概述

批复适用于答复下级机关的请示事项。它只能作为下行文。批复根据其回复内容可分为指示性批复和表态性批复。批复具有以下三个特点：

(1) 针对性。批复具有很强的针对性，一般是一请示一批复，不涉及请示以外的其他事项。

(2) 被动性。批复是被动行文，它是依赖请示而存在的。先有请示，然后才能批复。任何一份批复都是对应请示做出的。

(3) 权威性。批复具有很强的权威性。上级机关通过批复表态准许怎样做，不准许怎样做，下级机关必须遵照执行。

5.7.2 批复的格式和写法

1. 标题的写法

批复标题的构成比较特殊，常用的形式有两种：一种是由发文机关、事由、文种三项构成，如"甘肃省人民政府关于兰州市住房制度改革实施方案的批复"。另一种是由发文机关、事由、请示机关、文种四项构成，如"国务院关于同意安徽省设立滁州市、巢湖市给安徽省人民政府的批复"。

批复标题与其他公文标题不同之处有三点：将下级请示的标题事由，写入批复标题之中构成事由；常常把下级机关名称写入标题之中；对请示表示同意的批复，标题中介词"关于"之后常加上"同意"二字。

2. 主送机关的写法

批复的主送机关，一般只有一个，那就是发出请示的下级机关。

3. 正文的写法

批复正文由三部分组成。

(1) 批复依据。正文的开头部分写批复依据，即引述下级请示的标题和发文字号，如"你局《关于……的请示（×发〔2010〕××号）》收悉。"也有的批复只引述来文字号，如"你县〔2010〕××号请示收悉"。引述来文标题和发文字号是为了说明批复依据，点明批复对象，使请示机关一看批复的开头，就明确批复的针对性。一般在引述来文的标题和发文字号后，加上"经研究，现答复如下"，起承上启下的作用。

(2) 批复事项。即对请示中提出的问题，做出答复。这是正文内容的重要部分，应根据党和国家的方针、政策、法令、规章制度和实际情况，针对请示作出明确具体的答复。如同意，则写上肯定性意见，还可提出对下级机关的要求；如不同意，则应在否定性意见后面写明理由。

（3）结束语。一般是另起一行空两格写上“此复”、“特此批复”、“专此批复”等收束语作结，也可省略不写。

5.7.3　函概述

函适用于不相隶属机关之间商洽工作，询问和答复问题，请求批准和答复审批事项。它主要作平行文，有时也可作上行文或下行文使用。具体来说，函的适用范围包括以下四个方面：

（1）平行机关或不相隶属机关之间的商洽性、询问性、答复性公务联系；

（2）向无隶属关系的业务主管部门请求批准有关事项；

（3）业务主管部门答复或审批无隶属关系的机关请求批示的事项；

（4）机关单位对个人的公务联系，如答复群众来信等。

函的特点主要表现在以下三方面：

（1）适用范围广，使用方便灵活。它既可以用于互相商洽工作，询问答复问题，又可用于向主管部门请求批准事项及主管部门审批答复有关事项。

（2）行文方向具有多向性。它既可平行，又可上行或下行，但大多数作平行文。

（3）短小精悍。函一般内容单一，篇幅短小，语言简洁明了。

5.7.4　函的类型

1. 按内容和作用，函可以分为三种

（1）商洽函。它主要用于平行机关或不相隶属机关之间互相商洽工作，联系有关事宜，如商调干部、联系参观学习、洽谈业务等。

（2）询问、答复函。它主要用于下级机关向上级机关询问有关事项，或上级机关答复下级机关的询问事项。其次是平行机关、不相隶属机关之间相互询问或答复有关事宜。

（3）请求批准函。它是下级机关向上级机关或业务主管机关请求批准时所使用的函。这种函与请示的作用大致相同，但也有区别。其主要区别是：重要事项向上级机关请求指示、批准时，请示严重事项或较小事项需要向上级机关或业务主管机关请求批示时，可用函。

2. 按行文方向，函可以分为去函和复函两种

（1）去函。即主动发出的函，也叫来函。

（2）复函。它是针对来函提出的问题或事项作出答复的函。

5.7.5　函的写作

1. 标题的写法

函的标题一般由发文机关、事由和文种三项组成，如“××省人民政府关于建设气象卫星综合应用业务系统资金配套的函”就是由上述三项组成的。

2. 发文字号的写法

函是正式公文，其编号有两种写法：一种是与其他公文一致的发文字号；另一种是作为函件，为区别于请示、批复的文号，常常单独编号，如“××函字第××号”。

3. 正文的写法

去函与复函的写法略有区别。去函的正文开头，一般写商洽、请求、询问或告知事项的依据、背景、缘由，采用叙述或说明的写作手法，既要简明扼要，又要交代清楚。第二部分则提出要求和希望。不论对哪一级机关，提出要求的语气都要谦和，既不巴结，也不生硬。如果要求对方回复，在结尾部分应写上“请函复”、“请复”之类的结语。

复函正文的写法同批复正文的写法基本相同，由引语和答复意见两部分组成。引语是引述来函标题及文号（也可只引述来函字号）。答复意见即针对来函提出的商洽、询问或请求给予明确具体的答复，即表示同意或不同意的态度。如同意，则做出肯定性答复；如不同意，则应说明理由。结束部分一般另起一行空两格写上“特此函复”、“专此函复”或“此复”等。

无论是去函或复函，在写作时都应注意措词得当，平等待人。函的语言很讲究，必须谦和、诚恳。对上级要尊重、谦敬，但不恭维逢迎；对下级要严肃，但不盛气凌人；对平行单位、不相隶属单位，要以礼待人，用商量口气。总之，语言表达要得体，有礼貌，尊重对方，一般不用“必须”、“应该”、“注意”等指示性语言。

5.7.6 范例

【范例 1】

国务院关于武汉市城市总体规划的批复

国函〔2010〕24 号

湖北省人民政府：

你省《关于审批〈武汉城市总体规划〉（2006—2020 年）的请示》收悉。现批复如下：

一、原则同意修订后的《武汉市城市总体规划（2010—2020 年）》（以下简称《总体规划》）。

二、武汉市是湖北省省会，国家历史文化名城，我国中部地区的中心城市，全国重要的工业基地、科教基地和综合交通枢纽。《总体规划》实施要以科学发展观为指导，坚持经济、社会、人口、环境和资源相协调的可持续发展战略，统筹做好武汉市城乡规划、建设和管理的各项工作。要按照合理布局、集约发展的原则，推进经济结构调整和发展方式转变，大力发展高新技术产业，不断增强城市综合实力和可持续发展能力，完善公共服务设施和城市功能，逐步把武汉市建设成为经济繁荣、社会和谐、生态良好、特色鲜明的现代化城市。

三、重视城乡统筹发展。在《总体规划》确定的 8 494 平方公里的城市规划区范围内，实行城乡统一规划管理。主城区要依托“两江交汇、三镇鼎立”的自然格局，逐步完善汉口、武昌、汉阳的功能，促进一体化发展。要加快卫星城镇发展，依托主要交通干线，建成以主城区为核心的多轴、多中心、开放式的城市空间布局，防止城市无序蔓延。要按照城乡统筹发展的要求，根据市域内不同地区的条件，有重点地发展基础条件好、发展潜力大的建制镇，优化村镇布局，促进农业产业化和农村经济快速发展。

四、合理控制城市规模。到2020年，主城区城市人口控制在502万人以内，城市建设用地控制在450平方公里以内。根据《总体规划》确定的城市空间布局，积极引导人口的合理分布，避免主城区人口过度集聚。根据武汉市资源、环境的实际条件，坚持集中紧凑的发展模式，切实保护好耕地特别是基本农田。重视节约和集约利用土地，合理开发利用城市地下空间资源。

五、完善城市基础设施体系。要加快公路、铁路、水运和民航等区域性交通基础设施建设，改善交通运输条件，充分发挥武汉市的全国重要交通枢纽功能。进一步加强长江航道港口规划建设和运营管理，切实发挥长江中游航运中心的作用。建立安全畅通的步行与自行车交通系统，坚持公共交通优先原则，大力发展绿色交通，减少交通能耗。加强城市综合交通枢纽的规划和建设，促进城市对内与对外交通系统的协调和衔接。统筹规划建设城市供水水源、给水、排水和污水、垃圾处理等基础设施。重视城市防灾减灾工作，加强重点防灾设施和灾害监测预警系统的建设，建立健全包括消防、人防、防洪和防震等在内的城市综合防灾体系。

六、建设资源节约型和环境友好型城市。城市发展要走节约资源、保护环境的集约化道路，坚持节流、开源、保护并重的原则，节约和集约利用资源，贯彻落实《国务院关于武汉城市圈资源节约型和环境友好型社会建设综合配套改革试验总体方案的批复》（国函〔2008〕84号）精神。依靠科技进步，积极开发新能源，大力发展循环经济，切实做好节能减排工作。坚持经济建设、城乡建设与环境建设同步规划，严格按照规划提出的各类环保标准限期达标。按照节能减排目标，明确责任主体，落实工作措施，严格控制高耗能行业的发展，强化工业、交通和建筑节能，加强城市环境综合治理，严格控制污染物排放总量，提高污水处理率和垃圾无害化处理率。加强水资源保护，严格控制地下水的开采和利用，提高水资源利用效率和效益，建设节水型城市。加强对污染源的控制，保护好长江、汉江、严西湖等水体和沉湖湿地等自然保护区与九峰等森林公园及东湖等风景名胜区。

七、创造良好的人居环境。要坚持以人为本，创建宜居环境。统筹安排关系人民群众切身利益的教育、医疗、市政等公共服务设施的规划布局和建设。将廉租房、经济适用房和中低价位、中小套型普通商品房的建设目标纳入近期建设规划，确保城市保障性住房用地的分期供给规模、区位布局和相关资金投入。根据城市的实际需要，稳步推进城市和国有工矿棚户区改造，提高城市居住和生活质量。

八、重视历史文化和风貌特色保护。要统筹协调发展与保护的关系，按照整体保护的原则，切实加强对城市传统风貌和格局的保护，严格控制建筑的高度、体量、色彩和形式。重点保护好江汉路及中山大道等历史文化街区，加强对武昌起义旧址、周恩来故居等文物保护单位及其周围环境的保护。维护好武汉市“江、湖、山、城”的自然生态格局，突出江河交融、湖泊密布的城市风貌特色。

九、严格实施《总体规划》。城市建设要实现经济社会协调发展，物质文明和精神文明共同进步。城市管理要健全民主法制，坚持依法治市，构建和谐社会。《总体规划》是武汉市城市发展、建设和管理的基本依据，城市规划区内的一切建设活动都必须符合《总体规划》的要求。要结合国民经济和社会发展规划，明确实施《总体规划》的重点和建设时序。城乡规划行政主管部门要依法对城市规划区范围内（包括各类开发区）的一切建设用地与建设活动实行统一、严格的规划管理，切实保障规划的实施，市级城市规划管理权不得下放。要加强公众和社会监督，提高全社会遵守城市规划的意识。驻武汉市各单位都要遵守有关法规及《总体规划》，支持武汉市人民政府的工作，共同努力，把武汉市规划好、建设好、管理好。

武汉市人民政府要根据本批复精神，认真组织实施《总体规划》，任何单位和个人不得随意改变。你省和住房城乡建设部要加强对《总体规划》实施工作的指导、监督和检查。

国务院

二〇一〇年三月八日

【范例 2】

关于上报《××公司二期改造项目评估报告》的函

××工银商字〔2010〕××号

××市××分行：

现呈报〈××公司二期改造项目评估报告〉，请审阅。

附件：××公司二期改造项目评估报告。（略）

×××工商银行（盖章）

二〇一〇年十一月五日

本章小结

1. 法定公文不仅是国家各级行政机关依法行政、处理公务的重要工具，由于各级各类的企事业单位、社会团体在经济活动中与行使职权和实施管理过程中也会接触到行政公文，因此法定公文使用范围广泛，是经济应用文重要组成部分。

2. 最常用的命令有公布令、行政令和嘉奖令三种。

3. 通知是向特定受文对象告知或转达有关事项或文件，让受文对象知道或执行的公文。通报是在一定范围内表彰先进、批评错误，传达事项的下行公文。

4. 请示与报告的区别在于：行文目的不同、行文时间不同、内容侧重点不同。

5. 批复具有针对性、被动性和权威性三大特点。

基础与提高

一 单项选择题

1.《关于××厂进口SD6型自动车床的请示》，作者是（ ）。

A. ××厂 B. ××厂的负责人

C. 起草文件的刘秘书 D. 签发文件的董事长

2. 不相隶属的机关之间联系工作，应当用（ ）。

A. 通报 B. 通知 C. 函 D. 意见

3. 下列“请示”的结束语中得体的是（ ）。

A. 以上事项，请尽快批准

B. 以上所请，如有不同意，请来函商量

C. 所请事关重大，不可延误，务必于本月10日前答复

D. 以上所请，妥否？请批复

4. 几个机关联合发文，只能标明（ ）。

A. 主办机关的发文字号 B. 所有机关的发文字号

C. 至少两个机关的发文字号 D. 根据情况临时规定的发文字号

5. 一般应在公文首页标识签发负责人姓名的文件是（ ）。

A. 下行文 B. 平行文 C. 上行文 D. 越级行文

6. 主送机关是（ ）。

A. 有隶属关系的上级机关 B. 受理公文的机关

C. 收文机关 D. 需要了解公文内容的机关

7. 下列文种必须以领导人签发日期为成文日期的是（ ）。

A. 会议报告 B. 条例 C. 工作总结 D. 请示

8. 特殊情况越级向上行文，应抄送给（ ）。

A. 直属上级机关 B. 直属下级机关

C. 系统内的所有同级机关 D. 有业务联系的机关

9.“请示”可以直接交给领导者个人的是（ ）。

A. 领导人直接交办的事项 B. 与领导人直接相关的事项

C. 重要文件 D. 机密文件

10. 答复上级机关的询问，使用（ ）。

A. 通报 B. 请示 C. 报告 D. 通知

11.《××广播局关于向××县土地局申请划拨建设电视转播台用地的请示》，该标题主要的错误是（ ）。

A. 违反报告不得夹带请示的规定

B. 违反应协商同意后再发文的规定

C. 错误使用文种，应使用函

D. 错误使用文种，应使用报告

12. 任免和聘用干部的公文文种为（ ）。

A. 命令 B. 指示 C. 通知 D. 通报

13. 向非同一组织系统的任何机关发送的文件属于(　　)。

A. 上行文　B. 平行文　C. 下行文　D. 越级行文

14. 公文中兼用的基本表达方式是(　　)。

A. 议论、描写、说明　B. 议论、抒情、说明

C. 议论、叙述、说明　D. 叙述、抒情、说明

15. 公文的标题一般由哪些要素组成(　　)?

A. 版头、发文字号　B. 抄送机关、版头、主题词

C. 份号、密级标志、主题词　D. 发文机关名称、内容、文种

16. 公文版头的作用是(　　)。

A. 醒目、严肃　B. 公文作者法定的权威性

C. 公文要求的必要标记　D. 标明公文制发机关

17. 撰写《关于审批第三批国家历史文化名城和加强保护管理的请示》一文时，符合撰写要求的说法是(　　)。

A. 应正确标注主送机关与抄送机关

B. 一般应直接报送领导者个人

C. 适宜采用概括叙述的表达方式，避免描述事情的细枝末节或罗列数字

D. 可同时要求对历史文化名城周边的自然风景区加以保护管理

18. 为了维护正常的领导关系，具有隶属关系或业务指导关系的机关之间应基本采取(　　)。

A. 逐级行文　B. 多级行文　C. 越级行文　D. 直接行文

19. 下列公文写作中，语句符合规范的是(　　)。

A. 该卷烟厂全体职工同心协力，奋发自强，在上半年不到三个月时间里，就创造出产值比去年同期增长200%的奇迹

B. 我们一定要采取措施，尽可能节省不必要的开支

C. 目前有关部门已对该报作出停刊整顿并令其主要负责人深刻检查等纪律处分的处理

D. 一艘在巴拿马注册的名为“协友”的货轮9月9日1时30分在斯里兰卡东部亭可马里突然遭到泰米尔“猛虎”组织袭击而失事，五名船员失踪

20. 请示的结束语部分有多种说法，下面哪种表达比较妥当(　　)?

A. “以上要求，请予批准”

B. “以上意见，请批复”

C. “上述意见，是否妥当，请指示”

D. “上述意见，请考虑”

21. 文稿草拟后，应当由谁审核，是(　　)。

A. 拟稿人　B. 办公厅（室）

C. 机关主要负责人　D. 主持工作的负责人

22. 向下级机关布置工作，规定行动规范要求，办理有关事项是(　　)。

A. 批转性通知　B. 商榷性通知　C. 周知性通知　D. 任免性通知

23. ××市农业局向省农场管理局行文要求解决石门农垦场水利补助经费，

其公文是(　　)。

A. 请示　　B. 报告　　C. 函　　D. 请示报告

24. ××市国有资产管理局将2001年国资管理工作情况作出总结形成公文上报市人民政府，其公文文种是(　　)。

A. 请示　　B. 报告　　C. 函　　D. 请示报告

25.《财政部关于组织开展耕地占用税检查工作的通知》按其功能和内容来分，属于(　　)。

A. 批转性通知　　B. 商榷性通知　　C. 周知性通知　　D. 任免性通知

26. 正确的发文字号是(　　)。

A. 国发〔2002〕8号　　B. 国发〔02〕8号

C. 〔2002〕国发8号　　D. 国发〔2002〕08号

二 多项选择题

1. 写作“报告”应注意的问题是(　　)。

A. 陈述事实要清楚扼要　　B. 表达观点要精练清晰

C. 语言要简洁朴实　　D. 引文不能断章取义

E. 注解不能道听途说

2. 下列事项能够制发通知的有(　　)。

A. 某公司聘用一名经理

B. 某银行向各储蓄所下达季度储蓄任务

C. 某人事厅贯彻财政厅有关职工福利发放标准的文件

D. 两单位之间商洽某具体事项

E. 某公司答复另一个公司的询价

3. 下列各种通知的标题，其格式正确的有(　　)。

A.《会议通知》

B.《国务院关于清理检查“小金库”的通知》

C.《国务院批转审计署文件的通知》

D.《通知》

E.《财政部国家税务局关于降低金融保险业营业税税率的通知》

三 案例练习

1. 省经委召开全省经济工作会议，出席对象为各市分管经济的副市长、各市经委主任，请代该省经委拟写会议通知。

2. 某县根据该县气候条件和特点，决定推广烤烟种植项目。为解决烤烟种植过程中的技术问题，县农科所决定请省农科所派技术专家来县里进行专业培训。共举办5期培训班，每期100人。参训学员为具有高中以上文化程度的农业技术骨干。请代写一份请求函。

3. 某研究所筹建生物工程实验室，但资金尚缺100万元，拟向省科技厅请示拨款，请代该研究所拟定这份请示，再代该省科技厅拟写同意该研究所拨款请示的批复。

附录

附录 A　国家行政机关公文格式

（GB/T 9704—1999）

1　范围

本标准规定了国家行政机关公文通用的纸张要求、印刷要求、公文中各要素排列顺序和标识规则。

本标准适用于国家各级行政机关制发的公文。其他机关可参照执行。

使用少数民族文字印制的公文，其格式可参照本标准按有关规定执行。

2　引用标准

下列标准所包含的条文，通过在本标准中引用而成为本标准的条文。本标准出版时，所标版本均为有效。所有标准都会被修订，使用本标准的各方应探讨使用下列标准最新版本的可能性。

GB/T 148—1997 印制、书写和绘图纸幅面尺寸。

3　定义

本标准采用下列定义。

3.1　字 word

标识公文中横向距离的长度单位。一个字指一个汉字所占空间。

3.2　行 line

标识公文中纵向距离的长度单位。本标准以 3 号字高度加 3 号字高度 7/8 倍的距离为一基准行；公文标题以 2 号字高度加 2 号字高度 7/8 倍的距离为一基准行。

4　公文用纸主要技术指标

公文用纸一般使用的纸张定量为 $60g/m^2$～$80g/m^2$ 的胶版印刷纸或复印纸。纸张白度为 85％～90％，横向折度≥15 次，不透明度≥85％，pH 值为 7.5～9.5。

5　公文用纸幅面及版面尺寸

5.1　公文用纸幅面尺寸

公文用纸采用 GB/T 148 中规定的 A4 型纸，其成品幅面尺寸为 210mm×297mm，尺寸允许偏差见 GB/T 148。

5.2　公文页边与版心尺寸

公文用纸天头（上白边）为：37mm±1mm

公文用纸订口（左白边）为：28mm±1mm

版心尺寸为：156mm×225mm（不含页码）

6　文中图文的颜色

未作特殊说明公文中图文颜色均为黑色。

7 排版规格与印刷装订要求

7.1 排版规格

正文用3号仿宋体字，文中如有小标题可用3号小标宋体字或黑体字，一般每面排22行，每行28个字。

7.2 制版要求

版面干净无底灰，字迹清楚无断划，尺寸标准，版心不斜，误差不超过1mm。

7.3 印制要求

双面印刷，页码套正，两面误差不得超过2mm。黑色油墨应达到色谱所标BL100%，红色油墨应达到色谱所标Y80%、M80%。印品着墨实，均匀；字面不花、不白、无断划。

7.4 装订要求

公文应左侧装订，不掉页。包本公文的封面与书芯不脱落，后背平整、不空。两页页码之间误差不超过4mm。骑马订或平订的订位为两钉钉锯处订眼距书芯上下各1/4处，允许误差±4mm。平订钉锯与书脊间的距离为3～5mm；无坏钉、漏钉、重钉，钉脚平伏牢固；后背不可散页明订。裁切成品尺寸误差±1mm，四角成90度，无毛茬或缺损。

8 公文中各要素标识规则

本标准将组成公文的各要素划分为眉首、主体、版记三部分。置于公文首页红色反线（宽度同版心，即156mm）以上的各要素统称眉首；置于红色反线（不含）以下至主题词（不含）之间的各要素统称主体；置于主题词以下的各要素统称版记。

8.1 眉首

8.1.1 公文份数序号

公文份数序号是将同一文稿印制若干份时每份公文的顺序编号。如需标识公文份数序号，用阿拉伯数码顶格标识在版心左上角第1行。

另：公文结构层次序数，第一层为“一、”，第二层为“(一)”，第三层为“1.”，第四层为“(1)”。

8.1.2 秘密等级和保密期限

如需标识秘密等级，用3号黑体字，顶格标识在版心右上角第1行，两字之间空1字；如需同时标识秘密等级和保密期限，用3号黑体字，顶格标识在版心右上角第1行，秘密等级各保密期限之间用“★”隔开。

8.1.3 紧急程度

如需标识紧急程度，用3号黑体字，顶格标识在版心右上角第1行，两字之间空1字；如需同时标识秘密等级与紧急程度，秘密等级顶格标识在版心右上角第1行，紧急程度顶格标识在版心右上角第2行。

8.1.4 发文机关标识

由发文机关全称或规范化简称后加“文件”组成；对一些特定的公文可只标识发文机关全称或规范化简称。发文机关标识上边缘至版心上边缘为25mm。对于上报的公文，发文机关标识上边缘至版心上边缘为80mm。如需标识公文份数序号、秘密等级和保密期限以及紧急程度，可在发文机关标识上空 2 行向下依次标识。

发文机关标识推荐使用小标宋体字，用红色标识。字号由发文机关以醒目美观为原则酌定，但是最大不能≥22mm×15mm（高×宽）。

联合行文时应使用主办机关名称在前，“文件”二字置于发文机关名称右侧，上下居中排布；如联合行文机关过多，必须保证公文首页显示正文。

8.1.5　发文字号

发文字号由发文机关代字、年份和序号组成。发文机关标识下空 2 行，用 3 号仿宋体字，居中排布；年份、序号用阿拉伯数码标识；年份应标全称，用六角括号“〔〕”括入；序号不编虚位（即 1 不编为 001），不加“第”字。

发文字号之下 4mm 处印一条与版心等宽的红色反线。

8.1.6　签发人

上报的公文须标识签发人姓名，平行排列于发文字号右侧。发文字号居左空 1 字，签发人姓名居右空 1 字；签发人用 3 号仿宋体字，签发人后标全角冒号，冒号后用 3 号楷体字标识签发人姓名。

如有多个签发人，主办单位签发人姓名置于第 1 行，其他签发人姓名从第 2 行起在主办单位签发人姓名之下按发文机关顺序依次顺排，下移红色反线，应使发文字号与最后一个签发人姓名处在同一行并使红反线与之距离为 4mm。

8.2　主体

8.2.1　公文标题

红色反线下空 2 行，用 2 号小标宋体字，可分一行或多行居中排布；回行时，要做到词意完整，排列对称，间距恰当。

8.2.2　主送机关

标题下空 1 行，左侧顶格用 3 号仿宋体字标识，回行时仍顶格；最后一个主送机关名称后标全角冒号。如主送机关名称过多而使公文首页不能显示正文时，应将主送机关名称移至版记中的主题词之下、抄送之上，标识方法同抄送。

8.2.3　公文正文

主送机关名称下一行，每自然段左空 2 字，回行顶格。数字、年份不能回行。

8.2.4　附件

公文如有附件，在正文下空 1 行左空 2 字用 3 号仿宋体字标识“附件”，后标全角冒号和名称。附件如有序号使用阿拉伯数码（如“附件：1.××××”）；附件名称后不加标点符号。附件应与公文正文一起装订，并在附件左上角第 1 行顶格标识“附件”，有序号时标识序号；附件的序号和名称前后标识应一致。如附件与公文正文不能一起装订，就在附件左上角第 1 行顶格标识公文的发文字号并在其后标识附件（或带序号）。

8.2.5　成文时间

用汉字将年、月、日标全；“零”写为“○”；成文时间的标识位置见 8.2.6。

8.2.6　公文生效标识

公文生效标识是证明公文效力的表现形式。它包括发文机关印章或签署人姓名。公文生效标识有以下两种情况，一种是单一发文机关如何标识公文生效标识，另一种是联合行文的机关如何标识公文生效标识。

8.2.6.1 单一发文印章

单一机关制发的公文在落款处不署发文机关的名称，只标识成文时间。成文时间右空4字；加盖印章应上距正文一行之内，端正、居中下压成文时间，印章用红色。

当印章下弧无文字时，采用下套方式，即仅以下弧压在成文时间上；当印章下弧有文字时，采用中套方式，即印章中心线压在成文时间上。

8.2.6.2 联合行文印章

当联合行文须加盖两个印章时，应将成文时间拉开，左右各空7字；主办机关印章在前；两个印章均压成文时间，印章用红色。只能采用同种加盖印章方式，以保证印章排列整齐。两印章间互不相交或相切，相距不超过3mm。

当联合行文须加盖3个以上印章时，为防止出现空白印章，应将各发文机关名称（可用简称）按加盖印章顺序排列在相应位置，并使印章加盖或套印其上。主办机关印章在前，每排最多3个印章，两端不得超过版心；最后一排如余一个或两个印章，均居中排布；印章之间互不相交或相切；在最后一排印章之下右空2字标识成文时间。

8.2.6.3 特殊情况说明

当公文排版后所剩空白处不能容下印章位置时，应采取调整行距、字距的措施加以解决，务使印章与正文同处一面，不得采取标识“此页无正文”的方法解决。

8.2.7 附注

公文如有附注，用3号仿宋体字，居左空2字加圆括号标识在成文时间下一行。

8.3 版记

8.3.1 主题词

“主题词”用3号黑体字，居左顶格标识，后标全角冒号；词目用3号小标宋体字；词目之间空一字。

8.3.2 抄送

公文如有抄送，在主题词下1行左右各空一字，用3号仿宋体字标识“抄送”，后标全角冒号；抄送机关间用逗号隔开，回行时与冒号后的抄送机关对齐；在最后一个抄送机关标句号。如主送机关移至主题词之下，标识方法同抄送机关。

8.3.3 印发机关和印发时间

位于抄送机关之下（无抄送机关则在主题词之下）占1行位置；用3号仿宋体字。印发机关左空1字，印发时间右空1字。印发时间以公文付印的日期为准，用阿拉伯数码标识。

8.3.4 版记中的反线

版记中各要素下均加一条反线，宽度同版心。

8.3.5 版记的位置

版记应置于公文最后一页（封四），版记的最后一个要素置于最后一行。

9 页码

用4号半角白体阿拉伯数码标识，置于版心下边缘之下一行，数码左右各放一条4号一字线，一字线距版心下边缘 7mm。单页码居右空 1 字，双页码居左空 1 字。空白页和空白以后的页不标识页码。

10　公文中的表格

公文如需附表，对横排 A4 纸型表格，应将页码放在横表的左侧，单页码置于表的左下角，双页码置于表的左上角，单页码表头在订口一边，双页码表头在切口一边。

公文如需附 A3 纸型表格，且当最后一页为 A3 纸型表格时，封三、封四（可放分送，不放页码）应为空白，将 A3 纸型表格贴在封三前，不应贴在文件最后一页（封四）上。

11　公文的特定格式

11.1　信函式格式

发文机关名称上边缘距上页边的距离为 30mm，推荐使用小标宋体字，字号由发文机关酌定；发文机关全称下 4mm 处为一条武文线（上粗下细），距下页边 20mm 处为一条武文线（上细下粗），两条线长均为 170mm。每行距中排 28 个字。首页不显示页码。发文机关名称及双线均印红色。发文字号置于武文线下 1 行版心右边缘顶格标识。发文字号下空 1 行标识公文标题。如需标识秘密等级或紧急程度，可置于武文线下 1 行版心左边缘顶格标识。两线之间各要素的标识方法从本标准相应要素说明。

11.2　命令格式

命令标识由发文机关名称加“命令”或“令”组成，用红色小标宋体字，字号由发文机关酌定。命令标识上边缘距版心上边缘 20mm，下边缘空 2 行居中标识令号；令号下空 2 行标识正文；正文下一行右空 4 字标识签发人名章，签名章左空 2 字标识签发人职务；联合发布的命令或令的签发人职务应标识全称。在签发人名章下一行右空 2 字标识成文时间。分送机关标识方法同抄送机关。其他从本标准相关要素说明。

11.3　会议纪要格式

会议纪要标识由“××××会议纪要”组成。其标识位置同 8.1.4，用红色小标宋体字，字号由发文机关酌定。会议纪要不加盖印章。其他要素从本标准规定。

附录B　国务院公文主题词表

(1997年12月修订)

国务院办公厅秘书局

为适应办公现代化的要求，便于计算机检索和公文管理，特编制《国务院公文主题词表》(以下简称词表)。词表主要用于标引国务院、国务院办公厅印发的文件和各地区、各部门上报国务院及其办公厅的文件。

一、编制原则

(一) 词表结构务求合乎逻辑，具有较宽的涵盖面，便于使用。

(二) 词表体现文档管理一体化的原则，即词表中主题词的区域分类和类别词可分别作为档案分类中的大类和属类。

二、体系结构

(一) 词表共由15类1 049个主题词组成，分为主表和附表两大部分，主表有13类751个主题词，附表有2类298个主题词。词表分为三个层次。第一层是对主题词区域的分类如"综合经济"、"财政、金融"类等。第二层是类别词，即对主题词的具体分类，如"工交、能源、邮电"类中的"工业"、"交通"、"能源"和"邮电"等。第三层是类属词。如"体制"、"职能"、"编制"等。第二层和第三层统称为主题词，用于文件的标引。

(二) 1988年12月和1994年4月修订的词表中曾列入本词表而不再继续用作标引的主题词，用黑体单列在区域分类的最后部分。

三、标引方法

(一) 一份文件的标引，除类别词外最多不超过5个主题词。主题词标在文件的抄送栏之上，顶格写。

(二) 标引顺序是先标类别词，再标类属词。在标类属词时，先标反映文件内容的词，最后标反映文件形式的词。如《国务院关于加强水土保持工作的通知》，先标类别词"农业"，再标类属词"水土保持"，最后标上"通知"。

(三) 一份文件如有两个以上的主题内容，先集中对一个主题内容进行标引，再对第二个主题内容进行标引。如《国务院关于在若干城市试行国有企业兼并破产和职工再就业有关问题的通知》，先标反映第一个主题内容的类别词"经济管理"，再标类属词"企业"、"破产"；然后标反映第二个主题内容的类别词"劳动"，再标类属词"就业"；最后标"通知"。

(四) 根据需要，可将不同类的主题词进行组配标引。如《国务院关于"九五"期间深化科学技术体制改革的决定》，可标"科技、体制、改革、决定"。

(五) 当词表中找不出准确反映文件主题内容的类属词时，可以在类别词中选择适当的词标引。同时将能够准确反映文件内容的词标在类属词的后面，并在该词的后面标"△"以便区别。

（六）列在区域分类最后，用黑体标出的主题词只供检索用，不再用作标引。

（七）附表中的主题词与主表中的主题词具有同等效力，标引方法相同，不同的是，如果附表中所列国家、地区的实际名称发生了变化，使用本表的各单位可先按照变化后的标准名称进行修改和使用。国务院办公厅秘书局将定期修订附表。

四、词表管理

（一）本词表由国务院办公厅秘书局负责管理和解释，具体工作由档案数据处承办。

（二）本词表自1998年12月1日起执行，1994年4月修订的词表同时废止。

国务院公文主题词表

01. 综合经济（77个）

01A　计划

规划　统计　指标　分配　统配　调拨

01B　经济管理

经济　管理　调整　调控　控制　结构　制度　所有制　股份制　责任制　流通　产业　行业　改革　改造　竞争　兼并　开放　开发　协作　资源　土地　资产　资料　产权　物价　价格　投资　招标　经营　生产　转产　项目　产品　质量　承包　租赁　合同　包干　国有　国营　私营　集体　个体　企业　公司　集团　合作社　普查　工商　商标　注册　广告　监督　增产　效益　节约　浪费　破产　亏损　特区　开发区　保税区　展销　展览　商品化　横向联系　第三产业　生产资料

02. 工交、能源、邮电（69个）

02A　工业

冶金　钢铁　地矿　机械　汽车　电子　电器　仪器　仪表　化工　航天　航空　核工　船舶　兵器　军工　轻工　有色金属　盐业　食品　印刷　包装　手工业　纺织　服装　丝绸　设备　原料　材料　加工

02B　交通

铁路　公路　桥梁　民航　机场　航线　航道　空中管制　飞机　港口　码头　口岸　车站　车辆　运输　旅客

02C　能源　石油　煤炭　电力　燃料　天然气　煤气　沼气

02D　邮电

通信　电信　邮政　网络　数据　民品　厂矿　空运　三线　通讯　水运　运费

03. 旅游、城乡建设、环保（42个）

03A　旅游

03B　服务业

饮食业　宾馆

03C　城乡建设

城市　乡镇　基建　建设　建筑　建材　勘察　测绘　设计　市政　公用事业　监理　环卫　征地　工程　房地产　房屋　住宅　装修　设施　出让　转让　风景名胜　园林　岛屿

03D 环保

保护区 植物 动物 污染 生态 生物 风景 饭店 城乡 国土 沿海

04. 农业、林业、水利、气象（56 个）

04A 农业

农村 农民 农民负担 农场 农垦 粮食 棉花 油料 生猪 蔬菜 糖料 烟草 水产 渔业 水果 经济作物 农副产品 副业 畜牧业 乡镇企业 农膜 种子 化肥 农药 饲料 灾害 以工代赈 扶贫

04B 林业

绿化 木材 森林 草原

防沙治沙

04C 水利

河流 湖泊 滩涂 水库 水域 流域 水土保持 节水 防汛 抗旱 三峡

04D 气象

气候 预报 预测 烟酒 土特产 有机肥 多种经营 牧业

05. 财政、金融（57 个）

05A 财政

预算 决算 核算 收支 财务 会计 税务 税率 审计 债务 积累 经费 集资 收费 资金 基金 租金 拨款 利润 补贴 折旧费 附加费 固定资产

05B 金融

银行 货币 黄金 白银 存款 贷款 信贷 贴现 通货膨胀 交易 期货 利率 利息 贴息 外汇 外币 汇率 债券 证券 股票 彩票 信托 保险 赔偿 信用社 现金 留成 流动资金 储蓄 费用 侨汇 折旧率

06. 贸易（52 个）

06A 商业

商品 物资 收购 定购 购置 市场 集贸 酒类 副食品 日用品 销售 消费 批发 供应 零售 拍卖 专卖 订货 营业 仓库 储备 储运 货物

06B 外贸

对外援助 军贸 进口 出口 引进 海关 缉私 仲裁 商检 外商 外资 合资 合作 关贸 许可证 驻外企业 贸易 倒卖 外向型 议购 议售 垄断 经贸 贩运 票证 外经 交易会

07. 外事（42 个）

07A 外交

对外政策 对外关系 领土 领空 领海 外交人员 建交 公约 大使 领事 条约 协定 协议 议定书 备忘录 照会 国际 涉外事务 抗议

07B 外事

国际会议 国际组织 对外宣传 出访 出国 出入境 签证 护照 邀请 来访 谈判 会谈 会见 接见 招待会 宴会 外国人 外宾 对外友协 外国专家 涉外

08. 公安、司法、监察（46 个）

08A 公安

警察 武警 警衔 治安 非法组织 安全 保卫 禁毒 消防 防火 检查 扫黄 案件 处罚 户口 证件 事件 危险品 游行 海防 边防 边界 边境

08B 司法

政法 法制 法律 法院 律师 检察 程序 公证 劳改 劳教 监狱

08C 监察

廉政建设 审查 纪检 执法 行贿 受贿 贪污 处分 侦破

09. 民政、劳动人事（85 个）

09A 民政

基层政权 选举 行政区划 地名 人口 双拥工作 社会保障 社团 救灾 救济 募捐 婚姻 移民 抚恤 慰问 调解 老龄问题 烈士 纠纷 残疾人 墓地 殡葬 社区服务

09B 机构

驻外机构 体制 职能 编制 精简 更名

09C 人事

行政人员 干部 公务员 考核 录用 职工 家属 子女 知识分子 专家 参事 院士 文史馆员 履历 聘任 任免 辞退 退职 职称 待遇 离休 退休 交流 安置 调配 模范 表彰 奖励

09D 劳动

就业 失业 招聘 合同制 工人 保护 劳务 第二职业 事故

09E 工资

津贴 奖金 福利 收入 老年 简历 劳资 人才 招工 待业 补助 拥军优属 丧葬 奖惩

10. 科、教、文、卫、体（73 个）

10A 科技

科学 技术 科普 科研 鉴定 标准 计量 专利 发明 实验 情报 计算机 自动化 信息 卫星 地震 海洋

10B 教育

学校 教师 招生 学生 培训 毕业 学位 留学 教材 校办企业

10C 文化

文字 文史 文学 语言 艺术 古籍 图书 宣传 广播 电视 电影 出版 版权 报刊 新闻 音像 文物 古迹 纪念物 电子出版物

10D 卫生

医院 中医 医疗 医药 药材 防疫 疾病 计划生育 妇幼保健 检验 检疫

10E 体育

运动员 教练员 运动会 比赛 馆所 院校 校舍 地方志 软科学 社科

11. 国防（24 个）

军队　国防　空军　海军　征兵　服役　转业　民兵　预备役　军衔　复员　文职　后勤　装备　战备　作战　训练　防空　军需　武器　弹药　人武　退伍

12. 秘书、行政（74 个）

12A　文秘工作

机关　国旗　国徽　机要　印章　信访　督查　保密　公文　档案　会议　文件　秘书　电报　提案　议案　谈话　讲话　总结　批示　汇报　建议　意见　文章　题词　章程　条例　办法　细则　规定　方案　布告　决议　命令　决定　指示　公告　通告　通知　通报　报告　请示　批复　函　会议纪要

12B　行政事务

行政　工作制度　纪念活动　庆典活动　休假　节假日　着装　参观　接待　措施　调查　视察　考察　礼品　馈赠　服务　出席　发言　转发　名单　批准　审批　信函　事务　活动　纪要　督察

13. 综合党团（54 个）

13A　党派团体

共产党　民主党派　共青团　团体　工会　协会　学会　民间组织　文联　学联　妇女　儿童　基金会

13B　统战

政协　民主人士　爱国人士

13C　民族

民族区域自治　民族事务

13D　宗教

寺庙

13E　侨务

外籍华人　归侨　侨乡

13F　港澳台

香港问题　澳门问题　台湾问题

13G　综合

整顿　形势　社会　精神文明　法人　发展　其他　试点　推广　青年　政治　范围　党派　组织　领导　方针　政策　党风　事业　咨询　中心　清除

附表

01. 中国行政区域（54 个）

01A　华北地区

北京　天津　河北　山西　内蒙古

01B　东北地区

辽宁　吉林　黑龙江

01C　华东地区

上海　江苏　浙江　安徽　福建　江西　山东

01D　中南地区

河南　湖北　湖南　广东　广西　海南

01E　西南地区

四川　贵州　云南　西藏　重庆

01F　西北地区

陕西　甘肃　青海　宁夏　新疆

01G　台湾

01H　香港

01I　澳门

哈尔滨　沈阳　大连　青岛　厦门　宁波　武汉　广州　深圳　海南岛　西安　单列市　省市　自治区

02. 世界行政区域（244个）

02A　亚洲

中国　蒙古　朝鲜　韩国　日本　越南　老挝　柬埔寨　缅甸　泰国　马来西亚　新加坡　文莱　菲律宾　印度尼西亚　东帝汶　尼泊尔　锡金　不丹　孟加拉国　印度　斯里兰卡　马尔代夫　哈萨克斯坦　吉尔吉斯斯坦　塔吉克斯坦　乌兹别克斯坦　土库曼斯坦　格鲁吉亚　阿塞拜疆　亚美尼亚　巴基斯坦　阿富汗　伊朗　科威特　沙特阿拉伯　巴林　卡塔尔　阿联酋　阿曼　也门　伊拉克　叙利亚　黎巴嫩　约旦　巴勒斯坦　以色列　塞浦路斯　土耳其

02B　欧洲

冰岛　法罗群岛　丹麦　挪威　瑞典　芬兰　爱沙尼亚　拉脱维亚　立陶宛　俄罗斯　白俄罗斯　乌克兰　摩尔多瓦　波兰　捷克　斯洛伐克　匈牙利　德国　奥地利　列支敦士登　瑞士　荷兰　比利时　卢森堡　英国　爱尔兰　法国　摩纳哥　安道尔　西班牙　葡萄牙　意大利　梵蒂冈　圣马力诺　马耳他　南斯拉夫　斯洛文尼亚　克罗地亚　波黑　马其顿　罗马尼亚　保加利亚　阿尔巴尼亚　希腊

02C　非洲

埃及　利比亚　突尼斯　阿尔及利亚　摩洛哥　西撒哈拉　毛里塔尼亚　塞内加尔　冈比亚　马里　布基纳法索　佛得角　几内亚比绍　几内亚　塞拉利昂　利比里亚　科特迪瓦　加纳　多哥　贝宁　尼日尔　尼日利亚　喀麦隆　赤道几内亚　乍得　中非　苏丹　埃塞俄比亚　吉布提　索马里　肯尼亚　乌干达　坦桑尼亚　卢旺达　布隆迪　刚果民主共和国　刚果　加蓬　厄立特里亚　圣多美和普林西比　安哥拉　赞比亚　马拉维　莫桑比克　科摩罗　马达加斯加　塞舌尔　毛里求斯　留尼汪　津巴布韦　博茨瓦纳　纳米比亚　南非　斯威士兰　莱索托　圣赫勒拿

02D　大洋洲

澳大利亚　新西兰　巴布亚新几内亚　所罗门群岛　瓦努阿图　新喀里多尼亚　斐济　基里巴斯　瑙鲁　密克罗尼西亚联邦　马绍尔群岛共和国　帕劳　北马里亚纳群岛自由

联邦　关岛　图瓦卢　瓦利斯群岛和富图纳群岛　西萨摩亚　美属萨摩亚　纽埃　托克劳　库克群岛　汤加　法属波利尼西亚　皮特凯恩群岛

02E　美洲

格陵兰　加拿大　圣皮埃尔和密克隆　美国　百慕大　墨西哥　危地马拉　伯利兹　萨尔瓦尔　洪都拉斯　尼加拉瓜　哥斯达黎加　巴拿马　巴哈马　特克斯群岛和凯科斯群岛　古巴　开曼群岛　牙买加　海地　多米尼加　波多黎各　美属维京群岛　英属维京群岛　圣基茨和尼维斯　安圭拉　安提瓜和巴布达　蒙特塞拉特　瓜德罗普　多米尼克　马提尼克　圣卢西亚　圣文森特和格林纳丁斯　巴巴多斯　格林纳达　特立尼达和多巴哥　荷属安的列斯　阿鲁巴　哥伦比亚　委内瑞拉　圭亚那　苏里南　法属圭亚那　厄瓜多尔　秘鲁　巴西　玻利维亚　智利　阿根廷　巴拉圭　乌拉圭　俄罗斯　德国　捷克　斯洛伐克　扎伊尔　留尼汪岛　和阿森松岛等　贝劳　马绍尔群岛　北马里亚纳群岛　东萨摩亚　圣皮埃尔和密克隆群岛　百慕大群岛　多米尼加共和国　多米尼加联邦

附录C 经济应用文常用词语注释

A

按期：按照规定的日期。如“按期完成任务”。

按照：根据；依照。如“按照上级党委的要求认真执行”。案卷：分类保存以备查考的文件。如“逐一披览案卷”。

B

颁布：郑重发布。颁：下发。一般用于发布法令、条例等重要的法规性文件。如“颁布法令”。

颁行：颁布施行。如“此项税法实施细则颁行已有一年”。报经：报告上级并经过上级同意或批准。如“已报经国务院批准”。

报请：向上级机关或有关部门报告请求解决。如“已报请财政局批准”。

备案：向主管机关报告事项，以备查考。如“此报告已送总公司备案”。

备查：以备今后检查。如“请存档备查”。

比照：按照已有的规定、方法、标准、要求办理。如“请比照×××文件中有关规定办理”。

俾：使。如“俾众周知”。

拨冗：客套话，指推开繁忙的事务，抽出时间。如“务请拨冗光临为盼”。

不贷：不予宽恕。贷：饶恕。如“严惩不贷”。

不法：违反法律。如“不法分子”、“不法行为”。

不日：不久。如“不日送达”。

不宜：不适宜。如“不宜发放”、“不宜举行”。

不予：不给予。如“不予办理”。

不虞：预料不到。如“以备不虞”、“不虞之誉”。

布达：陈述告知对方。布：陈述。常用于书信结束语中，如“专此布达”。

C

参照：参考、仿照。如“请参照办理”。

裁并：裁减合并。如“裁并机构”。

裁处：考虑决定并加以处理。如“对这一问题，请尽快裁处为宜”。

裁夺：考虑决定。如“请予裁夺”。

查办：检查处理。如“查办要案”。

查复：了解后答复。如“请速查复”。

查询：查问、了解。如“现将查询结果报告如下”、“请查询”。

查照：请对方注意文件内容，并按文件内容办事。如“即希查照”、“希查照办理”。

呈报：向上级送文。如“特此呈报，请查收”。

呈请：向上级或有关部门送文件请求同意批准。如“呈请批准，不胜感激”。

筹措：设法弄到经费。如“筹措基建资金”。

筹商：筹划商议。如“筹商对策”。

D

鼎力：大力，表示敬辞。如“还望鼎力相助为盼”。

定夺：对事情是否可行做决定。如“此计划是否可行，请尽早予以定夺”。

定金：合同当事人一方为了证明合同成立和担保履行而预付给对方的一定数量的金钱。其不同于预付款，预付款不起担保作用。

动议：会议中临时提出的建议。如“第一小组提出的动议，值得关注”。

E

额定：规定的数目。如“额定人数 100 人”。

讹传：错误的传说。如“这种讹传，不可听信”。

F

奉告：告知。敬辞，如“无可奉告”。多用于外交辞令。

奉命：接受这个命令或决定。如“奉命执行”。

奉劝：劝告。敬辞。如“奉劝这些人，不要一意孤行”。

G

挂失：遗失票据或证件时，到原发机关去登记，声明作废。如“支票挂失”、“护照挂失”。

关联方：在企业财务和经营决策中，如一方有能力直接或间接控制、共同控制另一方或对另一方施加重大的影响，或者两方或多方同受一方控制，则视其为关联方。如“关联方关系及其交易的披露”。

国是：国家大计。如“共商国是”。

过甚：过分、夸大。如“言之过甚”。

H

函达：写信告知。如“专此函达”。

核示：审核批示。如“上述意见，请核示”。

会商：相聚商议。如“会商大计”。

会晤：会面。如“会晤来访客人”。

惠鉴：劳驾审阅，如“××先生惠鉴”。常用于信函称呼中。

惠示：劳驾给我看或让我知道，如“如蒙惠示该文件，则不胜感激”。

惠予：请求给予。如“希惠予配合”。

惠纳：承你照顾给予接受。如“承蒙惠纳，实为荣幸”。

J

稽迟：拖延、不及时。如“稽迟答复，请见谅”。

鉴于：考虑到。如“鉴于王同志一贯表现突出，本公司给予其奖励一千元”。

鉴宥：请求体察原谅。如“客户苦衷，尚祈鉴宥”。

接洽：与人商量有关事宜。如“关于供货事，请与××接洽”。

届时：到时候。如“请届时参加”。

径向：直接向。如“有关情况，请径向监察室反映”。

径与：直接与。如“此事请径与财务处联系”。

K

开标：打开标单。如“招标人在所有投标人面前当众开标”。

开市：店家在歇业后又开始营业，也指商家每天第一次成交。如“今天一开市，就做了笔大买卖”。

款待：亲切优厚地招待。如“盛情款待远方来客”。

款洽：亲切融洽。如“双方交谈，十分款洽”。

款式：格式、样式。如“家具款式新颖独特”。

蓝图：建设计划。如“国家建设的蓝图”。

烂账：混乱、无法弄清的账目，又指久拖难以收回的账。如“有些企业，因管理不善，烂账很多”。

劳神：耗费精神，有时用作麻烦他人的客套话。如：“劳神代为照顾”。

礼遇：尊敬有礼的待遇。如“受到隆重的礼遇”。

M

绵力：微薄的力量。如“愿尽绵力”。

面洽：当面接洽。如“请于明日来本公司面洽”。

N

拟定：起草制定。如“拟定规章制度”。拟于：打算在。如“拟于下月开工”。

年限：规定的或作为一般标准的年数。如“使用年限”、“工作年限”。

P

偏颇：偏于一方面，不公平。如“其说法有失偏颇”。

票据：载明一定的金额，在一定日期执票人可向发票人或指定付款人支取款项的凭证，其种类有汇票、本票和支票等。如“可转让票据”。

评断：评论判断。如“作出是非评断”。

凭单：取财物或作为凭证的单据。如“保管好三年内的财务凭单”。

破费：花费金钱或时间。如“这次出行，破费不少”。

Q

起讫：开始和终结。如“起讫日期”。

契据：契约、借据、收据等总称。

签发：经主管人审校同意后，签名正式发出文件、证件等。如“签发护照”。

签署：在重要文件上正式签名。如“该合同经双方法人代表签署后生效”。

顷奉：刚接到。多用于下级对上级。如“顷奉上级指示”。

顷接：刚接到。如“顷接来函”。

顷闻：刚听到。如“顷闻贵店开张，特来祝贺”。

R

热衷：急切想得到，或十分爱好某事。如“热衷名利”、“热衷于教育”。

日前：几天前。如“日前收到来款”、“日前办妥”。

融洽：彼此感情好，没有抵触。如“关系融洽”。

如实：按照实际情况。如“如实汇报”。

S

商计：商量。如“共同商计”。

商洽：商淡接洽。如“请于×日来我行商洽投资事宜”。

商榷：商讨。如“该提法还有待商榷”。

赏识：认识到别人的才能或某些物品的价值而予以重视和赞赏。如“你深得总裁的赏识”。

尚望：还希望。如“尚望给予协助”。

恕不：请对方原谅不能做某事。如“恕不招待”、“恕难办理”。

T

台鉴：请您审阅，常用于信首。台：旧时对人的尊称；鉴：审阅、看。如“××先生台鉴”。

探悉：打听后知道。如“从有关方面探悉”。

特此：公文、书信用语，表示为某事在这里通知、奉告等。如“特此通知”、“特此函告”。

特例：特殊的事例。如“作为特例，予以照顾”。

提成：从钱财的总数中按一定的比例提取。如“按利润总额的15%提成给科技人员”。

提要：指全文或全书的要点。如“全文提要”、“报告提要”。

W

为荷：表示感谢。荷：承受别人的恩惠。如“请给予接洽为荷”。

为妥：表示“妥当”的意思。如“请给予照顾为妥”。

为要：表示“必要”的意思。如“须严加管理为要”。

违误：违反命令，耽误公事。如“迅速办理，不得违误”。

维系：维护和联系，不脱离。如“事关大局，维系民心，务必重视”。

委实：实在。如“委实不容易”。诿过：将错误、过失推给别人。如“诿过于人”、“一味诿过”。务期：一定要。如“务期有成”、“务期落实”。

务求：一定要求到达。如“务求完成所定指标”。

X

先例：已有的事例。如“有先例可援”、“尚无先例可援”。

先期：在某一日期以前。如“他们已先期抵达”。

鲜见：不常看到，很少见。如“该货物，市场上已鲜见了”。

向背：拥护和反对。如“人心向背”。

销账：从账上勾销。如“款已结清，可销账”。

已悉：已经知道。如“来文已悉”。

业经：已经经过。如“业经批准，不日施行”。

应承：答应。如“我已应承，决不反悔”。

应时：适合当时的。如“应时货品”。

应允：应许。如“应允批准”。

予以：给以。如“予以便利”、“予以表扬”。

预期：预先期待。如“达到预期目的”。

原宥：原谅。如“请求原宥”、“概不原宥”。

Z

展缓：推迟日期，放宽时限。如“展缓交货”、“展缓演出”。

招股：股份公司经有关部门批准，在证券市场上募集资金。如“招股说明书”。

置信：相信。如“难以置信”。

置疑：怀疑。如“不容置疑”。

制裁：按政策依法处罚有不法行为的人。如“其受到了应有的法律制裁”。

兹因：现在因为。如“兹因资金调动困难，歉难办妥此事”。

兹有：现在有。如“兹有我处××同志前往贵行联系有关事宜，请接洽”。

卓识：高明而超出一般的见解。如“具有远见卓识”。

附录D　校对符号及其用法

(GB/T 14706—93)

1　主题内容与适用范围

本标准规定了校对各种排版校样的专用符号及其用法。

本标准适用于中文（包括少数民族文字）各类校样的校对工作。

2　引用标准

GB 9851　印刷技术术语

3　术语

3.1　校对符号 proofreader's mark

以特定图形为主要特征的、表达校对要求的符号。

4　校对符号及用法示例

编号	符号形态	符号作用	符号在文中和页边用法示例	说　明
			一、字符的改动	
1		改　正	增高出版物质量。（提） 改革开放（放）	改正的字符较多，圈起来有困难时，可用线在页边画清改正的范围 必须更换的损、坏、污字也用改正符号画出
2		删　除	提高出版物物质质量。	
3		增　补	要搞好校工作。（对）	增补的字符较多，圈起来有困难时，可用线在页边画清增补的范围
4		改正上下角	16=42（2） H_2SO4（4） 尼古拉·费欣（·） 0.25+0.25=0.5（.） 举例：2×3=6（:） X：Y=1：2（:）	

续表

编号	字号形态	符号作用	符号在文中和页边用法示例	说明
二、字符方向位置的移动				
5		转正	字符颠倒要转正。	
6		对调	认真经验总结。 认真验结经总。	用于相邻的字词 用于隔开的字词
7		接排	要重视校对工作， 提高出版物质量。	
8		另起段	完成了任务。明年……	
9		转移	校对工作，提高出 版物质量要重视。 ”。以上引文均见中文新版《 列宁全集》。 编者 年 月 …… 各位编委：	用于行间附近的转移 用于相邻行首末衔接字符的推移 用于相邻页首末衔接行段的推移
10	或	上下移	序号 名称 数量 01 显微镜 2	字符上移到缺口左右水平线处 字符下移到箭头所指的短线处
11		左右移	要重视校对工 作，提高出物物质量。 3 4 5 6 5 欢呼 歌 唱	字符左移到箭头所指的短线处 字符左移到缺口上下垂直线处 符号画得太小时，要在页边重标
12		排齐	校对工作非常重要。 必须提高印刷质量，缩短印制周期。 国家标准	
13		排阶梯形	RH_2	

续表

编号	字号形态	符号作用	符号在文中和页边用法示例	说 明
14		正 图		符号横线表示水平位置,竖线表示垂直位置,箭头表示上方
三、字符间空距的改动				
15	∨ ＞	加大空距	一、校对程序 校对胶印读物、影印书刊的注意事项:	表示在一定范围内适当加大空距 横式文字画在字头和行头之间
16	∧ ＜	减小空距	二、校对程 序 校对胶印读物、影印书刊的注意事项:	表示不空或在一定范围内适当减小空距 横式文字画在字头和行头之间
17	#	空 1 字距 空 1/2 字距 空 1/3 字距 空 1/4 字距	第一章校对职责和方法 1. 责任校对	多个空距相同的,可用引线连出,只标示一个符号
18	Y	分 开	Goodmorning!	用于外文
四、其 他				
19	△	保 留	认真搞好校对工作。	除在原删除的字符下画△外,并在原删除符号上画两竖线
20	○=	代 替	兰色的程度不同,从淡兰色到深兰色具有多种层次,如天兰色、湖兰色、海兰色、宝兰色…… ○=蓝	同页内有两个或多个相同的字符需要改正的,可用符号代替,并在页边注明
21	○○○	说 明	第一章 校对的职责 改黑体	说明或指令性文字不要圈起来,在其字下画圈,表示不作为改正的文字。如说明文字较多时,可在首末各三字下画圈

5 使用要求

5.1 校对校样,必须用色笔(墨水笔、圆珠笔等)书写校对符号和示意改正的字符,但是不能用灰色铅笔书写。

5.2 校样上改正的字符要书写清楚。校改外文,要用印刷体。

5.3 校样中的校对引线要从行间画出。墨色相同的校对引线不可交叉。

参考文献

[1] 张耀辉．大学应用写作［M］．上海：上海交通大学出版社，1999.
[2] 闵庚尧．财经应用写作［M］．北京：中国财政经济出版社，2000.
[3] 高小和．学术论文写作［M］．南京：南京大学出版社，2006.
[4] 霍唤民．经济论文写作［M］．北京：首都经济贸易大学出版社，2002.
[5] 陈建松．审计［M］．北京：科学出版社，2005.
[6] 张德实．应用写作［M］．北京：高等教育出版社，2003.
[7] 林宗源．应用文写作［M］．北京：中国轻工业出版社，2006.
[8] 戴夏燕．应用文写作［M］．西安：西北大学出版社，2004.
[9] 崔文凯．商务文书写作［M］．北京：中国言实出版社，2005.
[10] 李道荣．现代经济应用写作［M］．武汉：湖北人民出版社，2006.
[11] 张中伟．应用文写作［M］．北京：北京理工大学出版社，2007.
[12] 吴晓林，张志成．应用文写作［M］．北京：科学出版社，2007.
[13] 范增友．应用写作［M］．长春：东北师范大学出版社，2005.
[14] 周金声．大学应用文［M］．北京：中国人民大学出版社，2007.
[15] 李先智，贾晋文．金融应用文写作［M］．北京：中国金融出版社，2007.
[16] 李沉碧．经济应用文写作［M］．北京：科学出版社，2004.
[17] 李振辉．应用文写作实训教程［M］．北京：机械工业出版社，2006.
[18] 杨忠慧，吴晓林．应用写作［M］．北京：中国财政经济出版社，2004.